Світлана Талан

Сафарі на щастя

Світлана Талан

Сафарі на щастя

Роман

Харків 2022 КСД

УДК 821.161.2
Т16

Авторка фото *Інна Стельмах*
Модель *Марія Новік*

ISBN 978-617-12-8598-9 (дод. наклад)

Щиро дякую цілеспрямованій дівчині Марії Н.,
яка поділилася своєю життєвою історією.

Мені снилась дорога. Дорога — і все.
Ні куди, ані звідки, — не знаю, не знаю.
Просто снилась дорога, — ні шлях, ні шосе,
А дорога й дорога, — іду й проминаю.

Тільки десь ніби вогник далеко в степах.
Може, мати стоїть на німому порозі.
Може, це вже Чумацький, а може й не шлях.
Може, просто дорога. Дорога в дорозі.

Ліна Костенко

Марусина угледіла вільне місце в лаунж-зоні аеропорту Копенгагена, сіла так, щоб видно було злітну смугу, поглянула на електронний годинник на стіні: до вильоту її літака в Бориспіль залишалося три години. Дівчина могла б приїхати в аеропорт пізніше, але навмисно прибула заздалегідь, бо залишатися вдома вже не мала сил. Сама згадка про те, що за кілька годин буде вже в Україні, ступить на рідну землю, побачить маму й тата, змушувала тріпотіти кожну клітинку тіла, а серце наповнювала приємним щемом.

«Як же я скучила за Батьківщиною, за рідними людьми, за своїм селом!» — подумала вона й зітхнула.

Марусина знала, що надвечір уже буде в рідній Березівці, сидітиме за столом на своєму улюбленому місці — біля вікна навпроти батька, — а мама метушитиметься, накриваючи на стіл. Батько всміхатиметься у вуса і запитуватиме, як жилося доньці в Данії, хоча все вже чув із телефонних розмов, а мама незле дорікатиме йому: «Відчепися від дитини! Не бачиш, що вона з дороги, стомлена й голодна!» І марно їй казати, що не хоче їсти: мамі завжди здається, що донька голодна — «Бач, яка худюща! Одні очі світяться!» Тато зауважить, що Марусина зовсім не худенька, навпаки, струнка і гарна, але сперечатися з мамою не буде, бо його дружина — справжній командир у спідниці, хоча й зростом ледь сягає йому до плеча. Приємні спогади про рідних теплом розливалися по тілу, і Марусина всміхнулася кутиками вуст.

Спогади понесли дівчину до рідної Березівки, звідки Марусина вирушила в далеку незнайому країну в пошуках щастя. Вона спостерігала, як на злітній смузі велетенські небесні птахи брали розгін, щоб піднятися в небо, несучи на собі людей у різні краї. Марусина думала про те, що люди давно навчилися літати швидше і вище за птахів, але й досі не знають, де на них чекає щастя. Де воно живе? У рідному краї чи в іншій крані? Яке воно насправді і чи кожному дано? Але для будь-якої людини воно омріяне й бажане. Зазвичай, у жінок багата уява, і саме вона вбирає жіноче щастя в яскраві барви, вимальовуючи портрет того єдиного, найкращого у світі. Схожість жіночих фантазій лише в одному: поруч має бути надійний чоловік, з ним — спільні діти, затишок у домі й на душі. Повноту щастя можна відчути лише тоді, коли впевнено йтимеш по життю, знаючи, що є місце, де тебе завжди чекають, де тобі будуть раді.

Часом щастя жінки в тому, що вона в будь-яку хвилину може зірватися з місця й стрімголов кинутися на його пошуки. Жінка готова гризти землю, дертися на скелю, зриваючи нігті та збиваючи ноги до крові, розчаровуватися, помилятися, ображатися, плакати, падати ниць на землю лише для того, щоб передихнути й знову шукати щастя. Хтось урешті здобуде тиху сімейну гавань поруч із коханим, а хтось піде далі, спотикаючись і змиваючи сльозами бруд зі своєї дороги.

Здається, зовсім недавно Марусина, як і її подруги, вирушила в мандри, шукаючи своє жіноче щастя, а скільки часу спливло! Великі амбітні плани, надії, сподівання... Але доля до одних виявляла прихильність, а над іншими ніби знущалася. Попри все, у кожної з них було своє сафарі на щастя...

ЧАСТИНА ПЕРША

Очима ти сказав мені: люблю.
Душа складала свій тяжкий екзамен.
Мов тихий дзвін гірського кришталю,
несказане лишилось несказанним.
Життя ішло, минуло той перон,
гукала тиша рупором вокзальним.
Багато слів написано пером.
Несказане лишилось несказанним.
Світали ночі, вечоріли дні.
Не раз хитнула доля терезами.
Слова як сонце сходили в мені.
Несказане лишилось несказанним.

Ліна Костенко

Розділ I

П'ятирічна Марусина захворіла. Вчора гасала з друзями вулицею, каталася на санчатах з гірки. Напередодні насипало снігу і вдарив мороз, тож як усидіти вдома? Біля річки — велика гірка, на якій зібралися всі діти з вулиці, де живе Марусинка, ще й позбігалася дітвора із сусідніх вулиць. Як було весело! Усе б нічого, якби не Ростик, який живе поруч і на три роки старший за неї. Він допомагав тягти на гору санчата, а потім дівчинка сідала і хлопчик штовхав її в спину. Марусина верещала від захвату, коли летіла вниз так, що аж вітер у вухах свистів! Ростик зазвичай добре ставився до Марусини, хоча іноді називав її «мала», що дівчинку трохи ображало. Яка вона мала, коли наступного року піде до школи?! І саме він винен у тому, що Марусинка застудилася: хлопчик насипав снігу їй за комірець шубки. Сніг був холодний, і дівчинка верещала, а Ростик стояв і сміявся. Спина стала мокрою, але Марусинка не побігла додому, а продовжила спускатися з гірки. Коли почало смеркатися, діти розходилися по домівках, і дівчинка помітила, що загубила одну рукавичку.

— Мала, ходімо додому! — покликав її Ростик.

— Я загубила рукавичку! — нахнюпилося дівча. — Її мені зв'язала бабуся. Як я піду додому? Мама насварить.

— У кишенях шукала?

— Немає.

— Ходімо пошукаємо! — запропонував хлопчик.

Вони обійшли все навколо гірки, але рукавички не знайшли.

— А ти не зізнавайся матері, що загубила, — порадив Ростик.

— Я попрошу бабусю зв'язати мені ще одну, і мама не помітить! — придумала Марусина.

Повернувшись додому, дівчинка сама поклала на комин сушитися рукавичку, і мама й справді не помітила втрати. Зранку Марусинка мала йти до садочка, але в неї заболіло горло й почався кашель. Зазвичай батьки залишали доньку на Віру, старшу на п'ять років сестричку, але на зимові канікули дівчинку забрала до себе в місто родичка. Батьки мали їхати до району на семінар, тож їм довелося залишити доньку на сусідку, тітку Іру, попросивши нагодувати Марусину та викликати фельдшера, якщо температура не падатиме. Жінка нагодувала дитину тепленьким супчиком, напоїла чаєм на травах і вклала в ліжко.

— Полежи трохи, а я збігаю попораю господарство, — наказала їй сусідка.

— Ростик прийде до мене після школи? — поцікавилася Марусина.

— Ні, поки не одужаєш — не прийде! — відповіла тітка Іра.

На хлопчика Марусина довго сердитися не могла. Хоча той часто бешкетував і міг її образити, але найчастіше вони добре ладнали між собою. Дівчинка полежала в ліжку, погортала буквар. Вона вже перечитала той буквар кілька разів. Марусина взяла книжку з казками, але читати цього разу не хотілося. Дівчинка підвелася, взула капці, узяла свою ляльку Даринку.

— Даринко, на вулиці мороз, тож тобі потрібно перевдягнутися! — сказала вона ляльці й узялася її перевдягати.

На ляльчині ніжки Марусина натягнула колготки, які бабуся пошила зі старих шкарпеток, одягла на неї кофтинку, яку теж зв'язала бабуся.

— Не вистачає спіднички, — промовила дівчинка. — Потрібно її пошити, бо змерзнеш.

Марусинка дістала картонну коробку, де зберігала свої «скарби». Чого там тільки не було! І клаптики тканини, і намисто, і маленькі ножички, і навіть голка з нитками для шиття! Дівчинка перебрала все, але потрібної тканини для спіднички на ляльку не знайшлося. Вона пішла в кімнату батьків, відчинила шафу з одягом. Одразу помітила батькові штани.

«Які вони величезні! — подумало дівча. — Якщо відрізати клаптик знизу, тато й не помітить!»

Вирішивши, що батько, вдягнувши штани, не помітить відсутність невеличкого клаптика тканини, Марусинка швиденько принесла свої ножички, відрізала зовсім небагато тканини — лише щоб вистачило на спідничку Даринці, — зачинила шафу й узялася до шиття.

— Як справи, Марусинко? — запитала сусідка, зайшовши в кімнату.

— Добре, — відповіла дівчинка й похвалилася: — Ось, шию спідничку ляльці!

— Яка молодчинка! — похвалила тітка.

Жінка поміряла дитині температуру, запропонувала пообідати.

— Я зараз не хочу, пізніше поїм, — сказала їй Марусина. — Зараз маю дошити спідницю, бо Даринці холодно.

— Яка ж ти хороша дівчинка! — ще раз похвалила сусідка. — Як що задумала, то обов'язково зробиш!

Коли тітка Іра пішла, дівчинка дошила спідничку, приміряла на ляльку й залишилася задоволеною: обновка вийшла на славу! Марусинка залізла під ковдру, зігрілася і швидко заснула. Коли повернулися батьки, то похвалили доньку за те, що була чемною. Дівчинка вирішила презентувати свою роботу й принесла ляльку.

— Мамо, тату! Подивіться, яка гарна спідничка в Даринки! Я сама її зшила! — з гордістю промовила дівчинка.

— Яка ж ти в мене розумниця! — похвалила мама, готуючи вечерю. — А яка майстриня!

Лише батько промовчав. Чоловік узяв у руки ляльку, подивився, задумався, а потім мовив, що десь бачив таку тканину. Марусина швидко забрала Даринку і сказала, що піде в ліжко, бо болить горло.

— Зачекай, доню! — притримав її батько за ручку.

«Невже помітить?» — майнула в дівчинки думка.

Чоловік підійшов до шафи з одягом, і всі почули, як він завалав звідти:

— О, ні! Тільки не це!

— Що трапилося? — стривожено запитала його дружина.

Чоловік виніс свої штани й продемонстрував:

— Ось що!

Жінка не одразу помітила, що штани порізані. Лише дівчинка насупилася, надула губи й опустила голову.

— Що ти наробила, Марієє?! — у розпачі промовила мама. Марусина знала, що коли її так називають, то дуже сердяться. — Це ж татові штани з нового костюма!

— Я тільки маленький шматочок відрізала, — промимрила дівчинка. — Там досить штанів, щоб татові вистачило!

Мати не знала, чи плакати, чи сміятися. Вона сіла на стілець і промовила:

— Невже в тебе не було іншого клаптика тканини?!

— Мамо, ти не розумієш! Даринці було холодно, і я мала зшити їй одяг! Я ж не порізала татові штани, а лише взяла звідти невеличкий шматочок! Невже вам шкода? — промовила Марусина й розплакалася. — Ніколи не думала, що ви такі жадібні!

— Ти не розумієш, що зіпсувала дорогу річ? — запитала мати.

— Марино, штани вже не повернеш, — мовив батько, — а Марусинка кається. Плаче.

— Кається вона! Думати спочатку потрібно було! — сказала мати й відправила доньку в кімнату. — Будеш там сидіти три дні безвилазно! — наказала вона. — І не смій більше чіпати речі без дозволу!

Марусина лягла на ліжко, вкрилася з головою ковдрою й невтішно розплакалася. Їй хотілося про все розповісти Ростикові, але тітка Іра сказала, що він не прийде до неї. Дівчинка взяла ляльку, притиснула її до себе.

— Тобі не холодно, Даринко? — запитала вона, ретельно вкутуючи ляльку ковдрою.

Розділ 2

Мама з татом пішли на роботу до школи, а Марусина мала відбувати покарання й одужувати вдома.

— Марусино, прошу тебе, нічого не втни знову, — попросила мати.

— Я буду чемною дівчинкою! — пообіцяла вона.

Дівчинка тинялася без діла, погортала буквар, укотре подумавши, що ж буде робити в школі, коли вже вміє читати, погралася з лялькою й довго сиділа перед вікном. Діти бігали по вулиці із санчатами, а вона має сидіти вдома й може лише спостерігати за ними у вікно.

«Поки одужаю, то весь сніг розтане», — із сумом подумала дівчинка й відійшла від вікна.

Як на зло, ще й Ростик не заходив до неї. Без нього сумно. Хлопчик, хоча й дружив переважно з хлопцями, але й про сусідку не забував і часто дозволяв Марусині бігати за ними, якщо, звичайно, їх слухатиметься й не заважатиме хлопчачим розвагам.

Марусина то сиділа на стільці в кухні, то лежала в ліжку, то кривлялася перед дзеркалом. Вона любила перевдягатися й у різних сукнях походжати по кімнаті, щоб потім зупинитися перед великим дзеркалом на шафі й милуватися собою. Дівчинка знайшла своє нове платтячко, яке мама купила їй на літо, вдягла його, покрутилася перед дзеркалом. Їй дуже кортіло відчинити шафу батьків і дістати мамині туфлі на підборах, але згадала обіцянку бути чемною дівчинкою й лише зітхнула.

«Не чіпатиму туфлі, бо ще підбори зламаю», — вирішила вона і зняла сукню.

Від безділля Марусина зовсім засумувала. Щоб якось розважитися, сіла на стільчик біля ліжка й почала на ньому хитатися.

«Ще зламається!» — подумала дівчинка, коли стілець під нею жалібно заскрипів.

Марусина провела рукою по залізних бильцях ліжка, вирішила порахувати — їх було п'ять, а між ними простір.

«Цікаво, чи влізе сюди моя голова?» — розмірковувала дитина.

Вона відсунула вбік штору, обережно спробувала просунути між бильцями голову.

«Проходить!» — подумала вона й просунула голову далі.

Коли Марусина спробувала витягнути голову назад, то застрягла. Дівчинка злякалась і розплакалася, зрозумівши, що потрапила в пастку.

— Що мені робити? — голосила вона. — Буду так цілий день сидіти, а коли прийде мама, то знову сваритиме! Що ж я наробила!

Марусина почула, що в хату хтось зайшов.

— Мамо! Це ти? — озвалася вона.

— Мала, ти де? — почула голос Ростика.

— Іди сюди! Швидше! — покликала дівчинка.

Коли Ростик побачив Марусину, що стояла навколішки, засунувши голову між бильцями, розсміявся.

— І як ти це зробила? — ще сміючись, запитав він.

— Чого ржеш?! Не бачиш, що в мене горе? Краще допоможи звідси вибратися, поки батьки не повернулися! — попросила вона.

Як не намагався Ростик звільнити Марусину з пастки, йому це не вдалося.

— Іди до мами в школу, попроси допомоги, бо я тут і помру! — знову розплакалася Марусина, зрозумівши, що самотужки їй не впоратися з проблемою.

— Я швидко! — пообіцяв Ростик і помчав до школи.

Марно батько намагався руками розвести залізні прути й звільнити доньчину голову.

— Усе! Я помираю! — верещала перелякана Марусина.

— То навіщо ти пхала туди голову?! — дорікнула мати.

— Я не знаю!

— Не кричи на дитину, — попросив батько, — я зараз розпиляю прут і звільню тебе, дитинко! — сказав доньці.

— І треба ж до такого додуматися! — сплеснула мати руками.

— Я не винна! — плакала дівчинка.

— То, виходить, що я тобі голову туди засунула?!

— Я не винна! — повторило дівча. — Туди голова добре влізла, а потім вуха в мене виросли, тож назад не вилазить!

— Отакої! — всміхнулася жінка. — То, значить, вуха виросли?

— Так! Ти ж сама казала, що я швидко росту, — сказала, схлипнувши, Марусина, — то й вуха швидко виросли! — і знову заплакала.

Коли Марусина опинилася на волі, то одразу побігла до себе в кімнату і сховалася під ковдрою. Вона чула, як зайшла мама і сказала, що тепер вона не піде гуляти на вулицю до самого Різдва.

— Щоб знала, як добре поводитися! — сказала жінка і вийшла.

Розділ 3

Наступного дня, коли Марусина лишилася вдома сама, вона вирішила взагалі нічого не чіпати й дивитися лише у вікно. Повз будинок пробігав Ростик, і Марусина помахала йому рукою. За мить хлопчик був у неї.

— Мала, ти чому така сумна? — запитав він.

— А ти як думаєш? Ви бігаєте, гуляєте, а я маю сидіти сама в хаті.

— Не хочеться бути вдома?

— Ні.

— То ходімо до мене!

— Мені не можна!

— Та ніхто ж не дізнається! — сказав Ростик. — Моїх батьків немає, твої також у школі. Поки вони повернуться, ти вже будеш удома.

Дівчинка замислилася. Їй завжди подобалося бувати в будинку сусідів. У хаті Марусини лише невеличка кухня, кімната батьків з телевізором і диваном-книжкою та її з Вірою невеличка кімнатка. А в сусідів великий будинок на шість кімнат, і в Ростика є своя. Але найбільше подобались дівчинці сходи на другий поверх, якими вона ходила безліч разів. Ними можна було піднятися вгору, на другий поверх, а там — балкон, з якого цікаво дивитися вниз. Якось вони з Ростиком стояли на балкончику і плювали звідти, намагаючись поцілити в півня. Зробити це їм не вдалося, але їх за таким непристойним заняттям застукала тітка Іра й заборонила туди виходити. Але залишалися сходи зі справжніми поручнями, за які можна було триматися рукою.

— То йдемо до мене чи так і будеш тут киснути? — запитав Ростик.

— Ходімо! — відповіла дівчинка й пішла вдягатися.

Біля порога Марусина одразу зняла взуття. У будинку сусідів повсюди килими: і на стінах, і на долівці, і в усіх кімнатах. Обережно ступаючи по м'якому настилу, Марусина з другом одразу піднялися на другий поверх. Кімната Ростика була великою, як дві Марусининих. Уся стіна завішана полицями, де Ростик виставляв свої машинки та літаки.

— Ось ця нова! — похвалився він, демонструючи поповнення колекції. — Це мені тато привіз зі столиці!

— Гарна! — зітхнула Марусина.

— Хочеш, нові книжки покажу? Там є про літаки! — запропонував Ростик.

— А про ляльок немає?

— Я що, дівча? — всміхнувся він.

— Можна походити сходами? — попросила дівчинка.

— Скільки завгодно!

Марусина повільно, тримаючи високо голову, спустилася сходинками, зупинилася біля дзеркала, поправила волосся і знову пішла вгору, уявляючи, що на ній довга синя сукня і туфлі на тонких високих підборах.

— От якби в нас так було! — захоплено промовила вона.

— У вас так не буде.

— Чому? — здивовано запитала вона, зупинившись на сходинці.

— Бо мій батько — голова колгоспу, а твої — вчителі.

— І що?

— У них зарплата маленька, — пояснив хлопчик.

— Ти також станеш головою колгоспу, коли виростеш?

— Ні. Я буду льотчиком!

— А мене покатаєш на літаку?

Ростик замислився.

— Не знаю, чи мені дозволять, — серйозно промовив він, поморщивши лоба.

— А ти одружися зі мною, і тоді тобі дозволять, — усміхнулась Марусина.

— Подивимось! — жартома відповів хлопчик.

Марусина, погулявши сходинками, згадала, що їй час додому.

— Ти рукавичку свою знайшла? — запитав Ростик.

— Де я її знайду, якщо сиджу вдома під замком? Це ще мама не знає, а як дізнається, то й за рукавичку мені влетить!

— Ти ж казала, що бабуся зв’яже тобі таку саму, — нагадав хлопчик.

— Коли це буде?

— Давай я тобі свої віддам! — запропонував Ростик.

— І що я вдома скажу?

— Скажеш, що ми помінялися рукавичками!

— А ти своїм що скажеш?

— Скажу, що загубив. Мені нічого не буде!

— Давай! — погодилася дівчинка.

Цього разу Марусині пощастило: вона встигла повернутися додому раніше за батьків і похвалилася, що поводилася добре.

Розділ 4

Родина Бойченків готувалася до Різдва. Мати, Марина Олександрівна, дістала з холодильника баночку майонезу та зеленого консервованого горошку, які берегла до свята; батько, Роман Семенович, робив нарізку для олів'є. В хаті приємно пахло тушкованою картоплею та м'ясом: у духовці смажилася гуска. Марусина не мала чим зайнятися, тож прислухалася до розмови батьків. Вони чекали на двоюрідну материну сестру, яка мала приїхати разом із Вірою та своєю донькою Орестою. Марусина не дуже скучила за рідною сестрою: та була старшою і ставилася до неї, як до маленької. Часто Віра змушувала виконувати за себе роботу, яку їй доручали батьки.

— Якщо не зробиш, то зачиню в хаті й не пущу гуляти! — зазвичай так погрожувала Віра сестрі.

— А я татові розкажу! — огризалася Марусина.

— А я тебе наб'ю! Ти не доведеш, що я тобі зробила! — казала сестра й показувала язика.

У такі моменти Марусина по-справжньому жалкувала, що менша за сестру і не може дати їй здачі. До того ж, Віра ніколи не брала її з собою, коли йшла з подружками гуляти.

Марусині дуже хотілося послухати розмови старших дівчаток, але не вдавалося. Їй було образливо, бо навіть сусід Ростик, який був старший за неї, дозволяв гратися зі своїми друзями, а Віра не така.

«Вона капосна! Краще б у мене була менша сестричка! — подумала Марусина і зітхнула. — Добре, що Ореста приїде, з нею можна буде погуляти!»

Марусина підійшла до батька, притулилася до його спини.

— Чого сумуєш, доню? — запитав він.

— Не знаю, — відповіла дівчинка.

— Щоб не тинятися без діла, краще б сходила до магазину та принесла буханець хліба, — озвалася мати. — Гостей буде багато, ще й сусідів запросила на вечерю, може не вистачити на всіх, а хліб у магазині сьогодні швидко розберуть.

— Може, я сам би сходив? — запитав батько.

— Тобі аби не допомагати! — незле дорікнула жінка. — Марусина вже не маленька, нехай іде.

Донька вдягнулася й вийшла з хати. Вона вже не раз ходила сама до магазину. Дівчинка не жахалася собак, яких могла зустріти дорогою, але побоювалася Діму. Це був товстий лисий дурнуватий дядько, який нікого не ображав, але все одно Марусина його боялася. Щоразу, коли чоловік бачив дівчинку, усміхався беззубим ротом, підбігав до неї і, гигикаючи, гладив її по голівці й давав цукерку. Діма часто вештався біля магазину, де покупці пригощали його солодощами, печивом чи булочкою, а потім він свої смаколики роздавав дітям. Марусина не хотіла віч-на-віч зустрітися на вулиці з Дімою, тож зайшла до сусіда. На її стук виглянув Ростик.

— Тобі не треба сходити в магазин? — запитала його Марусина.

— Ні. А що?

— Я йду по хліб.

— Сама боїшся?

— Ні.

— Не бреши! Бздиш, бо боїшся Діми! — випалив хлопчик і посміхнувся.

— Зовсім не боюся! — сказала Марусина й надула губи. — Хочеш, я тобі яблуко дам? — дівчинка вхопилася за рятівну думку.

У сусідів були різні яблука, але не такі, що подобалися Ростику. Марусина знала, що хлопчику смакували зелені яблука, які восени засипали в погріб прямісінько на картоплю, вони долежувалися, достигали і взимку ставали надзвичайно смачні.

— Те, що торохтить? — Ростик хитро примружив очі.

Якщо яблуко потрусити, то всередині торохтіли зернятка. Так Марусина з Ростиком завжди робили: спочатку трусили яблука, прислухаючись, чиє торохтить гучніше, а потім їх гризли.

— Так, те, що торохтить! — пообіцяла дівчинка.

— Я зараз! — сказав Ростик і гайнув одягатися.

Діми біля магазину не було, але Марусина не шкодувала яблука, яке пообіцяла сусідові. Дорогою додому дівчинка запитала, чому Ростикового батька називають Феодал, коли їхнє прізвище Феоділь.

— Та звідки я знаю? — стенув плечима хлопчик.

— Коли ти станеш дорослим, також будеш Феодалом?

— Я буду льотчиком! — з гордістю промовив хлопчик.

Біля двору вони попрощалися до вечора.

— Не забудь про яблуко! — нагадав Ростик.

— Я не дурна! Не забуду, — сказала на те Марусина.

Коли дівчинка повернулася додому, то побачила бабусю й одразу кинулася до неї в обійми. Жінка не стала чекати вечора, одразу віддала онучці подарунок — теплу жилетку в різнокольорових смужках спереду, яку зв'язала самоструч. Надвечір приїхала тітка з дівчатками, і Марусина отримала від Орести подарунок.

— Я навчаюся в третьому класі, тому вже доросла, щоб гратися ляльками, — сказала Ореста, подарувавши Марусині свою улюблену ляльку з довгим волоссям, яке можна розчісувати гребінцем.

Марусина подякувала і з жалем подумала, що наступного року піде до школи й тоді доведеться також комусь віддавати свої іграшки.

Надвечір зайшли сусіди всією родиною. Дядько Василь, високий, із блискучою лисиною, тітка Ірина, яка пахла парфумами, та Ростик у білосніжній сорочці.

— Ми до вас ненадовго, — одразу повідомив дядько, — лише привітати зі світлим святом Різдва.

— Як це?! — здивувалася Марусинина мати. — Ми гадали, що посидимо за столом усі разом.

— Чекаємо на поважних гостей, — сказала тітка Ірина, — маємо, так би мовити, «тримати марку».

Марусина не знала, яку там марку має тримати сусідка, але засмутилася, що не буде в них Ростика. Сусіди привітали зі святом, подарували батькам пляшку шампанського, баночку кави, пачку чаю, а Марусині — білі колготки.

— Будеш до школи ходити —носитимеш, — сказала тітка Іра.

Марусина, звичайно, любила отримувати подарунки, але білі колготки! «Це ж доведеться взагалі нічого не робити, щоб вони були чисті!» — подумала дівчинка, подякувавши.

Марина Олександрівна привітала сусідів, віддала їм невеличкий пакуночок, а Ростикові подарувала коробку цукерок.

— Прийдеш до мене, і ми разом з'їмо! — шепнув хлопчик Марусині й підморгнув, щоб ніхто не помітив.

До того, як сусіди пішли, Марусина встигла всунути в Ростикову кишеню торохкітливе зелене яблуко.

— Тату, а чому дядько Василь лисий? — запитала Марусина.

Батько розкладав стіл, коли почув питання доньки, і не одразу відповів, тож їй довелося повторити.

— Чому люди бувають лисі? — допитувалась Марусина, бо саме це питання почало її мучити.

— Люди, доню, бувають лисі тоді, коли або занадто розумні, або дуже дурні! — відповів батько.

— Романе, ну що ти таке дитині розказуєш?! — дорікнула йому жінка, покриваючи стіл білою вишитою скатертиною.

Марусина вийшла в іншу кімнату й задумалася.

«Діма — дурний, тому він і лисий, з ним усе зрозуміло, — розмірковувала вона, — але про дядька Василя не можна сказати, що він занадто розумний. Сказати, що дурний, також не можна — то який він тоді?»

За вечерею Марусина відволіклася від розмірковувань, але наступного ранку пішла до Ростика. Вона мала для себе з'ясувати, чому дядько Василь лисий. Дівчинка спостерігала за чоловіком, дивилася на його блискучу лисину на маківці, але так і не змогла отримати відповідь на питання, яке не давало їй спокою.

Розділ 5

Перше вересня, коли Марусина пішла до школи, стало для неї справжнім випробуванням. Дівчинку турбували білі колготки, які мали цілісінький день залишатися чистими, що було майже неможливим. А ще той великий бант, який мама зранку причепила їй на маківку! З ним не можна було крутити головою в різні боки, бо він так і норовив сповзти з волосся. Марусина мала таке відчуття, ніби їй на голову поклали качан капусти, з яким вона мусить ходити цілий день. Дівчинка до останнього сподівалася, що їй батьки куплять нову форму, але вийшло, як завжди: довелося доношувати одяг за Вірою.

— Вірці щастить, — нила вона напередодні, — завжди все нове має, а мені за нею доношувати!

— Після школи поїду в місто на навчання, тож і тобі купуватимуть новий одяг, — намагалася втішити дівчинку сестра.

— Коли це буде?

— Не встигнеш і оком кліпнути!

— Швидше б ти вже поїхала! — вередувала дівчинка. — Я тоді твою шафу займу. Можна?

— Тоді буде можна! — запевнила Віра.

Радували Марусину хіба новенькі зошити, олівці та портфель, які їй дісталися прямісінько з магазину. Дівчинка стояла на лінійці, не розуміла, що каже директор у мікрофон, і розмірковувала про те, куди вчителька подіне стільки квітів, бо кожен учень тримав у руках букет. «Напевно, згодує корові або козі», — вирішила Марусина.

Парти та підлога в класі пахли фарбою, велика дошка на стіні, крейда, якою можна писати, — усе це Марусині сподобалося, і дівчинка подумала, що в школі не так і погано. Вона була невисокого зросту, тож учителька посадила її за першу парту, поруч із дівчинкою в окулярах, яку звали Олею. Після другого уроку Марусина вже знала, що дружити з Олею не буде, хіба що спілкуватися на перервах. Сусідка по парті їй зовсім не сподобалася: вона заглядала вчительці в рота так, ніби звідти мало вилетіли щось надзвичайно цікаве, підносила руку ще до того, як учителька до кінця ставила питання.

«Фу! Підлиза! — вирішила Марусина. — Ростик такій уже давно дав би підсрачника!»

Після другого уроку вчителька сказала, що потрібно провітрити клас, і Марусина вийшла на перерву в коридор. Вона стала біля вікна, і до неї підійшла Оля.

— Це тобі! — дівчинка протягнула карамельку.

— Дякую! — сказала Марусина.

Вона не любила такі цукерки, але обіцяла мамі в школі бути чемною, тож відмовляти було незручно, і Марусина взяла карамельку. Вона не мала що дати Олі. Коли збиралася до школи, то мама поклала в портфелик одне яблуко й наказала на перерві його з’їсти. «Якщо віддам яблуко Олі, то не виконаю мамине прохання», — подумала Марусина і смачно відкусила великий шматок.

— Привіт, першокласнице! — почула вона голос Ростика і зраділа. — Як справи у школі? Подобається?

— Ще не зрозуміла, — відповіла дівчинка.

— Дай вкусити! — сказав Ростик, кинувши погляд на яблуко.

Не встигла Марусина й рота розтулити, як хлопчик з її руки відкусив більшу частину яблука і почав ним хрумати, як кріль. Для Ростика їй не було шкода нічого, тож Марусина запитала, чи ще хоче.

— Ага! — сказав він і знову впився міцними зубами в яблуко.

Після цього Марусині залишився маленький шматочок, який вона швиденько доїла. Продзвенів дзвоник, і школярі зайшли в клас та сіли за парти. Учительки ще не було, коли двері прочинились і заглянув Ростик.

— Малюки, якщо хтось образить Марусину Бойченко, буде мати справу зі мною! — сказав він і показав кулака.

Марусина гордо випрямила спину, підвела вгору голову й повільно окинула зверхнім поглядом своїх однокласників: дивіться, мовляв, який у мене старший захисник!

Додому Марусині вдалося повернутися з чистими й навіть не подертими колготками, щоправда, бантик таки сповз із волосся і його довелося покласти в портфель. Коли батьки прийшли додому, то Марусина вже встигла перевдягнутися й повісити форму в шафу, за що отримала похвалу.

— Тобі сподобалося в школі? — запитав батько.

— Перерви подобаються, — відповіла дівчинка.

— А уроки? — поцікавилася мати.

— Суцільна нудьга, — відповіла дівчинка. — Маю вчити букви, коли їх знаю.

— Але ж не всі дітки вміють читати, — зауважила мати.

— То вони будуть навчатися, а я нудьгувати?

Мати пояснила, що незабаром почнеться вивчення нового матеріалу, і їй не доведеться нудьгувати.

— Поживемо — побачимо, — сказала Марусина по-дорослому й зітхнула.

— Сьогодні було свято, яке ти запам'ятаєш на все життя! — підсумувала мама, а дівчинка подумала, що нічого такого особливого вона не запам'ятала.

— Завтра вже не буде свята? — запитала Марусина.

— Ні. А що? — мама поглянула на доньку.

— Тоді бантик не потрібний? — з надією запитала дівчинка.

— Він тобі не подобається?

— Я його ненавиджу! Можна заплести мені кіски?

— Гаразд! — погодилася жінка.

Розділ 6

Здавалося, лише недавно Марусина йшла до першого класу, а вже закінчила п'ятий. Стільки часу вона чекала, поки Віра звільнить місце від своїх речей у шафі, щоб зайняти її полички, а тепер, коли сестра почала готуватися до від'їзду, Марусина засумувала. Вона завжди ображалася на Віру за те, що та не дозволяла їй гуляти зі своїми подружками, ставилася до неї, як до маленької, не розказувала свої дівчачі секрети. Ніби намагаючись надолужити втрачене спілкування, Віра не відпускала від себе Марусини вже кілька днів.

— Я буду навчатися в місті! — радісно говорила Віра, перебираючи свій одяг. — Уявляєш, Марусино, скільки там людей, машин, усі кудись поспішають, і я буду серед них — частинка того гамірливого натовпу!

— Щаслива! — видихнула Марусина.

— Буду жити в гуртожитку.

— Везуча!

— Але раз на місяць приїжджатиму в село, тож не сумуй за мною! Потім отримаю диплом і стану вчителькою! Ух! Аж дух спирає, коли подумаю! Ти також підеш до педагогічного? Маєш піти, бо в нас — династія вчителів!

— Не вирішуйте за мене! — огризнулася дівчина. — Я ще не вирішила, ким стану, а ти «династія, династія»!

— У тебе є ще час подумати, — погодилася Віра й порадила поменше крутитися перед дзеркалом. — А ще не бігай за тим Ростиком, не рівня він тобі.

— Що?! За Ростиком? Тю! Потрібен він мені, як собаці п'ята лапа! — занадто емоційно промовила Марусина.

— А то я сліпа! Аж п'яти обсцикуєш! Ти бачила, які в нього дівчата?

— Які?

— Кра-су-ні! А ти хто? Мале дівча, у якого навіть цицьки ще не виросли!

— Та ну тебе! — психанула Марусина і пішла у двір.

Дівчина рушила в садок, залізла на товсту гілку дерева. Марусина не пам'ятала, з якого віку почала втікати від несправедливості, ховаючись у гіллі яблуні. Там вона могла сидіти годинами. Її ніхто не помічав, не чіплявся й не заважав думати, а часом і плакати. Здавалося, лише яблунька могла відчувати її душевний стан, читати думки, співчувати й заспокоювати. Умостившись на гілці, дівчина замислилася. Віра мала рацію. Поблизу Ростика все частіше крутилися дівчата, здебільшого його ровесниці, а з Марусиною він спілкувався або коли був удома, або коли вони йшли разом зі школи. Хлопець ділився із сусідкою, як і раніше, своїми мріями про майбутнє, іноді розповідав про дівчат, які йому подобалися, але відчувалося, що стосунки між ними вже не такі, як раніше. Іноді, коли в Марусини уроки закінчувалися раніше, вона швендяла біля школи, чекаючи Ростика. Він виходив і не квапився додому — ішов на шкільний стадіон, де займався на турніку. Марусина рушала туди, сідала на лавку і спостерігала за ним. Бувало, що підходили хлопці й після фізичних вправ разом з Ростиком курили, попросивши Марусину постояти на варті. Вона ладна була вертіти головою, щоб вчасно помітити дорослих, аби лише бути поруч з хлопцем. Ростик дорослішав, і заробити прихильність торохтливими яблуками було вже неможливо. Справжнім щастям стали ті нечасті години, коли Ростик сам заходив до Бойченків, запрошував Марусину піти прогулятися до річки. Вони ходили берегом, а хлопець згадував дитинство і казав, що за два роки поїде звідси навчатися в льотне училище і сумуватиме за рідним краєм. Марусині хотілося сказати, що вона сумуватиме за ним, але соромилася, бо висміє і знову називатиме малою.

Посумувавши наодинці в саду, Марусина повернулася до хати. Три валізи з Віриними речами стояли посеред кімнати.

— Шафа вільна! — сповістила сестра. — Можеш перебиратися! Я собі залишила лише одну поличку знизу.

— Мені тебе бракуватиме, — сумно промовила Марусина.

— Та не бреши! — засміялася Віра. — Ми ніколи з тобою не були близькими подружками.

— Ми були і є сестрами.

— Це тобі, — Віра віддала сестрі свій старий гаманець з грошима. — Бери, на щастя!

Коштів було небагато, але й таким Марусина зраділа. Вона давно хотіла купити фотоапарат, щоб знімкувати все, що подобається. У батьків гроші просити не могла — не навчили вони цьому дітей, тому потроху відкладала на покупку. Трохи бабуся подарувала на день народження, щось зекономила на шкільних обідах, а ще дала хрещена, мати Орести, коли приїздили навесні допомагати засадити городину. Склавши всі гроші докупи, Марусина перерахувала їх і радісно підстрибнула: у неї було п'ятдесят три гривні! Саме стільки коштував фотоапарат! Нехай і з ручною перемоткою плівки, але справжнісінький! «Не такий уже й сумний день!» — подумала дівчина.

Їй залишалося дочекатися батька і попросити його повезти її до району, щоб зробити покупку.

Увечері Марусина крутилася, як білочка, допомагаючи батькам по господарству, потім заходилася сама готувати вечерю.

— Що з нашою Марусиною трапилося? — промовила мати.

— Вона в нас завжди була помічницею, — зауважив батько.

— І не кажи! Іноді з дрючком потрібно заганяти на город, а тут як бджілка крутиться! — усміхнулась жінка. — Марусино, зізнавайся, що тобі потрібно?

«Мама мене одразу розкусила», — подумала дівчина.

— Нічого, лише щоб тато повіз мене в район, — сказала вона й усе пояснила.

— Так би щодня допомагала! — промовила мати й не забула нагадати, що Віра завжди була працьовитою, а Марусині аби лише перед дзеркалом крутитися.

— Так вона ж красуня! — зауважив батько й додав: — А ще й розумниця! Ось стане відомим фотографом і прославить нашу родину на весь світ!

— Хоча б учителькою стала! — махнула рукою мати.

Розділ 7

Фотографування стало для Марусини справжнім захопленням. Спочатку вона робила світлини квітів, дерев, захопилась пейзажними фото, але найбільшу втіху в неї викликало знімкування себе самої. Для цього доводилося просити Ростика піти разом на природу, щоб він її сфотографував. Марусині дуже подобалося позувати, перевдягатись у різний одяг, шукати нові локації для фотосесій. Хлопець іноді підтримував її забаганки і по кілька разів клацав фотоапаратом, іншого разу психував і казав, що вона його дістала. Але Марусина все терпіла заради того, щоб побачити нові світлини. Вона подовгу розглядала на них себе, відмічала, що зроблено не так. Ті, що їй не подобались, одразу знищувала, залишала лише найвдаліші.

Часто дівчина фотографувала і самого Ростика. Частину світлин віддавала йому, інші — залишала собі, ретельно вклеюючи їх в альбом поруч зі своїми. З придбанням фотоапарата Марусина отримала змогу бути поруч з Ростиком частіше. Він просив дівчину сфоткати його з друзями, і тоді дівчина приєднувалася до них. Іноді Марусина брала фотоапарат із собою до школи, щоб на перерві зробити знімки однокласників, але лише вона знала справжню мету таких вчинків.

Дівчина сподівалася, що Ростик між уроками зможе помітити її за знімкуванням і попросить сфотографувати і його. Щойно хлопець починав позувати з друзями, умить до нього прибігали дівчата. «Ще б пак! — думала невдоволена Марусина. — Їм за честь обійняти такого красеня, щоб залишити собі фото на пам'ять».

— Марусино, мені фотку подаруєш? — приставали дівчата до Марусини після знімкування.

— Не знаю, — відповідала зазвичай вона.

— Ну будь ласочка! Просимо тебе! — не відставали від неї.

— Якщо вийде фото, — обіцяла дівчина.

Удома Марусина ретельно переглядала та сортувала світлини. Дівчатам відбирала ті, де вони вдалися погано. Це були в основному фотографії, де дівчата або із заплющеними очима, або з розтуленим чи перекошеним ротом. Вона віддавала такі фото і тішилася з того, як дівчата обурювалися, що вийшли на них погано. Найбільше Марусину дратувала однокласниця Олька, за однією партою з якою вона просиділа три роки. Саме Олька почала приділяти увагу Ростикові чи не найбільше.

«Як був у неї дурнуватий вигляд, так і лишився», — думала Марусина, хоча дівчина ставала з роками все гарнішою.

Усе частіше Ростик повертався додому не із сусідкою, а з іншими дівчатами. Марусину вони страшенно дратували. «Прищаві, з рідким волоссям, а всі до нього клеяться! — невдоволено думала Марусина. — Чи не дивилися на себе в дзеркало? Ростик — красень! Високий, на відміну від своїх однолітків, плечистий, бо займається спортом, волосся чорняве, трохи хвилясте, вії чорні та довгі, як у дівчиська!»

Удома вона розгортала альбом і на світлинах порівнювала Ростика та себе. За таким заняттям могла просидіти годину, аж поки не починало рябіти в очах і не приходило розуміння, що її зовнішність проти його таки програє. І тоді Марусина, ховаючись, невтішно плакала.

Коли Ростик перейшов до десятого класу, він почав усе частіше ходити до клубу. Іноді до нього під вечір заходила Марусина, і хлопець радився з нею, що краще вдягнути.

— Може, оцей светрик? — запитував він. — А комірець сорочки має виглядати?

Марусина щиро радила, а на душі шкребли кішки від однієї думки, що хлопець танцюватиме з дівчатами і вони милуватимуться ним. «Може, вже й цілується з ними», — закрадалася думка.

Сусідка проводжала Ростика на гуляння до клубу, і ніхто не знав, як їй було сумно лишатися вдома. Лише напередодні новорічних свят вона наважилася попроситися у батьків піти на танці.

— Куди тобі?! — одразу відрізала мати. — Рано ще на гульки бігати!

— Я вже в сьомому класі, — нагадала Марусина і сказала, що її однокласниць батьки вже відпускають до клубу.

— Маринко, може, й справді нехай дівча сходить розвіється, — батько обережно звернувся до дружини. — Чим вона гірша за інших дівчат?

— Їй про навчання думати треба, а не про хлопців! — відповіла мати.

— Хіба я погано навчаюся? І не до хлопців я йду, а на танці! Хочу з дівчатами побачитися, потанцювати, кіно подивитися! — клянчила дівчина.

— Там старші хлопці, яким тільки того й треба, щоб зіпсувати дівчину! — не вгамовувалася жінка. — Не вистачало мені, щоб у пелені принесла ще в школі!

— Мені ніхто не потрібний! Туди я піду з Ростиком, він завжди готовий за мене заступитися! — сказала Марусина.

— От і добре! — озвався батько. — Нехай тоді й додому тебе проведе.

Марусина з надією дивилася на матір. Жінка зітхнула, махнула рукою:

— Двоє проти однієї? Іди вже!

Марусина швиденько зібралася, побігла до Ростика, поки той не пішов з дому.

— Я сьогодні з тобою піду! — радісно сповістила вона ще з порога. — Збирайся швидше!

— Наша дівчинка виросла? — засміявся він. — Тебе батьки відпустили? Не вірю своїм очам!

— До речі, вони наказали тобі доставити мене додому цілою й неушкодженою!

— Зробимо! Ти ж моя сусідка! Я маю тебе оберігати! — сказав Ростик, одягаючи нову куртку з хутряним комірцем.

До клубу вони йшли поруч. Марусині хотілося, щоб хлопець узяв її за руку, як це роблять у кіно, але Ростик крокував, щось розповідаючи й розмахуючи руками.

«Він не романтик», — із жалем подумала Марусина.

У клубі, коли почалися танці, Марусина приєдналася до гурту дівчат, які трималися осторонь від хлопців. На повільний танець Ростик запросив свою однокласницю, тож Марусині не залишалося нічого, як спостерігати за ними і вдавати веселощі. Вона розповідала дівчатам дурнуваті анекдоти, голосно неприродно сміялась і водночас ненавиділа себе за таку поведінку.

«Невже Ростик не запросить мене на танець?» — цвяхом стирчала в її голові думка.

Він не запросив. Марусина зібралася з духом і наважилася підійти до натовпу хлопців, серед яких був і Ростик.

— А! Це ти? Як справи? Не сумуєш? — запитав він, помітивши сусідку.

— Якось нуднувато, — стенула плечима дівчина.

— Ходімо! — сказав він і пішов до виходу.

Марусина вийшла за Ростиком надвір, не розуміючи, що він задумав.

— Йдемо! — скомандував хлопець.

— Куди?! — здивувалася вона.

— Відведу тебе додому!

— Ще рано!

— Я обіцяв, що доставлю тебе додому? Обіцяв! Тож не супереч мені! — сказав він і пішов великими швидкими кроками.

Марусина, ледь не плачучи, поквапилася за ним. Він довів її до подвір'я, зупинився, і дівчина з надією подивилася йому в очі.

— Чого дивишся, мала? Шуруй додому, я почекаю, поки в хату зайдеш! — сказав він.

У Марусини все всередині спалахнуло обуренням.

— Іди вже до своїх дурних курок! — викрикнула вона. — Дорогу до хати сама знайду!

— Я зачекаю, — спокійно сказав Ростик.

— Зачекай! Може, ще й під туалетом мене чекатимеш?!

Марусина, не прощаючись, побігла додому. Вона зайшла у свою кімнату, дістала нову світлину Ростика. На ній він ніби насміхався з дівчини.

— Ненавиджу! Козел! — прошепотіла вона і з ненавистю розірвала знімок на дрібні шматочки.

Вимкнувши світло, Марусина, як у дитинстві, накрилася з головою ковдрою й невтішно розплакалася.

Розділ 8

Ростик готувався до випускного вечора і згадав про Марусину, яка могла відверто, нічого не приховуючи, оцінити його святкове вбрання. Останнім часом вони мало спілкувалися. У хлопця була підготовка до іспитів, які він мав скласти якнайкраще, щоб вступити до вищого навчального закладу. Дитяча мрія стати льотчиком Ростика не покинула, і він мав серйозні наміри її втілити. Марусина ж зробилася вередливою і за будь-яких дрібниць на нього ображалася. Крім усіх проблем, потрібно було підтягнути свою фізичну підготовку, і хлопець посилено тренувався в спортзалі. Робив він це не з особливим задоволенням, але розумів, що це допоможе втілити мрію в життя. Ростик займався фізпідготовкою тоді, коли друзі та однокласники ходили гуляти, зустрічалися вечорами з дівчатами. А він до вечора був уже стомлений. У вихідні хлопець знаходив час, щоб сходити на кілька годин до клубу, де спілкувався з друзями й дівчатами, які липли до нього, як мухи до меду. Однак серйозних стосунків заводити не поспішав. Часто на танцях бачив Марусину, біля якої завжди крутилися хлопці, проте жодного разу не помітив, щоб хтось її проводжав додому. «Напевно, ще не подорослішала сусідка», — думав він.

Траплялося, що вони разом поверталися додому з клубу, але говорити, як раніше, на різні теми годинами вже не могли. Марусина здавалася йому дівчиськом, замкнутим у собі й не готовим на відверті розмови. Іноді вони згадували дитинство, якісь смішні пригоди, жартували, сміялися й ніколи не говорили про щось серйозне.

Марусина мала намір надвечір сходити до Ростика на його запрошення. «Давненько він мене не кликав», — думала вона, розмірковуючи, що краще вдягнути, аби мати привабливий, але не викличний вигляд.

Дівчина вже майже зібралася й оцінююче розглядала себе в дзеркало, коли до хати зайшла Віра.

— Привіт, сестричко! — привіталася Марусина. — На вихідні чи на довше?

— Хочу сходити до школи, подивитися на випускників, згадати минуле, — відповіла сестра. — А ти куди намилилася?

— До Ростика, — відповіла вона й пояснила чому.

— Усе ще бігаєш за ним? — з насмішкою промовила Віра. — Не набридло?

— Дуже треба! — хмикнула дівчина. — Мені більше зайнятися нічим?

— Гаразд! Не ображайся! — Віра обняла сестру за плечі. — Я тобі кофтинку привезла, тож зможеш на випускний одягнути.

— Нову?!

— Та ні, свою, але вона майже як нова!

Марусина приміряла подарунок, подякувала сестрі, хоча в душі шкребла образа за те, що Вірі батьки купують обновки, а вона й досі все доношує за сестрою.

Дівчина пішла до сусіда. Ростик уже на неї чекав.

— Зараз ти оціниш мій прикид! — сказав хлопець весело.

Перед нею стояв високий широкоплечий юнак у світло-сірому новому костюмі з переливом, білосніжній сорочці та синій краватці.

— Ну як тобі? — запитав Ростик, поправляючи волосся рукою. — Костюм імпортний, батько дістав, краватку матері хтось привіз із Польщі, сорочку ще рік тому купили, — похвалився він.

— Супер! — захопливо промовила Марусина.

Ростику й справді пасував одяг. Здавалося, що він актор, який зійшов з обкладинки глянцевого журналу. Його темні очі блищали, над рівною смужкою губ ледь пробивалися темні вуса, прямий ніс з невеличкою горбинкою, яка зовсім не псувала зовнішність, — усе в ньому було майже ідеальним. Марусині хотілося бодай пальцем торкнутися красеня в костюмі — не того замурзаного хлопчиська, яким був, здавалося, нещодавно, а іншого — привабливого, гарного і такого далекого. Вона підійшла до нього, поправила рукою його зачіску й відчула запах парфумів. Хлопець пахнув не так, як її однокласники-підлітки. Це був запах дорослого хлопця, і від того вона зашарілася.

— Краще ось так, — стиха промовила вона. — І раджу трохи збризнути лаком для волосся. Бо на вітрі розсиплеться на всі боки, а так триматиме форму.

— Справді?

— Так. Але не перестарайся, бо волосся блищатиме, як змазане гусячим жиром.

— Так і зроблю! Дякую, Марусино! — промовив він, зупинивши погляд на сусідці. — Ти ще довгоноситимеш у роті цю пластинку?

Дівчину обдало жаром від почутого, і вона опустила голову й відійшла від нього. «Міг би вдати, що не помічає», — подумала.

— Потрібно буде тебе пофоткати на випускному, — сказала вона.

— Ми запросили професійного фотографа, — зауважив хлопець.

— Любительські фотографії також не завадять, вони не такі якісні, але більш цікаві, коли знімаєш неочікувано, — наполягала дівчина.

— Знімкуй, якщо хочеш, — байдуже мовив він.

— Раніше тобі подобалися мої світлини, — нагадала Марусина.

— То було колись, а зараз усе по-іншому!

— Що змінилося?

— Я стаю дорослим, незабаром почну самостійне студентське життя! До речі, ти ще ні з ким із хлопців не зустрічаєшся? — запитав він, подивившись на дівчину.

У Марусини завмерло серце, потім шалено закалатало у грудях. «Невже запросить на побачення?» — майнула думка.

— Ні, у мене нікого немає, — відповіла дівчина.

— Ясно! Та ти ще дитина! — сказав юнак.

Його слова відгукнулися болем, але Марусина стрималася й натягнуто всміхнулася. Вона чекала запрошення від друга бодай прийти на його випускний вечір, але здавалося, що Ростик забув про її присутність і розглядав себе у великому дзеркалі.

— Я прийду на вечір до школи, — промовила вона стиха.

— Приходь, — сказав він.

— То я вже можу йти?

— Іди, — відповів Ростик.

Додому Марусина повернулася пригніченою. Віра, як завжди, приставала із питаннями, але сестрі не хотілося з нею нічим ділитися. Вона вийшла з хати, залізла на улюблену яблуню: хотіла побути на самоті, помріяти й посумувати водночас.

«Ростик незабаром поїде із села, у нього буде там дівчина, а я лишуся тут і чекатиму, коли він приїжджатиме, щоб знову його побачити, — думала Марусина. — Завтра в нього буде випускний вечір, тож ще є надія, що він помітить і зрозуміє, що подобається мені. Невже я така неприваблива й непомітна? Чи то Ростик такий сліпий?»

З надією йшла Марусина на вечір разом із сестрою. Після урочистостей обрали королеву та короля балу. Марусина не сумнівалася, що вибір випаде саме на Ростика, і не помилилась. Із заздрістю спостерігала вона, як хлопець кружляв у вальсі з красунею-однокласницею, тримаючи її однією рукою за талію. Як їй хотілося бути на місці тієї дівчини! Почався бал випускників, де на танок запрошували всіх охочих. Хлопці танцювали зі своїми однокласницями, зі знайомими дівчатами, навіть з матерями, лише Марусина почувалася покинутою і забутою всім світом. До останнього вона сподівалася, що Ростик згадає про неї, але, здавалося, він узагалі її не помічав. Лише один раз їхні погляди випадково зустрілися, він усміхнувся Марусині, махнув рукою, щоб за мить знову забути про сусідку. Образа стискала горло дівчини, їй хотілося розплакатися, але Марусина знала, що не має права показати стороннім свою слабкість. Коли випускники пішли з батьками за стіл, усі почали розходитися. Пішла й Марусина із сестрою. Дорогою Віра щось весело розказувала, але сестра не чула її слів. Здавалося, горло так щось стиснуло, що вона ось-ось задихнеться.

— Можна швидше йти? — запитала Марусина, зробивши видих.

— Куди нам поспішати? Завтра можна зранку спати досхочу!

— Додому! Я хочу додому! — нервово відповіла Марусина й пришвидшила ходу.

Ледь зайшовши в кімнату, Марусина не витримала, впала на ліжко і розплакалася.

— Ти чого, сонечко? — Віра сіла поруч. — Невже через Ростика?

— Ти... Ти нічого не розумієш! — плакала дівчина. — Я нікому не потрібна!

— Ти мені потрібна!

— Тобі? — Марусина повернула до сестри заплакане обличчя. — Доношувати твої ганчірки?

— Ти що, дурненька?!

На плач до кімнати зайшли батько й мати, запитали, що трапилося.

— Реве за Ростиком, — пояснила сестра.

— Вона все бреше! — скрикнула істерично Марусина. — Я нікому не потрібна!

— Нам потрібна, — сказав батько. — Що ти вигадала, доню?

— Вам? Вам?! Вам потрібна Віра, а не я! Віра — приклад для мене у всьому! Віра добре вчиться, Віра акуратна, щось новеньке — для Віри! Я маю носити її одяг, брати з неї приклад, навіть стати вчителькою, як ви і Віра!

— Марусино, заспокойся, у тебе просто істерика! — сказала мати, сівши поруч. — Ми вас любимо однаково! Будеш навчатися в інституті — і тобі купуватимемо обновки.

— Та не в них річ! Як ви не розумієте! — плакала дівчина. — Я нікому не потрібна, бо я — гидке каченя з пластиною в роті!

Ходжу з нею вже два роки, хвалюся, що то брекети, а насправді дешева пластмаска з гачками, які поблискують у роті весь час, коли я всміхаюся!

— Це вже занадто, Маріє! — обурилася мати. — У тебе буде гарна усмішка з рівними зубами! Але для цього треба трохи потерпіти!

— Доню, у нас нема стільки грошей, щоб поставити тобі дорогі брекети, — винувато промовив батько. — Ти ж знаєш, які вчительські зарплати, і ті затримують, до того ж, Віра має навчатися...

— Знову Віра! А я?! Ви зовсім забули, що у вас не одна, а дві доньки! — злісно скрикнула дівчина.

— О-о-о! Почалися ревнощі! — озвалася Віра.

— Ви... Ви всі мене дістали! — Марусина підвелася з ліжка.

— То піди повісься! — кинула їй сестра.

— Не дочекаєтесь! Не підходьте до мене! — заверещала Марусина й вибігла з кімнати.

Вона залізла на дерево, обняла стовбур яблуньки. Дівчина знала, що лише тут ніхто не буде їй дошкуляти, що лише тут можна дати волю сльозам.

— Мене ніхто, ніхто не розуміє! — жалісливо прошепотіла вона яблуньці. — Мене ніхто не любить! За що мене любити? Я — гидке каченя, але тобі байдуже, яка я, який маю одяг чи вигляд. Ти одна, хто мене любить такою, яка я є.

Розділ 9

У Марусини було багато друзів, з якими вона спілкувалася, ходила в клуб, але заглянути собі глибоко в душу нікому не дозволяла. На певному етапі спілкування для неї існувало табу, і ніхто зі знайомих дівчини не міг знати, що у неї на душі, або навіть припустити, що приховується за усмішкою. Ростик залишив їй біль після свого від'їзду. Дівчина страждала від того, що хлопець так і не помітив, що подобається їй. Іноді Марусина за звичкою залазила на улюблену яблуню й намагалася зрозуміти, чи справді Ростик не помічав, що сусідка в нього закохана, чи не хотів помічати, і щоразу робила висновок, що вона негарна, неприваблива, її нема за що покохати.

Коли сум відступав, Марусина діставала старі сукні та кофтинки, з яких уже виросла, несла все це до бабусі, й там вони мізкували разом, як із трьох старих речей зробити одну обновку. Якось вони з двох суконь різних кольорів зшили спідницю шестиклинку, але Марусині цього здалося замало. Тоді вони пришили спідницю до водолазки — і вийшла нова сукня. Іншого разу бабуся сама проявила ініціативу: вона розпустила на нитки кілька старих светрів та зв'язала онуці сукню.

— Такої ні в кого немає! — зраділа Марусина й кинулася обнімати бабусю.

У суботу дівчина красувалася в обновці на танцях. Подружки тихо заздрили, лише Олька пустила шпильку:

— Було б чим випендрюватися!

— Ти також таку маєш? — посміхнулась Марусина, що дуже розізлило дівчину.

— Щоб ти на себе не натягла, все одно Ростику не подобаєшся!

Ці слова боляче різонули по душі, і Марусина ледь стрималася, щоб не вліпити Ольці смачного ляпаса.

— До чого тут Ростик? — натомість з усмішкою промовила Марусина. — Він — мій сусід — і нічого особистого! А ось ти ладна стати підстилкою, аби лише бути з ним!

Ольга вмить стала червоною, як стиглий помідор, а Марусина, крутнувшись, пішла геть. Повернувшись додому з клубу, вона довго розглядала себе в дзеркалі.

«Звичайна собі дівчина, — думала вона, — не красуня, але й не потвора, світле густе волосся, очі молочного шоколаду, приємна усмішка. Але що тоді в мені не так?»

Коли Марусина закінчила навчання в дев'ятому класі, у неї з'явилася нова подружка Люба. Трапилось це випадково. Дівчина йшла додому, коли біля подвір'я поруч із садибою Феодала помітила незнайому дівчину, що вирубувала сапкою кропиву. Марусина знала, що в тій маленькій убогій хатинці жив юнак Анатолій зі своєю старенькою бабцею, тож поява дівчини її здивувала, і вона стишила хід. Незнайомка також помітила Марусину, розпрямила спину, відкинула за плечі дві тонкі косички.

— Доброго дня! — привітно промовила дівчина.

Марусина одразу помітила, що в дівчини привітне обличчя, щира усмішка. Вона здавалася підлітком: невисокого зросту, худенька, зі смішним чубчиком.

— Вітаю! — Марусина зупинилася біля дівчини. — Ви приїхали в гості?

— Ні, — мотнула вона головою, і кіски знову перекинулися на груди. — Сподіваюсь, що назавжди. Я — дружина Толика!

— Толик одружився?! — здивувалася Марусина. — Я живу поруч і не знала.

— У нас не було весілля, ми лише розписались у місті, і я одразу переїхала до нього. До речі, мене звати Люба.

— А я — Марусина! Може, зустрінемось увечері і познайомимося ближче! — запропонувала вона.

Марусина не знала чому, але Люба одразу їй сподобалась. Вона викликала до себе симпатію з першого погляду і здавалася дуже позитивною. Дівчата домовились увечері зустрітися, сходити до річки й поговорити.

Марусина повела Любу до річки, де можна було спокійно поспілкуватися, й запропонувала перейти одразу на «ти».

— Я — вихованка сиротинця, — зізналася Люба. — Знаю, що мати від мене відмовилася ще в пологовому, але чому — невідомо. Я б ніколи не змогла покинути свою дитину! Як би мені важко не було, але покинути свою кровинку — це як відірвати від свого тіла шматок плоті. Увесь час думаю, як вона могла? Намагаюсь уявити різні життєві ситуації, але виправдання її вчинку не знаходжу.

— Мені здається, що дитина має бути для будь-якої жінки сенсом життя, — сказала Марусина й запитала, чи щось відомо про її матір.

— Я могла б і навіть хотіла дізнатись у директорки її прізвище, але не наважилася. Напевно, ще не готова до пошуку.

Люба розповіла, як познайомилася з Толиком. Він продавав на ринку картоплю, що лишилася з осені, а вона її купила.

— Слово за слово — так і почали спілкуватися, а потім він запропонував одружитися, і я погодилася, — розповіла Люба.

Марусині було дивно, що така приваблива, розумна дівчина вийшла заміж за Толика, який любив хильнути чарку, ніде не працював, перебивався випадковими заробітками, коли хтось у селі просив допомогти по господарству, але основним «доходом» хлопця була бабусина пенсія.

— Ти десь навчалася? — поцікавилася Марусина.

— Я вивчилася на муляра-штукатура, але ще не встигла влаштуватися на роботу, як побралися з Толиком, — сказала дівчина, і при згадці про коханого її обличчя запромениЛося. — Мені обіцяли навіть гуртожиток, але заради нього я все покинула.

— Не поквапилася?

— Ти що?! Я як дізналася, що в нас буде дах над головою, город, навіть садок, то геть усе кинула! Марусинко, ти навіть не уявляєш, як прожити все життя під наглядом, підкорюючись наказам, не мати нічого свого! Я ледь не цілувала кожну тарілочку, кожну чашку в будинку свого чоловіка, бо то все — наше, не державне, яке потрібно берегти, не можна розбити чи взяти із собою до спальні. Правда, у хаті був такий безлад, що тобі не передати! Бабця майже нічого вже не бачить і не чує, а що від холостяка візьмеш? — Люба засміялася. — Я всі гнидники вигребла за два дні, випрала все, перемила. Тепер скромно, але чистенько! Прийдеш до мене в гості?

— Залюбки, подруго! — пообіцяла Марусина.

Дівчата ще трохи погуляли берегом, поговорили. Марусині сподобалося, що Любаня — так вона почала називати дівчину — не лізла їй у душу, не чіплялася з питаннями. Коли проходили повз хату Феодала, Любаня поцікавилася, хто там живе.

— Толик казав, що тут живуть багатії. Це помітно! — промовила стиха молода жінка, кинувши погляд на садибу сусіда.

Їхня хатинка поруч із двоповерховим будинком здавалася такою маленькою й непомітною серед дерев.

— Господар був головою колгоспу, а коли колгоспи розпалися, то став фермером, — пояснила Марусина.

— Напевно, за рахунок колгоспного добра, — стишеним голосом промовила Люба.

— Так люди кажуть.

Розділ 10

Марусина здружилася з Любанею і повністю довірилася їй, розповівши про своє таємне та нещасне кохання. Напевно, вона подорослішала і вже не лазила на яблуньку, щоб поговорити з нею. Іноді дівчина підходила до дерева, обнімала його товстий стовбур, торкалася долонями зашкарублої кори й так мовчки стояла кілька хвилин, відчуваючи силу яблуньки, а ось розмови вела тепер із новою подругою.

— У липні Ростик має приїхати додому, — сказала Марусина. — Минулого року, коли він приїжджав, мене не було в селі, бо я гостювала в тітки. А зараз... Я навіть уявити боюся, що буде зі мною, коли його побачу! Мені здається, що моє серце не витримає і вискочить із грудей! Так хочеться, щоб у той момент ти була поруч зі мною!

— Може, так і вийде, — відповіла дівчина.

Як Марусина відчувала, так і сталося. Удень вона почула жваві та радісні розмови сусідів і зрозуміла, що приїхав Ростик. Дівчина вслухалася, щоб бодай почути його голос, але, напевно, він був у кімнаті, а батьки накривали стіл у дворі. Коли до Марусини навідалася Любаня й запитала, чи піде вона ввечері на танці, дівчина погодилася.

— Я сьогодні зранку гайнула в район на ринок, вдало продала кріп та петрушку, вдень устигла все попрати, вже полила городину, тож ми з Толиком вирішили прогулятися! — похвалилася дівчина.

— І коли ти все встигаєш?

— Я швидка! — засміялася Любаня. — Толик каже, що в мене все в руках горить!

У клубі Марусина помітила в натовпі хлопців Ростика. Товариші оточили його, а юнак щось жваво їм розповідав.

— Це він? — шепнула Любаня.

— Так, — кивнула Марусина й не почула свого голосу.

У роті вмить пересохло, у голові шуміло, а серце калатало так, що, здавалося, чути його стукіт усім навколо. Марусина дивилася на Ростика і не мала сил, щоб відвести погляд. Він став ще гарнішим, поширшав у плечах, якось подорослішав, джинсовий костюм підкреслював його статну постать. Толик пішов до хлопців, а подруги — до дівчат. Почалися танці, але Марусина не чула музики, для неї навколишній світ перестав існувати, залишивши в ньому єдиного, якому належало її серце, але він цього не знав.

Коли оголосили перерву, Ростик ішов на вихід повз Марусину й зупинився. Їхні погляди зустрілися, і світ навколо Марусини захитався. На неї дивилися карі очі, в яких дівчині хотілося розчинитися до останку.

— Привіт, сусідко! — усміхнувся юнак, блиснувши білосніжними рівними зубами.

— Привіт, — промовила стиха Марусина. — Ти коли приїхав?

— Сьогодні, — відповів він. — Ти як?

— Нормально.

— Я згадував наші дитячі витівки!

— Приємно чути.

— Як навчаєшся? Добре?

— Добре.

— Дивись, — вказав він поглядом, і Марусина повернула голову, — то твій портфелик за тобою бігає? — пожартував він і легенько смикнув її за вухо.

— Не смішно, — промовила дівчина. — У тебе як справи? Як життя у столиці?

— Вирує! Там класно, не те що тут, у селі! — відповів він. — Таке враження, що все завмерло і нічого за рік не змінилося.

— Ти змінився, — зауважила Марусина.

— А ти не дуже, — усміхнувся Ростик. — Ну, давай! Ще побачимося! — сказав він і пішов надвір.

— Він справді гарний! — шепнула Марусині на вухо Любаня.

До останнього Марусина сподівалася, що Ростик ще підійде до неї, запросить на танець, але, здавалося, він забув про неї. Увесь час біля нього крутилися старші дівчата. Марусині від образи хотілося плакати, але вона робила вигляд, що їй весело й добре. Коли всі вже виходили з клубу, Марусина пішла так, щоб потрапити йому на очі.

— Ти, як я бачу, не сама, — сказав він дівчині на ходу. — Бувай, сусідко! Я поспішаю!

Марусина помітила, як він наздогнав кількох дівчат, обняв їх за плечі, напевно, пожартував, бо вони засміялися.

— Ходімо, — зітхнула Марусина і взяла Любаню під руку. — А де це твій чоловік? Щось його не видно.

— Попросив грошей на пиво й пішов з хлопцями до кафе, — відповіла вона.

— І ти дала? Ті гроші, що заробила на ринку?

— Та в мене ще лишилися! Я ж не останні віддала, до того ж, він молодий, хоче з друзями поспілкуватися.

— То такі друзі, що напоять, — зауважила Марусина.

— Ні, все буде добре! Ми маємо один одному довіряти, — сказала Любаня й зауважила, що Марусина дуже сумна. — Та ти так не хвилюйся, не все те золото, що блищить. Може, ще й кращого хлопця зустрінеш, коли поїдеш у місто на навчання.

— Кращого немає, — зітхнула Марусина. — Він — найкращий, але не мій. Чому життя таке несправедливе?

— Це зараз тобі так здається, а з часом сама зрозумієш, що помилялася, — намагалася заспокоїти подругу Любаня.

Толик повернувся додому під ранок п'янючий як чіп. Про це Любаня розповіла Марусині зранку.

— Толик дуже шкодує, що так трапилося, попросив вибачення і сказав, що таке більше не повториться, — сказала Любаня. — А ти вже заспокоїлася хоч трохи?

— А ти як думаєш? — Марусина сумно всміхнулася. — У нас новина: Віра виходить заміж, за місяць весілля.

— О! Це ж чудово!

— Це добре, але я сподівалася, що батьки мені хоча б щось новеньке куплять з одягу, а тепер, як здогадуюсь, усі кошти підуть на весілля.

— Толик учора чув від хлопців, що Ростик за два тижні поїде.

— Куди?! — здивувалася Марусина. — На навчання ще зарано.

— За кордон з батьками на відпочинок, — пояснила дівчина.

Марусина лише кілька разів бачила Ростика, і то мигцем. Хлопець перекинувся з нею кількома словами і поспішав.

«Для нього я неприваблива школярка із села», — зробила висновок Марусина.

Вона знову почувалася нікому не потрібною, тим паче, що батьки були зайняті турботами про весілля Віри й не помічали суму молодшої доньки. Відшуміло весілля, і вони знову почали ставити старшу сестру Марусині у приклад.

— Дивись, Марусино, яка наша Віра молодчина! — сказала їй мати. — Вивчилася, стала вчителькою, влаштувалася на роботу, ще й заміж вдало вийшла!

— Так, її чоловік має свою двокімнатну квартиру, працює на заводі майстром зміни, зарплата непогана, тож вони створили нову зразкову родину! — підтримав її батько.

— Ось і ти станеш учителькою, будеш працювати в школі, але заміж за першого-ліпшого не поспішай! — радила жінка. — Бажано зупинити свій вибір на порядному чоловікові, в якого є свій куток.

— То мені за квартиру заміж іти? — нервово кинула Марусина.

— Навіщо ти так? Ми ж добра тобі бажаємо! — ображено промовила мати.

— Так ось, мої дорогі батьки! — сказала Марусина. — Я сама буду влаштовувати своє життя! І зроблю так, як підкаже мені серце!

— Будеш і далі сохнути за сусідом? Та не рівня він тобі, зрозумій це!

Уже не вперше Марусина чула слова про те, що Ростик їй не рівня, але зараз це спрацювало, як сірник, — її терпець урвався.

— Це не я йому, а він, саме він мені не рівня! — скрикнула Марусина.

Мати засміялася.

— Ти ще зовсім дитина, доню! — сказала жінка.

Ці слова були останньою краплею, і терпіння в Марусини луснуло.

— Я не буду вчителькою, як ви і Віра! — палко сказала вона. — І заміж за квартиру не піду! Ви ще побачите, чого я досягну в житті! І, до речі, зроблю це сама, без сторонньої допомоги!

— Доню, іди охолонь, — спокійно промовив батько.

— Маріє, не грайся з вогнем! — кинула їй услід мати, але дівчина вже не чула її слів: вона вибігла з кімнати й зачинила за собою двері.

Розділ II

Літо, коли Марусина закінчила навчання у школі й відшумів випускний вечір, видалося напрочуд чудовим. Часом ішли приємні тихі дощики, іноді грозові зливи, але все врівноважувалося: було тепло й не спекотно, поливати городину не доводилося, і врожай мав бути хорошим. Марусина категорично відмовилася вступати до педагогічного університету й подала документи до аграрного вишу на технолога виробництва й переробки продукції тваринництва, увівши батьків у шоковий стан. Мама бідкалася, що то безперспективна професія, а тато сумував, що династія вчителів на ній скінчилася.

— Я не хочу жити на вчительську мізерну зарплатню, — заявила Марусина. — Я вас дуже люблю, але, вибачте, не хочу жити так, як ви.

Погорювавши з тиждень, батьки змирилися з вибором доньки й заспокоїлися.

— Нехай буде, що має бути, може, воно й на краще, — підсумувала мати.

Марусина мала чудовий настрій. Вона перестала тужити від нерозділеного кохання і була сповнена мрій та надій на нове студентське життя. Дівчина тішилася з того, що нарешті їй вдалося вирватися з лабет власних думок, у рабство яких вона потрапила, коли закохалася в Ростика.

— Уявляю, скільки у мене з'явиться нових знайомих! — із захопленням говорила вона Любані. — Усі згадують студентські роки як найкращі у своєму житті, сподіваюсь, що й у мене так буде!

— Щаслива! А я тут сумуватиму без тебе! — промовляла Любаня, ледь не плачучи.

— Дурненька! Я ж навчатимуся в районному центрі, а це лише тридцять кілометрів! На вихідні приїжджатиму в село, щоб батькам допомогти й тебе побачити! — заспокоювала її Марусина.

Дівчині й справді було шкода полишати добру й наївну подругу. Марусина й досі не могла збагнути, чому та обрала саме Толика. Зовнішність у хлопця неприваблива: ніс картоплиною, насуплені брови, що зрослися на переніссі, жовтуваті великі зуби, але й це не головне, Толик пиячив, і тоді його матюки було чути на все село. Руку на дружину він не піднімав, бо Любаня була терплячою, годувала чоловіка і спокійно намагалася його вмовити лягти відпочити. Марусина намагалася не втручатися в особисті стосунки подружжя, лише іноді натякала, що було б непогано Толику влаштуватися на роботу, бо він так геть зіп'ється.

— Із села багато хто їздить у місто на роботу — і нічого, — говорила Марусина Любані, — тож і він міг би так.

— Він їздив кілька разів, але не знайшов роботи.

— Погано шукав. Хто хоче заробити бодай якусь копійку, той знаходить роботу.

— Я б із задоволенням влаштувалася на роботу в місті, але Толик проти, — із сумом промовляла Любаня.

Марусині було шкода подругу, яка працювала вдома та на городі, як бджілка, усе в її руках аж горіло. Попри всі старання Любані родина не вилазила зі злиднів: пенсії бабці не вистачало на три роти, ще й Толик увесь час канючив гроші на випивку. Добра, відкрита до людей Любаня не вміла відмовляти і давала йому гроші, бо чоловік обіцяв випити останній раз, але за кілька днів усе повторювалося. Марусина старалася допомагати подрузі. То кілька яєць, щоб батьки не знали, дасть, то шматок сала, то поділиться своїм одягом. Хоча Люба виросла в сиротинці, була всебічно розвинена, начитана, і з нею Марусині завжди цікаво. Навіть у такому шаленому темпі сусідка знаходила час, щоб почитати нову книжку. Дівчина любила романи про кохання, вони були для неї знеболювальним, надією, сподіванням на краще, щоб уночі, коли всі поснуть, спокійно помріяти про життя, наповнене щирими почуттями й шаленим коханням. Наставав ранок, і її мрії розчинялися з першими сонячними променями, зникали, як туман, щоб знову перенести дівчину в реальність, де хвора стара бабця і чоловік, якому із самого ранку кортить хильнути.

Приїхала Ореста, плануючи вирушити на роботу за кордон. Її мати почала часто хворіти, і коштів на лікування не вистачало, тож дівчина вирішила поїхати на заробітки.

— Ти сама їдеш? Не страшно? — запитала її Марусина.

— Якщо відверто, то дуже страшно, — зізналась Ореста. — Але що маю робити? Сидіти склавши руки і спостерігати за муками матері? Що б ти на моєму місці вирішила?

— Напевно, вчинила б так само, — відповіла Марусина.

Після від'їзду Орести — новина: Віра народила донечку. Усією родиною Бойченки поїхали її провідати і привітати з новонародженою.

— Мені таке життя подобається! — сказала Марусина Любані. — Події зрушили з місця, а то все одне й те саме, день у день, рік у рік! Життя, подружко, стартувало!

За кілька днів по тому приїхав у село до батьків Ростик. Марусина вже й не покладала надій, але життя, напевно, вирішило її здивувати. Наступного дня хлопець зайшов до неї й запросив погуляти ввечері. «Чи вовк у лісі здох?» — подумала здивована Марусина і запитала:

— Куди підемо? Клуб сьогодні зачинений, бо будній день.

— Погуляємо біля річки, згадаємо дитинство, — запропонував Ростик, і Марусина погодилася.

Серце тьохкало в грудях, коли дівчина збиралася. Вона губилася в здогадках, розмірковуючи, чому й навіщо Ростик її запросив на прогулянку. «Просто, щоб згадати час, коли ми були дітьми? То можна було б і біля двору посидіти й погомоніти. На побачення? Щось не схоже», — думала дівчина.

— Доню, куди зібралася? — запитала мати, коли побачила Марусину у кофтинці та джинсах. — Сьогодні ж нема танців.

— Піду до Любані, посидимо біля її двору, — збрехала дівчина.

Її й досі без дозволу не пускали батьки гуляти. Дівчата-однолітки бігали до клубу з шостого класу, не питаючи старших, вона ж і досі мала проситися, і батьки їй дозволяли ходити до клубу лише по суботах і неділях, у жодному разі не заходячи до кафе, яке стало улюбленим місцем сільської молоді. Додому Марусина мала повернутися не пізніше одинадцятої вечора, а якщо запізнювалася, то наступні вихідні мала сидіти вдома, тож без брехні цього разу їй не обійтися.

— Коли повернешся додому? — поцікавилася мати.

— До дванадцятої повернуся.

— Так пізно?!

— Я ж не в клуб іду, а з подружкою буду майже біля нашого подвір'я, — всміхнулася дівчина.

— Та йди вже! — промовила мати, кинувши погляд на доньку.

Ростик уже чекав Марусину біля двору.

— Доброго вечора! — привітався він, усміхнувшись до дівчини тепло й привітно.

— Привіт! — промовила схвильовано Марусина. — Ходімо звідси швидше!

— Чому? Мама не пускає гуляти?

— Ти що?! Не хочу, щоб зайве про мене злі язики чесали. Це ж село, а не столиця!

Вони пішли до річки, спустилися до берега. Стояла тремтяча тиша серед п'янко-солодких пахощів трав, і лише іноді було чути приглушене схлипування води. Молоді люди згадували дитинство, стиха сміялися, йдучи берегом, і слова знаходилися самі собою, без найменших зусиль. Непомітно розповзалися сутінки, і вечір тінями розтушував обриси дерев понад річкою, аж поки на небо викотився трохи надщерблений місяць і природа перед сном зітхнула повною тишею.

Час летів так швидко, що Марусина не помітила, як настала північ.

— Мабуть, мені час додому, — невпевнено промовила вона.

Вони зупинилися під розлогою кроною дерев, і Ростик, узявши її за плечі, повернув обличчям до себе. Його вродливе, чисто виголене обличчя м'яко випромінювало усмішку, і в дівчини гучно закалатало серце.

— Марусино, ти стала така гарна! — промовив він тихо.

— Справді? — ледь чутно прошепотіли її губи.

— Щира правда! Ти — справжня красуня!

Від таких довгоочікуваних слів у голові запаморочилося, захмеліло. Дівчина дивилася в його темні очі, схожі на осінній присмерк, і намагалася приховати свою радість. Гостро пахла берегова м'ята, коли хлопець уперше торкнувся своїми губами її гарячих вуст. Марусині стало добре від того несміливого легкого цілунку і водночас страшно. Вона потягнулася до Ростика всім тілом, і наступний поцілунок уже був пристрасним і гарячим. Дівчина блаженно заплющила очі, коли він знову і знову дарував їй цілунки, і боялася захлинутися від радощів.

— Я кохаю тебе, Марусинко, — гаряче прошепотів юнак, — кохаю все життя, із самого дитинства!

В її обличчя хлюпнула гаряча хвиля, і весь світ навколо почав кружляти.

— Поцілуй мене, любий, ще раз, — прошепотіли її уста.

Розділ 12

Лише кілька днів Марусина зустрічалася з Ростиком, а вже знало все село, дійшли чутки й до батьків дівчини.

— Марусино, це правда, що люди говорять? — запитала мати.

— Що саме? — схвильовано мовила дівчина.

Це були її перші серйозні стосунки, Марусина ще не звикла, тому знітилася, почервоніла і закліпала очима так, ніби скоїла крадіжку, а її спіймали за руку на гарячому.

— Ти зустрічаєшся із сусідом?

— Та... ніби так, — стенула плечима.

— Нарешті він у тобі помітив дівчину?

У маминому голосі дівчина вловила скептичну нотку, і їй стало неприємно.

— Просто ми стали дорослими, — відповіла Марусина.

— Чи не зарано, доню? Тобі ще навчатися й навчатися, — зауважила жінка.

— Хіба кохання завадить цьому?

— Кохання, кажеш? — промовила жінка задумливо й сіла поруч. — Про кохання можна говорити тоді, коли воно витримає випробування часом, стосунками. Доню, це лише закоханість, яку часто плутають із коханням. А закоханість, як показує практика, може минути.

— Але може перейти у справжнє кохання, — зауважила Марусина. Це була перша її серйозна розмова про стосунки закоханих, тож дівчина радо продовжила: — Я не вважаю, що в мене перша закоханість. Якось я читала, що вчені досліджували роботу мозку закоханих людей. Вони виявили, що в такому стані володарюють гормони, ендорфін і окситоцин, скептичні вчені навіть дали назву таким почуттям — хімія любові.

— То, може, і в тебе вони панують? — усміхнулась жінка. — Важко відрізнити закоханість від любові.

— Я вважаю, що в мене вже позаду час закоханості. Насправді, мені Ростик подобався все життя, скільки себе пам'ятаю, — сказала Марусина, довірливо схиливши голову матері на плече. — То була підліткова закоханість, коли я марила ним, страждала, а зараз... Мамо, зараз зовсім інше! Це таке довгоочікуване глибоке відчуття, яке закономірно прийшло на зміну закоханості. Ми розуміємо одне одного з пів слова, сприймаємо такими, як є насправді!

— І ти це зрозуміла одразу? Після кількох побачень?!

— Саме так, мамо! Порадій разом зі мною! Я така щаслива! — гаряче промовила дівчина.

— Я рада, Ростик справді гарний хлопець, але так хвилююся, щоб ти не обпеклася! — сказала жінка. — Кохання підносить до небес, але як щось піде не так, то падати вниз дуже боляче!

— У нас усе буде добре, я це відчуваю! — промовила радісно Марусина й обняла матір за плечі.

Ростик запропонував Марусині в суботу піти разом до клубу, і дівчина не тямилася від щастя. Усе, про що вона мріяла не один рік, почало втілюватися в життя. Вони йшли селом, тримаючись за руки, і Марусина вся світилася від щастя, не відчуваючи землі під ногами. У клубі всі погляди були прикуті до гарної пари: одні дівчата дивились із заздрістю, інші робили вигляд, що їм узагалі байдуже. Ростик не відходив від Марусини ні на крок. Він то обнімав її за плечі й ніжно пригортав до себе, щось шепочучи на вушко, то вів до танцю. Мрія дівчини потанцювати з Ростиком збулася, і вона довірливо прихиляла до нього голову. У перерві Ростик відлучився, і до Марусини підійшла Любаня.

— Ти маєш такий щасливий вигляд, — сказала сусідка, — вітаю! Рада за тебе!

— А я як радію! — весело промовила Марусина. — Я така щаслива, Любаню! Ти навіть не уявляєш!

— Не боїшся виставляти напоказ своє щастя? — тихо запитала подруга.

— Ні! Мені хочеться кричати на весь світ, що я кохана й кохаю!

— Не можна виставляти напоказ своє щастя, — промовила жінка, — воно любить тишу. Заздрісники можуть украсти його.

— Нехай заздрять, якщо самі не можуть стати щасливими! — сказала Марусина і, побачивши, що Ростик повернувся, перепросила й пішла хлопцю назустріч.

Розділ 13

Марусина щодня бачилася з Ростиком, щовечора ходила на побачення. Їм ніколи не було сумно разом, і незабаром вони вже сміливо обговорювали спільне майбутнє.

— Коли ти закінчиш навчання у виші, ми одразу одружимося, — сказав їй хлопець.

— Це буде аж за чотири роки, — зауважила дівчина.

— Подивімося з іншого боку: у нас попереду чотири роки, коли ми будемо зустрічатися, потім роз'їжджатися на навчання, і наше кохання пройде випробування розлукою й часом, зміцніє, щоб потім, коли будемо жити разом, воно нас не покинуло, — запевняв її Ростик. — До того ж, я закінчу навчання раніше, тож буде час підготувати наше сімейне гніздечко.

— Розкажи, як ми будемо жити разом, — попросила дівчина.

І хлопець, пригорнувши до себе Марусину, розказував, як він поспішатиме з роботи додому, де вона його чекатиме, щоб зустріти у дверях, усміхнутися і сказати, що вже скучила за ним.

— Ти накажеш мені йти мити руки, а в нас так смачно щось буде пахнути, що я сполосну їх нашвидкуруч, лише змочивши водою мило, бо так кваптимуся на вечерю, що сил не буде, — уявляв він. — На кухні — біла скатертина, дві тарілки і ти навпроти. До речі, ти вмієш готувати?

— Та чи я не дівчина з села? — усміхнулась Марусина. — Ми все вміємо! Я готуватиму тобі різні страви, щоб ти не йшов, а біг додому.

— Я найбільше поспішатиму, щоб знову тебе бачити.

— Для нас і година розлуки буде роком.

— Саме так, моя люба! — сказав Ростик і палко поцілував дівчину.

Не залишилися їхні зустрічі поза увагою Ростикової матері. Ірина Гнатівна запросила Марусину прийти до них на вечерю.

— Не соромся, Марусино, чоловіка не буде вдома, тож ми посидимо, поговоримо по-жіночому, — сказала їй жінка.

Уперше Марусина почувалася незручно в сусідки, яка знала її з пелюшок. Дівчина відчула себе незграбою, коли розлила каву на скатертину, довго перепрошувала, хоча Ростик її підтримував і підбадьорював.

— Тобі потрібно навчатися, щоб здобути спеціальність, — сказала жінка.

— Звичайно! — ляпнула Марусина і знову знітилася.

— Насправді, я рада, що мій син саме з тобою, а не привіз якусь міську лахудру, — зізналась Ірина Гнатівна. — Ти виросла на моїх очах, добра дівчинка, працьовита, не п'єш і не палиш, тож залишається вам, мої діти, лише зберегти свої почуття.

— Мамо, все у нас буде добре! — запевнив її син. — Ми будемо навчатися, часто телефонувати одне одному, потім я влаштуюсь на роботу, придбаю житло, щоб було куди дружину привести.

— Було б добре! — погодилася жінка і звернулася до Марусини: — Як поїде Ростик, ти не соромся, заходь до мене, коли будеш приїжджати до батьків, посидимо, чайку поп'ємо, поговоримо. Добре, Марусино?

— Звичайно! Я буду вас навідувати! — пообіцяла дівчина.

Час збігав швидко, і Марусина зі страхом рахувала дні, які мала провести разом зі своїм коханим до розлуки. Вона навіть уявити боялася, як житиме без нього. За кілька днів до того, як вони мали роз'їхатися на навчання, закохані вийшли з клубу й не встигли повернутися додому, як налетів шалений вітер, небо блиснуло, грізно гримнуло, і почалася злива. Ростик обняв дівчину за плечі, але це не врятувало від дощу, і за мить Марусина геть уся промокла.

— Біжімо! — сказала вона і взяла Ростика за руку. — Доведеться йти додому сохнути, а так не хочеться!

— Ходімо до мене! — запропонував він.

— Ні, вже пізно.

— Удома нікого немає. Ходімо!

Марусині так не хотілося втрачати час, що вона погодилася.

— Ти геть уся промокла! — сказав Ростик, коли вони зайшли до його кімнати.

Він подивився на дівчину. Її волосся звисало мокрими пасмами, тоненька кофтинка прилипла до тіла, виділивши невеликі груди, і Марусина тремтіла, як листочок на гілці. Він підійшов до неї, пригорнув до себе, поцілував ніжно-ніжно щоки, мокрі повіки, шию.

— Зніми одяг, — прошепотів він.

— Ні, — тихо злетіло з її вуст.

— Ти мене боїшся?

— Ні.

— Соромишся? Я вимкну світло, — сказав він і потягнувся рукою до вимикача. — Так краще?

— Так.

Його тремтячі пальці почали розстібати ґудзики на кофтинці, і Марусина відчула незвичне збудження. Ростик звільнив її груди, торкнувся губами маленьких стовпчиків сосків, спустив з плечей кофтинку.

— Ні, — промовила вона, зробивши над собою зусилля.

— Ти кохаєш мене? — запитав він між цілунками.

— Так!

— Довіряєш мені?

— Так!

— То чому «ні»?

— Бо... бо ще рано, ми не одружені.

— Але ж ми кохаємо одне одного і маємо повністю довіряти.

— Я довіряю тобі, але ще рано.

Кофтинка, ліфчик уже лежали на підлозі, коли хлопець почав розстібати блискавку її шортів.

— Мила, люба моя Марусинко, — говорив він гаряче, цілуючи її груди, пестячи плечі, — попереду розлука, тож я маю бути впевнений, що ти мене чекатимеш.

— Обіцяю чекати!

— Хочу впевнитися, що ти — лише моя!

— Твоя! Навіки!

— То доведи мені це! Прошу тебе! — промовив він, і Марусина відчула його руку у своїх трусиках.

— Я не можу! — з останніх сил прошепотіла Марусина.

Дівчина незчулася, як її підхопили дужі руки коханого, понесли на ліжко.

— Ти мусиш довести мені, що кохаєш, — останні слова, які почула дівчина перед тим, як він увійшов у неї.

Легкий біль швидко змінився на ейфорію, і вже нічого й нікого не існувало у всьому світі, окрім них двох.

— Кохаю тебе, — шепотіли її вуста.

— Я люблю тебе, — чула вона у відповідь.

...Зранку Марусині здавалося, що мати якось пильно дивиться на неї і про все здогадується. Від того дівчина не могла нічого робити — геть усе валилося з рук.

— Та що з тобою сьогодні? — запитала мати, коли Марусина терла буряк свиням і поранила палець.

— На погоду, — відповіла вона, намагаючись не зустрічатися поглядом із матір'ю. — Задощило он як!

— Нічого, доню, скоро почнеться студентське життя, тож відпочинеш від господарства та городів.

— Можна, я сходжу до Любані, а потім продовжу? — запитала Марусина.

— Та йди вже, я сама закінчу.

Любаня радо зустріла подругу.

— Як добре, що ти зайшла до мене! — сказала вона радісно. — У мене є новина!

— Хороша?

— Чудова! — вигукнула дівчина і загадково всміхнулася. — Незабаром я стану мамою!

— Та ти що?! Це вже точно?

— Так! У п'ятницю їздила до лікаря, а тебе ці дні не бачила, тож сьогодні вже хотіла сама йти до тебе, — сказала Любаня.

— Вітаю, сонечко! — Марусина обняла подругу. — Усе це добре, але зараз вас двоє живе на пенсію бабці, а стане на одного більше.

— Я думала про це! У мене буде до тебе прохання: поїдеш на навчання до району, то знайди мені, будь ласка, якусь роботу, — попросила Любаня. — Мені будь-яка підійде: продавчинею, прибиральницею чи підмітайлом, — я не боюся ніякої. Маю влаштуватися на роботу, поки термін маленький, — головне, щоб офіційно, тоді я зможу отримати і лікарняний, і виплати на дитину.

— Не знаю, чи вийде в мене, але для тебе постараюсь! — пообіцяла Марусина.

— Я так тобі вдячна!

— У мене також є новина, — стишеним голосом промовила Марусина й нахилилась до вуха сусідки. — Тільки нікому! Ти станеш мамою, а я стала жінкою!

Розділ 14

Марусина, як і обіцяла, знайшла Любані роботу в місті, хоча довелося немало побігати після пар. Люба була ладна працювати на мінімальну зарплату в маленькій крамничці, куди її взяли офіційно. Дівчину влаштовувало те, що вона встигала ввечері на останню маршрутку, яка йшла в село, вона погодилася навіть на те, що мала один вихідний день на тиждень.

У Марусини життя набирало шаленого темпу: нові друзі, життя в гуртожитку, де одна кухня на весь поверх, пари, лекції, а ще й очікування дзвінків від коханого. Вони домовилися, що хлопець буде телефонувати через день о десятій годині вечора, тож Марусина мала все встигнути до того часу. Додому часто їздити не могла, тож батьків навідувала двічі на місяць. Якось Ростик попросив її зайти до його батьків, поспілкуватися з матір'ю.

— Я бачу Ірину Гнатівну, коли буваю в селі, в основному розмовляємо на вулиці, коли зустрічаємося, але піти до вас.. Мені незручно, справді, — сказала йому дівчина.

— Ви маєте знайти спільну мову, потоваришувати, щоб потім не було, як часто трапляється: свекруха та невістка — найзапекліші вороги, — наполягав Ростик.

— Якщо ти так хочеш, то я зайду до неї, — погодилася дівчина.

Марусина подумала, що незручно прийти в гості з порожніми руками, тож купила майбутній свекрусі велику шоколадку. «Буде нагода посидіти за чашкою чаю», — вирішила дівчина.

Ірина Гнатівна радо зустріла Марусину, запросила до будинку, запропонувала чай. Уперше дівчина дивилася на жінку не як на тітку Іру, яку знала з дитинства, а як на майбутню свекруху, тому почувалася незручно. Ірина Гнатівна була рада поговорити, тож розповіла про своє знайомство з майбутнім чоловіком, їхнє одруження.

— З роками, дитино, кохання не зникає, просто стає іншим, — відверто розповідала жінка. — Це молоді гадають, що подружнє життя входить у звичку і почуття вже не ті, що вони йдуть по втоптаній дорозі, але це не так. Любов — це не лише пристрасть, секс, поцілунки, це, по-перше, бажання бачити рідну людину, чути голос, відчувати присутність навіть тоді, коли її нема поруч.

Марусина чула сільські плітки про те, що чоловік Ірини Гнатівни любить стрибнути у гречку, казали навіть, що бачили не раз його в місті з молодою коханкою. Марусина слухала одкровення жінки й пізнавала її з іншого боку. Вона думала, що сусідка, напевно, не знає про походеньки чоловіка або, можливо, не хоче помічати зрад і кохає його, як і раніше. Ірина Гнатівна швидко прихилила до себе, викликала в Марусини довіру, тож дівчина охоче розповіла про те, як чи не з самого дитинства була закохана в її сина.

— Не знаю, чому так вийшло, але я не уявляла життя без Ростика, — зізналася Марусина. — Напевно, він посланий мені долею, як моє доповнення, як частина мого життя!

— Я така рада, що ви разом! Дай Боже вам щастя, мої діти! — розчулено промовила Ірина Гнатівна й попросила дівчину заходити до неї щоразу, коли буде приїжджати в село.

Наступного разу Марусина завітала до жінки не з порожніми руками, а подарувала Ірині Гнатівні порцелянову чашку з блюдцем, на яких були зображені лілії — улюблені квіти майбутньої свекрухи. Жінка так розчулилася від такої уваги, що ледь не розплакалася, обнімала Марусину й назвала любою невісточкою, від чого дівчині стало приємно. Вони знову швидко знайшли спільну мову й довго-довго говорили за чашкою чаю.

Марусина чекала на Ростика, який мав приїхати в село напередодні Нового року. Вона знала, що Ірина Гнатівна запросить її до себе, й заздалегідь шукала для неї подарунок. Їй хотілося зробити жінці, яка мала стати її свекрухою, приємне, подарувати щось таке, щоб тій сподобалося. Обійшовши не одну крамницю, які перед святами були завалені сувенірною та подарунковою продукцією, Марусина придбала авторське кольє з напівкоштовного каміння. Дівчині хотілося щось купити і своїм батькам, і Вірі, і Любані, але грошей було недостатньо, тому довелося обмежитися скромними сувенірчиками, на відміну від подарунка Ірині Гнатівні, за який їй довелося викласти чималу суму зі своїх студентських заощаджень.

Удома Марусина дістала кольє, показала мамі й поцікавилася її думкою:

— Як ти гадаєш, сподобається Ірині Гнатівні?

— Вона любить блискучі цяцьки, то сподобається, — не дуже приязно відповіла жінка.

Марусина дістала подарунки батькам, жінка сухо подякувала. Було помітно, що вона ображена.

— Я щось не так зробила? — запитала Марусина.

— Усе так, доню.

— Ні, я ж бачу, що ти на мене сердишся.

— Ми з батьком пнемося з усіх сил, щоб тебе вивчити, щоб ти не ображалася на нас, що погано чи немодно вдягнена, а ти витрачаєш кошти не на себе, а на жінку, яка тобі зовсім чужа, — відповіла мати.

— Поки що, — зауважила Марусина, — але ж вона — мати моєї коханої людини.

— Ще невідомо, чи стане вона свекрухою, а ти все підлещуєшся до неї.

— Мамо, та тітка Ірина — твоя сусідка, з якою ти дружиш не один рік, тож що в тому поганого, коли я їй купила подарунок на свято? Ти ревнуєш? — усміхнулася Марусина.

— Я лише про те, що сусіди — далеко не бідні люди, а ти витрачаєш такі гроші на подарунок! Нерозумно, Марусино! Краще б уже собі щось купила! — сказала мати з докором і вийшла.

Марусина ледь дочекалася приїзду Ростика. Хлопець зателефонував їй надвечір того ж дня, коли повернувся в село.

— Марусинко, я трохи стомлений з дороги, але так хочу тебе побачити, що до завтра чекати сил не вистачить, — сказав він і попросив вийти з дому.

Дівчина прихопила із собою подарунок для коханого і вийшла з двору. Падав сніг. Великі лапаті сніжинки танцювали, кружляли, веселилися у світлі вуличного ліхтаря, щоб потім, заспокоївшись, тихесенько лягти на землю. Здавалося, що то не з неба сипле снігом, а сама земля повільно підводиться вгору, до самих небес. У душі Марусини також було святково й радісно, і, здавалося, вона сама ладна від щастя кружляти разом зі сніжинками танок радості.

Дівчина помітила чоловічу постать, яка швидко наближалася до неї, і щемливе почуття наповнило кожну клітинку її тіла.

— Коханий! — не стрималася, кинулася йому назустріч й одразу потрапила в міцні рідні обійми.

Він цілував її прохолодні щоки, гарячі вуста, повіки, повторюючи, як скучив за нею. Марусина всім тілом припадала до хлопця, немов хотіла розчинитися в ньому без останку.

— Люблю тебе, люблю, люблю! — шепотіли її вуста.

Коли закохані вгамували розпалені почуття від зустрічі, Марусина згадала про подарунок, який стояв на землі, припорошений білизнóю сніжинок.

— Геть забула про нього! — схаменулася дівчина і кинулася струшувати сніг.

Вона тримала в руках плетений з лози кошик, прикритий шаликом.

— Це мій тобі подарунок на Новий рік!

— Що це? — всміхнувся хлопець.

— Зверху теплий шерстяний шалик, щоб ти ніколи не застуджував горло і я могла чути твій голос, — відповіла Марусина й попросила заглянути, що під ним.

Ростик відкрив кошик і побачив там зелені продовгуваті яблука.

— Мої улюблені?!

— Так! Я їх зберегла для тебе! — відповіла дівчина.

— Ті, що торохтять?

— Вони!

— Спробуємо? Ану, чиє краще торохтить? — запитав він, як колись у дитинстві.

Вони сміялися і трясли торохкітливі яблука.

Розділ 15

Весна того року була теплою, погожою та квітла буйним цвітом. Здавалося, що природа вирішила здивувати людей, давши змогу майже одночасно прикрасити фруктові дерева блідо-рожевими та білими квітами, та так це в неї вдало вийшло, що не видно було й гілля — лише ніжні пелюстки.

Марусина приїхала до батьківської хати у весняному хорошому настрої. Трохи більше місяця — і вона знову зустрінеться зі своїм коханим, прихилиться до його плеча, відчує солодкий присмак його цілунків. Дівчина знала, що Любаня народила хлопчика і вже повернулася додому з пологового будинку, тож для новонародженого привезла подарунок та пакунок підгузків. Привітавшись з батьками, Марусина поквапилась до сусідки. Ірина Гнатівна їй телефонувала і просила зайти, щойно приїде в село.

— Не ображайтесь! — усміхнулась Марусина батькам. — Я швиденько!

— Моя дорогенька невісточка! — промовила радісно Ірина Гнатівна, зустрівши Марусину. — Проходь, не соромся! Зараз поп'ємо з тобою чайку!

— Щось трапилося? — одразу запитала Марусина.

— Ні, все добре! Коли тебе бачу, то мені спокійніше на душі стає, ніби сина зустріла! — відповіла жінка.

Як завжди, Марусина привезла жінці подаруночок, і вони сиділи за столом, вели довірливі розмови, ніби давні подружки. Від неї Марусина пішла додому, щоб забрати подарунки для Любані, але довелося затриматися: приїхала Ореста, яка нещодавно повернулася з-за кордону. Батьки вже накрили стіл для гості і разом сіли обідати.

Ореста коротко підстригла волосся, і та хлопчача зачіска, довга шия, худюще тіло робили її схожою на хлопчиська. Вона розповіла, що підзаробила грошей у Польщі, хоча доводилося працювати по дванадцять годин на добу і мати один вихідний на тиждень.

— Відпала охота їздити на заробітки? — поцікавилась у неї Марина Олександрівна.

— Зовсім ні! Звичайно, мені було важко, особливо перші тижні, але я знала, заради чого працюю, — відповіла Ореста. — Коли отримала зарплату за перший місяць, то самій не вірилося! Я вперше за життя тримала в руках таку суму! Це був неабиякий стимул заробити ще більше, а коли лягала спати, то уявляла, куди витрачу зароблене.

— Невже не можна знайти роботу в нашій країні? Усе-таки не на чужині, — сказала жінка.

— Можна. Хіба я не працювала до цього? Коштів вистачало на таке собі харчування та дешевий одяг, — промовила Ореста. — Так, я не була на чужині, але як мала повертатися додому, де хвора мама, а я не можу купити їй потрібні ліки, бо не маю за що? Бути вдома і дивитися на її муки? Це набагато важче, ніж відпрацювати дванадцять годин у чужому краї.

— Оресто, мені здається, що все-таки краще бути вдома і десь тут працювати, — зауважив Роман Семенович.

— Жити від зарплати до зарплати? І це після того, як я відчула, що можна мати гідні заробітки? — Ореста стенула плечима. — Ні, я трохи відпочину і знову поїду. Буду шукати країну, де заробітки кращі, ніж у Польщі.

— А ми віддані своїй країні, — промовила Марина Олександрівна. — Нас виховали патріотами, тож живемо і працюємо на благо рідної країни.

— Учительська зарплата невелика, але жити можна, — підтримав дружину чоловік.

— Жити можна всюди, але коли ти відчув, що можеш жити краще, назад повертатися вже не хочеться, — сказала Ореста й подякувала за обід.

— Я зараз іду до Любані, вона народила сина, — повідала сестрі Марусина.

— Я знаю, вона мені дзвонила, — відповіла Ореста. — Я з тобою!

Ореста також пішла до породіллі не з порожніми руками. Любаня стала такою худенькою, що навіть щоки позападали, лише з-під кофтинки випирали великі груди. Вона зраділа гостям, обняла і розцілувала кожну. Незважаючи на те, що породілля схудла і під очима залягли синці, Любаня аж світилася щастям.

— Де наш малюк? — запитала Марусина.

— Проходьте, зараз покажу! — відповіла жінка.

Маля спало на імпровізованому ліжечку, зробленому зі стільців. Миле хлопченя мирно сопіло уві сні, прицмокуючи губками.

— Візочка ще не купила, — ніби виправдовуючись, промовила Любаня, — щойно отримаю кошти на дитину, одразу куплю.

— Головне, щоб дитинка була здорова, — промовила Ореста.

Дівчата вийшли в іншу кімнату, щоб поговорити. Любаня сказала, що сина назве Максимчиком, і попросила Марусину стати для нього хрещеною матір'ю.

— Я б із задоволенням, але хрещена — це не так просто, вона — друга мама для дитини, а мені ще довго навчатися, — відповіла Марусина. — Хрещена мати в разі чого має замінити рідну, а що я можу дати Максимчикові?

— Якщо ти, Любаню, не проти, то я б із задоволенням стала хрещеною мамою твоєму синочку, — заявила Ореста.

Любаня погодилася, і наступного дня вони похрестили дитину.

...Ростик приїхав на початку літа, і Марусина не тямилася від щастя. Утім, за два тижні по тому хлопець заявив, що їде з батьком в Америку на виставку сільгосппродукції й техніки для аграріїв.

— Я не можу проґавити нагоди побувати в США, зрозумій мене, — утішав він Марусину. — Побачити іншу країну, інше життя — це ж так класно!

— Надовго їдеш? — ледь не плачучи, запитала дівчина.

— Десь на тиждень.

— Це ж так довго!

— Час мине швидко! Ось побачиш! Я повернуся, і ми знову будемо разом! — заспокоював він дівчину.

І знову Марусина ходила до Ірини Гнатівни, щоб посумувати з нею разом за «нашими чоловіками», як казала сусідка. Вони багато часу проводили разом за розмовами, і Марусині надзвичайно приємно було чути, як жінка її називає «моя люба невісточка». З далекої країни Ростик зателефонував Марусині лише один раз, пославшись на те, що дзвінки дорогі, але й тій довгоочікуваній розмові вона була несказанно рада.

Коли чоловіки повернулися, Марусина заспокоїлася, але ненадовго. Вона якраз була в сусідів, коли Ростик їй сказав, що батько купив квитки, і вони завтра їдуть усією родиною на відпочинок у Карпати. Дівчина навіть рота розтулила спитати: «А як же я?!», — але стрималася, мовчки проковтнула образу і почала збиратися додому.

— Я зателефоную перед від'їздом, — сказав Ростик дівчині, коли вона була вже біля дверей.

Він не провів, не запросив увечері на побачення. Погане відчуття холодком пробралося в душу дівчини, проповзло мурахами по спині. Вона ще взувалася в коридорі, коли почула обурений голос Ірини Гнатівни:

— Васю, як ти міг?! Чому не взяв квитки й на Марусину?

— Хто вона нам?

— Як хто? Ти ніби з неба звалився!

— Марусина — просто сусідка, то чому я маю за власний кошт її катати? Сплачувати за її відпочинок?

— Вона — дівчина нашого сина і майже наша невістка! — скрикнула жінка.

— Казав сліпий «побачимо», — це були останні слова чоловіка, які почула Марусина.

Немов ошпарена, вона вибігла з будинку, поквапилася додому. Образа стискала горло так, що важко було дихати. Дівчина чекала вечора. Хотілося почути заспокійливі слова коханого, щоб забути випадково підслухану розмову, але він не прийшов. Ростик зателефонував пізно ввечері і сказав, що стомився від зборів, а завтра вставати о четвертій ранку.

— Ти не переймайся, я буду дзвонити, — пообіцяв він.

Ростик телефонував Марусині раз на кілька днів, але в її душі лишилась образа. Дівчина втішала себе лише тим, що відпочинок закінчиться, і вони знову будуть разом.

«Я не маю права тримати образу, бо вона зжере мене зсередини», — щоразу повторювала собі, але не відпускало, боліло.

Та зустрітися того літа їм так і не вдалося. Ростик з батьками не одразу повернувся в село, сказав, що вони затримаються в Києві на тиждень.

— Мама хоче побачити столицю, — пояснив хлопець.

За тиждень зателефонував дівчині і сказав, що не зможе цього літа потрапити в село.

— Я влаштувався на роботу, — сказав він, — не міжнародні авіалінії, як я мрію, але для початку непогано. Потрібно напрацювати години нальоту — це для початку.

— Я можу приїхати до тебе, — сказала йому Марусина. — Ти мені потрібний, як повітря.

— Розумію, але й ти зрозумій мене. Спочатку потрібно десь облаштуватися, а потім рейс за рейсом. У мене просто не буде вільного часу!

— Для мене в тебе не знайдеться вільної годинки? — тремтячим голосом запитала Марусина.

— Не будь дитиною, Марусинко! Я все роблю не лише для себе — для нас обох! — сказав він, але ті слова не втішили дівчини.

Розділ 16

— Любаню, моя ти хороша! Він мені телефонує все рідше, — бідкалася Марусина подрузі. — Я без нього не просто жити — дихати не можу! З телефоном не розлучаюся ні на мить! Почую його голос — і ладна злетіти до небес! Невже він цього не відчуває?!

— Марусинко, Ростик тобі сказав, що багато працює? Напевно, у нього й справді мало вільного часу, а ти собі навигадуєш казна-що! — намагалася її втішити Любаня.

— Скільки разів пропонувала приїхати до нього в Київ, але завжди чую відмову. Може, у нього є вже інша дівчина?

Любані хотілося сказати правду, що все може бути, бо на таких красенів, як Ростик, дівчата ласі, але в очах подруги було стільки відчаю й водночас надії почути слова втіхи, що не змогла і сказала інше:

— Якби хтось у нього був, то навіщо б Ростик тобі телефонував? До того ж, Ірина Гнатівна знала б про це і тебе, як майбутню невістку, на чайок не запрошувала б. Згодна?

— Так, — зітхнула Марусина й запитала, чи не дзвонила їй Ореста.

— Хрещена Максимка пообіцяла нам до Різдва надіслати подаруночок з Данії! — похвалилася жінка. — Здається, вона там непогану роботу знайшла, та й житло є.

— А мені не телефонує! — з образою мовила Марусина. — Сестра називається!

— Ти ж знаєш, що дзвінки не безкоштовні, а мені зателефонувала, щоб сповістити про посилку. Чи ти ще й мене до Орести ревнуєш? — засміялася Любаня. — Слухай, що я нещодавно чула! — сказала вона, стишивши голос. — Наші сусіди так сварилися, так лаялися! Цілу ніч не замовкали!

— Ірина Гнатівна та Василь Петрович?! — здивувалася Марусина. — Мені здавалося, що вони непогано живуть.

— Хіба ти не чула, що люди про Феодала кажуть?

— Що має коханку? Мало що патякають, а ось Ірина Гнатівна мені завжди розповідає про їхнє кохання.

— Отож якраз через коханку Василя Петровича і зчинилася сварка, — повідомила Любаня. — Максимко тієї ночі вередував і не спав до середини ночі, тож я поклала його у візочок і вийшла у двір, де й чула всю їхню сварку. Жінка звинувачувала його, що він гультяй, а чоловік кричав, щоб менше збирала чутки.

— І правильно сказав. Якби це була правда, то мені б Ірина Гнатівна вже розповіла, — сказала на те Марусина і знову повернулася до розмови про коханого. — Ростик почав займатися з репетитором англійської мови, і я записалася на курси англійської. Не хочу відставати від нього, ми маємо бути на одному рівні, хоча часу вільного залишилося обмаль. До речі, мені запропонували взяти участь у студентському конкурсі краси, але я відмовилася.

— Чому?! — здивувалася Любаня. — Ти така красива!

— Бо не вважаю себе достатньо гарною, та й ноги у мене не від вух виросли, — пояснила дівчина.

— Ну, не сто вісімдесят «се-ме», але все одно ти ж не курдупель, — усміхнулася подруга. — Це я маленька й худенька!

— Мій зріст навіть до 170-ти не дотягує, то нащо я буду виходити на сцену й соромитися?

— А я б на твоєму місці спробувала! І Ростик пишався б такою нареченою!

— Він має сприймати мене такою, яка я є, — сказала Марусина і поцікавилася, чи не влаштувався її Толик на роботу.

— Та ще ні, але обов'язково знайде! Він мені пообіцяв більше не пиячити з почарківцями і наступного місця їхати в місто шукати роботу!

— Ти все ще йому віриш? — Марусина сумно посміхнулася.

— Якщо люди кохають, то мають повністю довіряти одне одному, — промовила Любаня вже не так весело.

Повною несподіванкою для Марусини став приїзд Ростика напередодні Нового року. Вона нічого не знала й випадково зустріла його в селі, коли приїхала на вихідні.

— Ростику! — кинулася до нього, зустрівши біля двору. Дівчина припала до тіла коханого, і серце від радощів та хвилювання ледь не вискочило з грудей. — Чому? Чому ти не попередив? Не зателефонував?

Хлопець узяв її долонями за обличчя. Повернув до себе, подивився в очі. Їй хотілося припасти вустами до його губ, відчути солодкий смак поцілунку, але він дивився в очі так, ніби хотів щось сповістити, і серце на мить завмерло.

— Хотів дізнатися, чи ти чекаєш мене, чи гуляєш з іншими, — промовив він, не відпускаючи її обличчя.

— Я?! Гуляю? Та вже всі хлопці з курсу обходять мене і не звертають уваги, бо знають, що в мене є ти, — промовила Марусина. — Кому потрібна дівчина, в якої дах зносить від іншого?

— Справді? — прозвучало якось дивно, ніби з насмішкою.

Марусина дивилася на Ростика і бачила у виразі його обличчя щось незнайоме, навіть чуже.

— Ти... Ти мене лякаєш, — стиха промовила вона.

— Усе добре, Марусино, — сказав він, послабивши руки. — Чекаю тебе ввечері. Вийдеш?

— Ти ще питаєш? — усміхнулась кутиками вуст. — О котрій годині?

— Я зателефоную, коли звільнюсь, — сказав він.

Не поцілував, не пригорнув — розвернувся й пішов, покинувши розгублену Марусину посеред дороги. Немов на ватних ногах посунула вона додому. Марина Олександрівна одразу помітила, що донька немов з хреста знята, спитала, що трапилось.

— Мамо, я вперше Ростика побачила таким, — промовила вона, розтягуючи слова. — Й досі не можу зрозуміти, чи то мій хлопець, чи хтось чужий.

— Що ти хотіла, доню? — стенула плечима Марина Олександрівна. — Ти — проста сільська дівчина, а він — пілот! Та за ним, напевно, черга зі стюардес вишукувалась! Треба шукати простого роботящого хлопця, як-от наша Віра!

— Мамо! Не підливай масла у вогонь! І так тяжко! — скрикнула Марусина і до вечора не виходила зі своєї кімнати.

Коли стемніло, Ростик зателефонував Марусині, і вони зустрілися. І знову все було, як і раніше: пристрасні поцілунки, слова про кохання і секс на лавці біля річки. Марусина заспокоїлася. Вона сиділа в Ростика на колінах, обіймала його за шию, вдихала такий знайомий запах волосся.

— Ти у відпустці? — запитала вона.

— Влітку збираюсь піти, якщо відпустять, — відповів.

— Хоча б цього літа зможемо кудись поїхати разом на відпочинок?

— Сподіваюсь, що так. Марусинко, я завтра вже їду, — сповістив він.

На дівчину мов відро холодної води вилили.

— Чому?! Чому так швидко?! — запитала вона.

— Робота, Марусинко, робота, — зітхнув коханий. — Ти не змерзла?

— Якщо б навіть я перетворилась у кригу, то все одно не зізналася б, — пожартувала дівчина.

— А я вже промерз, — сказав юнак. — Ходімо по домівках, поки застуду не підхопили.

Розділ 17

Як ніколи Марусина чекала літа, коли у Ростика буде відпустка і вони разом поїдуть на відпочинок. Кілька разів у розмові по мобільнику вона починала тему про відпочинок і пропонувала різні місця та країни, але хлопець щоразу віджартовувався, мовляв, ще треба у керівництва вибити ту відпустку, а потім уже вирішувати, куди їхати.

На початку літа померла бабця Толика, тож Марусина допомагала Любані з похованням, зібрала по сусідах трохи коштів. Не залишилась осторонь й Ірина Гнатівна: дала і м'яса на поминки, і яєць, ще й не пошкодувала чималенької суми грошей. Після поминок жінка запросила до себе Марусину на чашку чаю.

Чоловіка Ірини Гнатівни вдома не було, тож Марусина охоче погодилася. Вони сиділи на терасі й розмовляли.

— Земля пухом старенькій! — сказала жінка, сьорбнувши з чашки. — Може, гріх так казати, але бабуся своє віджила, відійшла тихо уві сні, тож тепер Любані трохи легше буде.

— Так, усе тримається на ній одній, — погодилася Марусина, — і город, і господарство, і дитина, а ще й чоловік п'яниця.

— Я вже тому Толику голову прогризла, щоб шукав собі роботу, а він тиняється селом, поки хтось попросить допомогти за чарку самогону. Бідна дівчина! Мені її так шкода! — зітхнула жінка й підсунула ближче до Марусини вазочку з полуничним варенням. — Не приведи Господи, кому таку долю! У неї нікого взагалі з рідних немає?

— Любаня хоче знайти матір, але ніяк не наважиться, — сказала дівчина.

— Чому? У житті все трапляться, може, у неї нормальна мати і шукає її, знайшла б Любаня рідню та покинула б свого Толика.

— Вона мріяла про родину, хоче її мати, — промовила задумливо Марусина, — до того ж, кохає свого чоловіка і щиро вірить, що він зміниться. Я радила Любані пошукати матір, але вона хоче зайнятися цим тоді, як у її сім'ї все буде добре.

— Хоче довести матері, що й без неї виросла, створила родину, народила дитину?

— Саме так!

— Марусинко, коли тобі Ростик телефонував? Давно? — запитала Ірина Гнатівна.

— Тиждень тому. А вам?

— Значить, ти не в курсі?

Марусина здивовано поглянула на жінку, поставила чашку й запитала, що трапилося. Ірина Гнатівна сповістила, що Ростик з батьком поїхали в Америку.

— Знову на виставку? — запитала Марусина. — Як колись?

— І виставка, і відпочинок — два в одному, — зітхнула жінка. — Мене з собою не взяли.

— Чому ж мені Ростик нічого не сказав? — з образою запитала Марусина.

— Та чи я знаю? Чоловік поїхав до нього в Київ, а вже звідти сповістив, що вони летять в Америку.

— Надовго?

— Напевно, днів на десять, — сказала жінка.

Марусина чекала Ростикового дзвінка, але той не телефонував. Щодня вона заходила до сусідки дізнатися, чи нема новин від чоловіків, але ті не дзвонили. Жінки сиділи удвох, чекаючи на них, разом сумували, згадували щось приємне, втішали одна одну. За два тижні Василь Петрович зателефонував дружині і сказав, щоб не хвилювалася — вони затримаються у США ще на тиждень, а потім приїдуть разом у село на кілька днів. І знову потягнулися довгі дні чекання. Марусина була неприємно вражена тим, що знову така бажана й омріяна відпустка на двох відміняється. Їй хотілося більш визначеного майбутнього, а воно то наближалося, то розпливалося, як на живописному полотні, на яке линули води. Здавалося, тому тижню нема кінця, але дні спливали, і Ростик мав ось-ось повернутися. Марусина перебувала у збудженому і схвильованому стані. Вона для себе прийняла рішення поставити Ростику питання руба. «Так і запитаю: якщо хочеш бути зі мною, то настав час одружитися, а не жити чеканнями», — вирішила вона.

Тієї ночі Марусині наснилися жахіття. Ніби вона йде назустріч Ростику й не дивиться під ноги. Аж раптом під нею просіла земля — і дівчина зірвалась у прірву, але останньої миті встигла схопитися за її край. Над собою побачила обличчя коханого і попросила допомогти, але той посміхнувся і віддалився.

— До-по-мо-жи-и-и! — закричала вона, відчувши, що руки сповзають і вона ось-ось зірветься вниз.

— Лети! — почула вона голос Ростика, який нахабно засміявся, знущаючись із неї.

Марусина полетіла у прірву й прокинулася. Вона спітніла, важко дихала й не змогла одразу вирватися з тенет неприємного сну. Дівчина підвелася з ліжка, підійшла до вікна, виглянула на вулицю. Там прогулювалася Любаня з візочком, помітила Марусину, кивнула рукою, щоб виходила. Марусина випила чашку кави, вийшла до подруги й одразу помітила, що та чимось схвильована.

— Знову чоловік баньки залив? — запитала Марусина.

— Та ні.

— То чого ти така?

— Отже, ти не в курсі?

— Чого?

— А того, про що все село ще звечора гуде.

— Ти можеш пояснити, а не говорити загадками? — запитала Марусина, притримавши подругу за руку, але Любаня відвела погляд.

— Чесно, навіть не знаю, як тобі сказати.

— Любаню! — Марусина стала перед жінкою, подивилася їй в очі.

— Твій...

У Марусини холодок пробіг по спині. Вона не дуже вірила у сни, але зараз згадала свій, і погане відчуття прокралося в душу.

— Що... мій? — промовила впалим голосом.

— Ростик учора приїхав зі своєю дівчиною! Американкою! — випалила Любаня на одному подиху. — Ти маєш знати. Вибач, але я повинна була тобі це сказати.

— Не може бути! — промовила Марусина. — Цього не може бути!

Світ навколо захитався, очі застилали сльози, коли вона повільно пішла додому. Удома нікого не було — батьки ще звечора пішли до бабусі, тож Марусина лишилася сама в хаті, де дзвеніла тиша. Вона присіла на стілець, намагаючись усвідомити почуте, але не могла і просто плакала. По застиглому німому обличчю текли нескінченними потічками сльози, аж поки Марусина змогла обдумати почуту новину.

«Може, то якась родичка приїхала в гості, а не Ростикова дівчина, — думала вона. — Це ж село: якщо не знають правди, то її вигадають. Потрібно дочекатися дзвінка від коханого, він має мені зателефонувати!»

Схопившись за рятівну думку, Марусина підвелася, нервово заходила по кімнатах — з однієї в іншу й назад. Вона подумала, що можна було б зателефонувати Ірині Гнатівні, яка була до неї така люб'язна, що називала любою невісточкою, але новина про те, що, може, і справді в жінки вже нова «невісточка», її зупинила. Марусина схопила мобільник, щоб зателефонувати Ростику і зустрітися з ним, але не змогла. «Він сам мені подзвонить, — втішала себе думкою. — Ростик не такий, він не може мене ось так зрадити!»

Марусина втратила лік часу. Вона то хапалася за мобільний телефон, то клала його на стіл, то металася з кутка в куток, то завмирала, як статуя, на одному місці. Коли за вікном смеркло, відчула, що задихається в приміщенні, й вийшла у двір, прислухалася. Дівчина почула його голос, точніше, сміх — і від того було і радісно, і боляче. «Усе то брехні, — подумала вона, — він зараз прийде до мене і скаже: "Як ти могла повірити пліткам? Я ж тебе кохаю, дурненька!"»

Не в змозі більше чекати, вона сама набрала номер коханого.

— Привіт, — сказала якомога спокійніше.

— Привіт, Марусино! — відповів він веселим голосом.

— Ти не хочеш зі мною зустрітися?

— Якраз збирався тобі телефонувати! — відповів він. — За пів години чекаю тебе біля двору.

— Домовились!

Марусині здалося, що в Ростика був звичний голос, і вона майже заспокоїлася. Дівчина вдягла сукню темно-синього кольору, яка подобалася коханому, поглянула на годинник і вийшла на вулицю.

Ростик повільно наблизився й зупинився навпроти. У Марусини зашаленіло серце в грудях, застугоніло у скронях.

— Доброго вечора! — промовив він.

— Вітаю!

— Ти вже знаєш? — запитав він.

— Що?

— Марусино, у мене є дівчина.

— Дівчина? — ледь чутно промовила Марусина. — І давно?

— З минулого літа. Ми з нею познайомилися, коли їздили з батьком в Америку.

Його слова були шоком.

— Ти... Ви разом з нею вже рік?! — затинаючись, запитала дівчина.

— Ну, як разом? Вона в США, я — у Києві. Ми з Монікою спілкувались, телефонували одне одному. Бачиш, я нічого не приховую, я чесний з тобою, Марусино.

— Такий чесний, що жив на два фронти? — в голосі дівчини чулася гірка іронія.

— Вибач, що не сказав тобі раніше.

— То навіщо продовжував брехати?

— Я справді не знав, чи погодиться Моніка стати моє дружиною, — пояснив він.

— І тому вивчав англійську? Заради неї?

— Вона знає українську, бо мати — українка, батько — американець.

— Я хочу знати, навіщо ти весь час казав, що мене кохаєш?

— Я справді тебе кохав, Марусино. Принаймні так мені здавалося.

— Навіщо обіцяв, що ми одружимося? Що будемо разом?

— Був молодий, дурний і закоханий.

— Я зрозуміла, що ти наплював на мене, на мої почуття. Я віддалася тобі, бо вірила, що завжди будемо разом, — нагадала вона.

— Облиш! Сексом зараз усі підряд займаються, навіть підлітки!

— Я лише одного не можу зрозуміти: чому? І чим вона краща за мене? — тремтячим голосом запитала Марусина.

— Хочеш відверто?

— Так.

— Без образ?

— Спробую, — кивнула головою.

— Скажу прямо. Хто ти, Марусино? Проста, звичайна сільська дівчина, донька вчителів. Таких сотні, тисячі навколо! У Моніки батько — не остання людина в авіації, а вона... Вона струнка, висока. Справжня модель! Нещодавно її обличчя прикрасило обкладинку популярного в Америці глянцевого журналу! Тобі таке й не снилося!

— Не снилося?! — скрикнула Марусина. Вона відчула, що вулкан, який тихо клекотів усередині, готовий вибухнути назовні пекучою лавою. — Кажеш, модель?!

— Так! Модель! Тобі до неї, як до неба рачки!

— Обличчя на обкладинці?!

— Заздриш?

— Зовсім ні! Я також стану моделлю! І затям: кращою, ніж твоя Моніка! І моє обличчя прикрашатиме не лише обкладинку сраного журналу, а вітрини магазинів! Навіть відомих брендів!

Він розсміявся їй просто в лице. Марусина спалахнула, мов сірник.

— Тільки затям собі, Ростику! Я вже ніколи не повернуся до тебе, як би ти цього не хотів! — кинула йому в обличчя.

— Не смішим мене!

— Я тобі доведу, що ти не вартий мене ні на стілечки! — вона показала хлопцеві мізинець. — Ти ще пошкодуєш!

— Я?! Пошкодую?! — досі сміявся він. — Та хто ти така?! Себе в дзеркалі бачила? Усе життя в лахміттях ходиш!

Марусина встигла вліпити Ростикові ляпаса до того, як побачила позаду його матір.

— Сину, йди додому! — почувся голос Ірини Гнатівни. — Моніка вже зачекалася!

— А як же я — «люба невісточка»? — крикнула їй Марусина.

— Син сам зробив вибір, — відповіла їй жінка. — Забудь до нас дорогу.

— Це ви до нас забудьте, срані Феодали! — крикнула Марусина й побігла додому.

ЧАСТИНА ДРУГА

...Я вибрала Долю собі сама.
І що зі мною не станеться, —
у мене жодних претензій нема
до Долі — моєї обраниці.

Ліна Костенко

Розділ 18

Марусина вже більше доби тряслася в маршрутці. Коли сідала в неї, то здавалося, що місце зручне, не затісне, а згодом місця стало якось мало, і сусідка, яка весь час куняла і звалювалася їй на плече, почала дратувати. Марусина то спала, то прокидалася й дивилась у вікно, за яким пробігали мовчазні дерева. Позаду залишалися міста й села. За вікном темніло, з'явилися перші вогники у вікнах осель. За кожним із них — своє життя із радощами та печалями, а маршрутка везла її в нове життя, у зовсім не відому країну, де Марусина сподівалася знайти своє щастя.

Після зради коханого життя ніби зірвалось у прірву, яка їй снилася напередодні. Марусина наче перебувала в прострації, втратила сенс життя і, здавалося, ніколи вже не повернеться до минулого життя, в якому була щасливою. Трохи згодом дівчина відчула, що в рідному селі, яке було їй таким дорогим та близьким, вона гине. Їй не вистачало повітря, щоб дихати там, де були поховані її мрії, надії й кохання. Дівчина зрозуміла, що має змінити своє життя, бо просто задихнеться там. Вона згадала колись прочитане про закон пошуку: «Починати пошук потрібно з найбільш невідповідного місця». Марусині було зрозуміло, що лише кардинальні дії зможуть щось змінити в її житті, і дівчина почала розмірковувати, з чого почати. Увесь час на думку спадала остання зустріч з Ростиком, у голові звучали його жорстокі слова про те, що вона ніхто, проста сільська дівчина, яких повсюди повно. Тоді Марусина відповіла перше, що спало на думку, — вона стане моделлю, і Ростик пошкодує, але вороття вже не буде. «Я — сильна і маю йому це довести!» — так було вирішено вже за кілька тижнів після розлуки.

Марусині не хотілося чути слова співчуття від батьків, які постійно намагалися її втішити. Дівчині здавалося, що все те лише принижує її, бо шкодують завжди хворих, знедолених і безхатьків.

— Я навіть вітатися з Іркою не буду! — заявила мама. — Більше ніякої дружби! От тобі і чайок, і подаруночки! Справжня змія зі своїм виродком!

— Хай ті Феодали подавляться своїми статками! — у серцях промовив батько. — І той Ростик нехай летить із Монікою у свою Америку, бо йому нема чого робити в нашій країні!

Здавалося, лише одна Любаня по-справжньому відчувала стан Марусини й не намагалася знайти слова втіхи. Часом сердешна дівчина просто обнімала подругу і розповідала, як росте її синочок, як вона мріє про його майбутнє, коли він самостійно почне ходити, як потім водитиме Максимчика в садочок, читатиме йому книжки. Від її тихого заколисуючого голосу Марусина заспокоювалася, але йшла додому і знову відчувала брак кисню. Вона не знала, що і як робитиме найближчим часом, з чого почне змінювати своє життя, але впевнилася в тому, що нове життя з нуля потрібно починати в новій країні. Ореста вже освоїлася на новому місці й кілька місяців тому в далекій і незнайомій Данії вийшла заміж за місцевого чоловіка Джоні. Думки про цю країну Марусині не давали спокою, хоча вона майже нічого про неї не знала. Погугливши в інтернеті, дівчина дізналася, що Данія, найменша південна держава Скандинавії, — член Євросоюзу, але в зону обігу євро не входить, тож з 1 січня 1875 року і до сьогодні національною грошовою одиницею там є данська крона, що літо не вирізняється високими температурами, а зима коротка та м'яка. Коли Марусина довідалася, що в Данії офіційна мова данська, і сказала про це батькові, він не повірив і заявив, що такої мови не існує. Також Марусина прочитала про те, що данці люблять свою королеву Маргрете II, пробачають їй єдиний недолік — паління і захоплюються її беззаперечно вишуканим одягом. Зараз вона розуміла, що їде до країни, про яку практично нічого не знає, як і про її жителів.

Коли Марусина зателефонувала Orесті й заявила, що хоче поїхати в Данію, сестра була здивована.

— Мені нічого від тебе не треба, лише підкажи, з чого починати, щоб виїхати туди, — сказала їй Марусина.

— Я розумію, у якому ти зараз стані, але не поспішай, заспокойся і добре все обдумай, — порадила Ореста, — не потрібно робити все зопалу.

— Я вже все продумала і хочу поїхати в Данію! — наполягала Марусина.

— Ти, Марусино, не ображайся, але якщо розраховуєш на мене, то скажу одразу, що я мало чим можу тобі допомогти. Працювала і працюю, як усі заробітчани, допізна і тяжко, — сказала їй сестра. — У мого чоловіка є своє житло, але данці — не українці, у них на першому місці сім'я, а не родичі, зрозумій мене правильно.

— Я не збираюсь у вас жити, — сказала Марусина.

— Зараз тобі хочеться втекти якнайдалі, але повір мені як старшій сестрі: від себе не втечеш, і якщо навіть ти виїдеш в іншу країну, то від спогадів не сховаєшся.

Марусина завжди прислухалася до порад розсудливої Орести, яка, на відміну від неї, дивилася на світ не крізь рожеві окуляри, але вже була поставлена мета і визначене нове місце проживання, тому Марусина таки отримала від сестри поради, з чого їй починати. Кілька місяців знадобилося дівчині, щоб побігати з паперами й отримати візу на півтора року. Звичайно, батьки були проти, особливо тато.

— Уся в матір, Марусино, не в мене оцим своїм характером! — говорив Роман Семенович. — Як що задумала, то вже не передумаєш! Уперта, як сто баранів!

— Цілеспрямована, тату, — уточняла дівчина, — а це різні речі.

— І що ви всі за кордоном шукаєте? — бубонів Роман Семенович. — Гадаєте, що там медом намазано?

— Тату, ти зараз мене не розумієш.

— Та куди ж мені зрозуміти?! Можна подумати, що там тебе чекають з відкритими обіймами!

— Знаю, що буде важко, але я готова до випробувань! — відповіла йому Марусина, подумавши, що важче, ніж зараз, їй не буде.

Грошей на поїздку в Марусини не було, тож батьки пішли по знайомих узяти в борг. До Ірини Гнатівни дійшли чутки, що Бойченки збирають доньці гроші на дорогу. Чи то щось ворухнулося в душі жінки, чи й справді так любила майбутню невістку, що взяла тихцем від чоловіка гроші, прийшла надвечір до сусідів. Марусина зустріла Ірину Гнатівну на порозі, здивовано подивилася на неї.

— Я ось... принесла трохи грошей тобі, Марусино, на дорогу, — промовила вона винувато.

— Мені?! На дорогу? — Марусина посміхнулась. — Мені від вас нічого не треба!

— Я ж від душі!

— Віддайте їх краще своїй невістці! — випалила Марусина. — Може, їй якраз не вистачає на весілля!

Дівчина гучно гепнула дверима перед самим сусідчиним носом.

Коли Марусина виїжджала з Києва на мікроавтобусі, то мала оптимістичний настрій, на душі було радісно, вона перебувала у приємній ейфорії від відчуття того, що незабаром усе буде нове — як і її життя. Дорога страшенно втомила, скінчилися бутерброди, які мама дала в дорогу, і дуже хотілося їсти. З кожним кілометром радісний настрій покидав дівчину і навіть приходили сумніви, чи варто все це починати, чи все ж слід було прислухатися до порад Ористи. «Уже пізно щось міняти», — подумала вона, ковтнувши води з пластикової пляшки.

Навіть вода закінчувалася, тож доводилось економити. «Буде зупинка, тож десь куплю», — міркувала дівчина, рухаючи ногами.

Було доволі тепло, а вона взула теплі чобітки на натуральному хутрі, тож ноги вже німіли від сидіння в одній позі і спітніли. Здавалося, шлунок так втягло, що він дістав хребта. У торбинці з їстівного лишалось одне яблуко — зелене, продовгувате. Навесні яблуня викинула небагато бруньок, потім ударили морози — і лишилось усього кілька рожевих квіточок на одній із гілок угорі. Марусина чекала на хоча б невеличкий урожай, щоб порадувати коханого, але зав'язей було обмаль, і згодом вони опали на землю. Лише восени стало помітно, що вгорі видніється одне-єдине яблучко. Дівчина вже не чекала, поки те достигне, бо дарувати не було кому, а воно висіло до останнього, не опадало навіть тоді, коли вітер позривав з яблуні пожовкле листя. Коли настали холоди, їй стало шкода яблучка, яке з останніх сил трималося на гілочці. Марусина труснула дерево, і фрукт упав на шар листя, навіть не пошкодившись. Яблучко було соковите, зеленаво-жовте. Марусина хотіла за звичкою труснути його, щоб почути, чи торохтять там зернятка, але образа на Ростика не дала їй цього зробити. Коли дівчина збиралась у дальню дорогу, то забрала яблучко з собою. Зараз воно лежало в торбинці, але з'їсти його чомусь не могла.

Прокинулася дівчина, що сиділа поруч, дурнувато лупнула очима, намагаючись зрозуміти, де вона.

— Де ми зараз? — запитала.

Марусина помітила придорожній знак із назвою населеного пункту і сказала її сусідці.

— Ще довго їхати! — позіхнула дівчина й заплющила очі.

«От пощастило мені із сусідкою!» — з досадою подумала Марусина й запитала, чи ще довго їхати.

— Від Києва до Орхуса дві з половиною доби, — відповіла та.

— Так довго?!

— Довго, довго, — промовила дівчина і причмокнула великими губами, схожими на пухкі вареники.

За мить супутниця вже сопіла уві сні, а Марусина ще довго вдивлялася в темінь за вікном маршрутки. На душі було хвилююче і трохи страшно.

Розділ 19

Здавалося, дорозі не буде кінця. Марусині вже не хотілося ані спати, ані їсти, лишилося одне бажання — швидше дістатися до пункту призначення, містечка Орхус. Вона вкотре розмірковувала, чи не поквапилася з бажанням розпочати нове життя.

«Щоб продовжувати жити нормально, не зациклюватися на зраді коханого, я маю сама змінитися. Позбутися минулого, спогадів та надій, пройти через біль, страх та сумнів, — думала Марусина, — і лише звільнення від тягаря минулого дозволить мені жити й насолоджуватися теперішнім, щоб бути готовою до кращого майбутнього».

Якось Марусина прочитала індіанську мудрість, що залишилася в пам'яті: «Для того щоб почути себе, потрібні мовчазні дні». Дівчина мала розібратися із собою, відділитися від знайомого оточення, щоб не чути порад і співчуття, а самій вирішити, чого вона прагне в житті, чи ненавидить Ростика, чи все ще кохає. Удома вона зрозуміла, що й далі буде плисти за течією, як мертва рибина, а їй хотілося змін на краще. Якби дівчину попросили сформулювати, чого вона прагне досягти на чужині, достеменно не змогла б дати відповіді. «Людина повинна сама зробити свої стріли», — ця індіанська мудрість найкраще відображала мету її поїздки в Данію.

Згадалася Ореста, яка не зрозуміла, чому Марусина рветься приїхати саме в Данію. Двоюрідна сестра радила їй для початку поїхати на кілька місяців до Польщі, там попрацювати й вирішити для себе, чи потрібно вирушати так далеко, але Марусина була вперта. Не подіяло на неї навіть переконання Орести про те, що з Польщі сестра зможе повернутися без проблем, якщо захоче, але Марусина прагнула якраз заїхати туди, звідки не буде змоги дати задній хід, коли стане важко. Вона прийняла для себе важливе рішення і не хотіла відступати...

І знову ранок — уже на території Данії, — а маршрутка все торохтить по дорозі. Марусина з цікавістю роздивлялася містечка й села за вікном. Здебільшого вони були невеликі, тихі та спокійні. Ані тобі метушні на вулицях, ані ранкових заторів. Будиночки переважно одноповерхові, ошатні, без огорож та парканів, лише поодинокі дво- та триповерхові, вкриті черепицею. Було помітно багато вітряків і зовсім не видно стовпів чи електропроводів. Подекуди в селах траплялися старі будинки, покриті не то соломою, не то якимось очеретом, що додавало поселенням своєрідного колориту. Незважаючи на те, що був грудень, сніг не випав і виднілася ще зелена трава, тож Марусина подумала, що, напевно, марно вдягла пуховик, бо було доволі тепло.

Уже вечоріло, а Марусина досі не доїхала до Орхуса і хвилювалася. Була неділя, а в понеділок зранку вона вже мала вийти на роботу. За вікном уже була глуха ніч, коли сусідка Марусини сказала, що в'їхали в Орхус. Вони проїжджали неширокі вулички з ліхтарями, у деяких будинках чомусь горіло світло. Дівчина уявила, що житиме в одному з них, у теплі й затишку, де буде змога відпочити від усіх і після роботи провести вечір на самоті, у роздумах за чашкою гарячого чаю.

— Приїхали! Виходимо! — почула вона такі бажані слова і з полегшенням зітхнула.

Марусина вийшла, хлопці допомогли вивантажити її сумки з речами. До неї наблизилася висока чорнява жіночка з вузькими губами, гачкуватим носом і ледь помітним пушком над верхньою губою. Дівчина здогадалася, що то її хазяйка. Ані привітної усмішки, ані підбадьорливого слова — лише беземоційне «Хай!», з якого Марусина зрозуміла, що то привітання. Маршрутка від'їхала, і дівчина залишилася посеред дороги з речами та незнайомою жінкою. Українку охопив відчай. Вона щось почала говорити хазяйці англійською, хоча не знала, чи та її розуміє. Жінка мовчки взяла її сумку, понесла до своєї машини. Марусині не залишалося нічого, як узяти інші речі та вантажити їх в автівку. Жінка махнула рукою, мовляв, сідай у машину, і вони поїхали.

Марусині стало страшно. Глухої ночі вона кудись їде з незнайомою жінкою в чужій країні. «Може, мене везуть у сексуальне рабство? — шпигонула в голову думка. — Зараз у мене заберуть паспорт, і я ніколи звідси не виберуся».

Схоже, вони виїхали за місто: лише ґрунтова дорога й високі дерева обабіч. Марусина гадала, що житиме з господарями, як прописано в контракті, але вона, очевидно, помилилася. Десь удалині почулося мугикання корів, і Марусина побачила серед поля хатину, де світилося світло. Під'їхавши ближче, дівчина відчула знайомий запах села — так пахло від ферм, де тримали корів. Автівка зупинилася біля невеликого одноповерхового будинку. Марусина здогадалася, що тут вона житиме.

— Дороті! — промовила жінка, вийшовши з машини.

Марусина зрозуміла, що так звали її господарку, і кивнула головою. Жінка хутко схопила речі дівчини, понесла в приміщення. Завівши в порожню невеличку кімнату, увімкнула світло, поставила сумки і сказала: «Сі ю туморов», що означало «Побачимось завтра». За мить машина загурчала й поїхала. Марусина самотньо й шоковано стояла посеред кімнати в теплому пуховику та чобітках. У приміщенні, мабуть, давно не вмикали опалення, тому було доволі прохолодно. Трохи оговтавшись, вона зняла верхній одяг, сіла на застелене ліжко. У животі забурчало нагадування, що давно нічого не їла.

Марусина подумала про своє єдине яблуко, знайшла його в торбинці, впилася зубами у шкірку, відчувши солодкувато-кислий присмак. За мить від яблука лишився недогризок. Дівчина не стрималася, труснула ним — яблуко не торохтіло. У відчаї вона впала на ліжко не роздягаючись і невтішно розплакалася.

Розділ 20

Зранку Дороті розбудила Марусину. Дівчині здалося, що вона лише примкнула очі й зовсім не спала, а вже настав ранок. Господиня повела дівчину на сніданок, де в кімнаті, яка слугувала кухнею, за довгим столом розташувалися працівники. Дороті мовчки вказала пальцем на місце, де мала сісти Марусина, подала їжу. Українка привіталася, їй кивнули, не звернувши особливої уваги, і вона швиденько поїла, так і не відчувши смаку.

Дороті відвезла Марусину на роботу, і о восьмій дівчина була вже на фермі, де тримали корів. Господарка англійською мовою намагалася пояснити Марусині, що і як робити, але говорила дуже швидко й нерозбірливо. Поглянувши на розгублену й перелякану українку, що лише кліпала очима, жінка зрозуміла, що та нічого не второпала. Дороті похитала головою й кудись вийшла. Розгублена дівчина стояла в розпачі, зі страхом поглядаючи на рогатих тварин. Хазяйка швидко повернулася з худорлявим високим чорнявим чоловіком — як потім дізналася Марусина, то був румун. Чоловік трохи знав російську мову, тому Марусина могла з ним поспілкуватися і зрозуміти обсяг своєї роботи. Румун розвіз невеличким трактором корм для корів, розкладаючи його в годівниці, потім показав, як треба підібрати розсипане й додати вручну до корму мінерали. Після цього він показав, як заганяти корів у доїльний зал, як починати доїння. Марусина намагалася все добре запам'ятати, але чоловік був неговіркий, напевно, звик багато працювати й мало патякати. Після доїння він показав, як треба чистити в корівнику, як розносити й підстилати солому. Він пішов після полудня, наказавши Марусині самій здоїти корів в обід.

— Всьо понял? — запитав він.

— Так, — кивнула головою дівчина. — Ви ще прийдете до мене?

— Завтра, — промовив він і пішов не прощаючись, а Марусина залишилася зовсім одна.

Їй було по-справжньому страшно, бо допомоги чекати нема звідки, а робота стоїть. Стояв специфічний «аромат» корівника. «Знайомий запах з дитинства», — подумала дівчина, згадавши ферми в селі ще за часів колгоспів.

Фізична втома від дороги ще не покинула її, а вже потрібно братися до роботи. В обов'язки Марусини входило доїння корів, догляд за ними, у тому числі й прибирання. Все було не так, як вона собі уявляла. З інтернету дівчина знала, що ферми за кордоном чистенькі, там усе автоматизовано і працівники ходять у чистих білих халатиках. Тут усе було інакшим. Марусина поглянула на свій наручний годинник — настав час їх подоїти, нагодувати і прибрати в стійлах, тобто повторити те саме, але вже без сторонньої допомоги. Дівчина, зібравшись із силами, заходилася доїти. Першу корівку вдалося загнати для доїння без проблем. Вона зробила так, як показував чоловік. Спочатку тричі здоїла на підлогу, потім протерла дійки корові й підключила доїльний апарат. Окрилена тим, що їй вдалося, поквапилася до наступної корівки, але друга ніяк не хотіла слухатися незнайомку й заходити на дійку. Що тільки Марусина не робила! І вмовляла її, і намагалася силою заштовхати, навіть плакала з розпачу. Поки вона намагалася поладнати з однією коровою, інші почали несамовито мукати. Вона покинула вперту корову, побігла до іншої, щоб потім знову повернутися до попередньої, але корівка її ніяк не хотіла сприймати. Марусина металася від однієї до іншої, поверталася знову до впертої, плакала, розмазувала сльози по забрудненому обличчю, аж поки врешті-решт корівка стомилася і здалася. Потім дівчина годувала тварин, прибирала за ними. Марусині здавалося, що вона не встигне впоратися до кінця робочої зміни, тож бігала, падала, послизнувшись на коров'ячих коржах, підводилася і знову бігла. Вона встигла все зробити до того, як зайшла Дороті, прискіпливо оглянула все й показала великий палець, мовляв, усе добре. Хазяйка подивилася на збентежену, розгублену і брудну з ніг до голови дівчину й розсміялася.

Марусина довго милася в душі, але стійкий запах ферми за один день устиг так всотатися в її тіло й волосся, що одразу позбутися його було неможливо. Вона повечеряла разом з усіма й потягла ноги до своєї кімнати. Від утоми гуло все тіло, але дівчина не збиралася здаватися. Думалося, що впаде на ліжко й засне мертвим сном до ранку, але так не вийшло. Чомусь перед очима стояв Ростик — не той коханий та милий, а цинічний, який заявляв, що вона звичайна сільська дівчина, а ось Моніка — інша. «Як добре, що він не знає, де я працюю, і не бачив, яка була вдень», — думала.

Марусина згадала батьків. Як їй хотілося, щоб вони зараз були поруч, аби прихилити голову до маминого плеча і пожалітися.

«Нехай би вона мене спочатку вилаяла, потім — пошкодувала, аби лише була поруч. Напевно, мама б дорікнула, що мене навчали у виші, а тато додав би, що гівно прибирати з-під корів можна й без вищої освіти».

Марусина згадала Любаню, добру, наївну, яка залишилася там без підтримки, з маленькою дитиною на руках. Страшенно хотілося почути її голос, обняти за худенькі гострі плечі. А ще було дуже шкода себе, так шкода, що сльози самі застилали очі. Марусина сховала обличчя в подушку й розплакалася. Виливши душевний біль сльозами, вона почала себе заспокоювати: «Марусино, ти сильна і це знаєш, а темінь... вона зникне з приходом сонця».

Розділ 21

Марусина за контрактом мала працювати тридцять сім годин на тиждень, приблизно шість з половиною годин на зміну, але вона погодилася працювати довше, щоб більше заробити. Вставала ні світ ні зоря, без настрою, бо фізична втома не полишала тіло, але вмивалася, збиралася і, налаштувавшись на новий робочий день, виходила на вулицю. Щойно відчиняла двері, вривався вітер, холодний, сирий, бо весь час ішли дощі. Марусині видали скутер, на якому вона мала їздити на роботу. З одного боку, це було зручно, з іншого — важко. Часом дули такі сильні вітри, що важко було втриматися на тому скутері, а ще й якщо вперіщить дощ, то приїжджала на роботу мокра-мокрісінька. Холодно, вогко, а працювати треба. Доїла корівок, добросовісно їх доглядала, а вони часом були такі нерозумні! То на дійку заходити не хочуть, то дивляться на дівчину таким порожнім поглядом — мовляв, чого ти до нас причепилася і що тобі треба?

Марусина все робила на совість: і носила солому, і стелила тваринам, і невеличким тракторцем розвозила їжу, і підсипала мінерали. Їй подобався запах силосу, яким годували корів. Коли його розвозили, то в корівнику приємно пахло в'яленою травою, що на деякий час перебивало специфічний запах корівника. «Так я навчуся помічати щось хороше та приємне серед сірих, схожих між собою днів», — подумала Марусина, вдихаючи аромат силосу.

Марусина ніколи не перечила хазяйці й сумлінно виконувала свою роботу. Дороті кілька днів придивлялася до нової працівниці і зробила висновок, що дівчина роботяща і чесна, тому намагалася щось підказати, дати пораду.

— Вчи англійську! — якось сказала їй жінка.

Марусина й сама відчувала, як важко спілкуватися, коли недосконало знає мову. Зараз вона не шкодувала, що закінчила курси англійської мови в студентські роки, але, як з'ясувалося, тих знань недостатньо. Дівчина поверталася з роботи стомлена, мокра, але милася, прала, вечеряла й сідала за книжки.

Спілкуватися з іншими працівниками ферм їй було важко. Робітники були з різних країн, у кожної національності свої звичаї та забаганки, а ще мова й характери, але й часу вільного Марусина майже не мала. Для себе вона поставила завдання, які мала виконати. По-перше, мусила опанувати англійську мову, щоб бодай спілкуватися з Дороті. Для цього дівчина сиділа над посібниками та словниками, записувала, що було не зрозуміло, а наступного дня запитувала в Дороті, яка бачила її прагнення й охоче допомагала. По-друге, українка мала добре освоїти свою роботу, щоб не було претензій з боку хазяйки.

Коли Марусина лягала спати, то сон приходив не одразу. Вона багато думала про минуле, аналізувала, робила висновки. Тепер їй ніхто не заважав ані жити, ані думати, ніхто не міг дати поради чи нав'язати рішення, і Марусині від того було спокійніше. Вона розуміла, що все одразу не вдасться розкласти по поличках, але мету заробляння грошей вже визначила: Марусина мріяла купити квартиру, щоб довести батькам, що не обов'язково виходити заміж за житло, як Віра, а можна заробити самостійно. Коли втома ставала нестерпною і, здавалося, сили її покидають, Марусина починала мріяти. Вона ще не знала, де саме придбає житло, але добре уявляла свою затишну квартирку. «Я буду знати, що ні від кого не залежу, і не матиму страху, що якийсь чоловік, котрому не догодила, зможе виставити мене за двері», — думала вона.

Марусина починала фантазувати, якою буде її оселя, і це заспокоювало, втішало й надавало сил, щоб зранку знову їхати на роботу за будь-якої погоди.

Графік роботи був такий: дівчина мала працювати сім днів підряд, а наступного тижня п'ять днів, після чого мала два вихідні. Її це влаштовувало, бо дуже хотіла поїхати в місто й зустрітися з Орестою. Як туди дістатися і знайти потрібний будинок, вона не знала, але, на щастя, познайомилася з єдиною українкою, яка працювала в Дороті. Марусина й раніше помічала мовчазну жінку років сорока п'яти, яка майже ні з ким не спілкувалася. На обличчі незнайомки завжди був помітний сум, який, здавалося, ніколи її не покидав. Жінка мовчки сідала за загальний стіл, їла, ніби робот, відносила брудний посуд і, не промовивши ні слова, йшла у свою кімнату. Спочатку Марусина навіть думала, що жінка німа, а потім якось сама заговорила до неї, і та відповіла українською. Марусина несказанно зраділа, почувши рідну мову. Жінки затрималися після вечері, і говіркій Марусині вдалося побалакати з Галиною. Як з'ясувалося, вони були навіть з однієї області, тож розмова потекла жваво.

— Давно ви тут працюєте, Галю? — поцікавилася Марусина.

— За кілька місяців буде шість років, — відповіла жінка. — Перед цим відпрацювала на свинарнику в сестри Дороті, а зараз маю ще пропрацювати кілька місяців з телятками в самої Дороті. Хазяйка адекватна, добре до нас ставиться, якщо не халтуриш, зарплатня нормальна — то що краще шукати?

— Тобто ви тут залишаєтесь ненадовго?

— Ні, поїду вже на Батьківщину, — відповіла жінка. — Дуже стомилася! Донька заміж вийшла, то їздила додому, відгуляли весілля не гірше, ніж у родинах, де є чоловіки.

— А ви розлучені?

— Я вдова, — сказала Галина. — Нещодавно донечка народила онука, а я й не бачила його. Може, ще й попрацювала б, поки здоров'я дозволяє, але якось прокинулася, збираюся на роботу й відчуваю, що в голові жодної думки! Порожньо! Роблю все автоматично, як запрограмований робот, а життя йде, роки минають. Тоді й вирішила, що час не повернеш, життя проходить повз мене, а я, окрім тварин на фермі, нічого не бачу. Коли жити для себе?

Марусина промовчала. Вона уявила себе на місці жінки, яка, крім роботи, шість років нічого не бачила, і їй стало шкода Галину.

— Я вас розумію, Галю! Вам і справді потрібно повертатися на Батьківщину, — сказала Марусина.

— І ти зумій вчасно зупинитися, — порадила жінка й запитала, чи була вона на фермі, де вирощують свиней.

— Ні, не була жодного разу, — зізналася Марусина.

— Якщо запропонують там роботу — не погоджуйся! — порадила Галина. — Не ведися на більші заробітки, бо ті гроші того не варті. Там такий запах, що всотується у твій одяг, волосся, шкіру, і скільки б ти не мила руки — вони все одно жахливо смердітимуть. І ніякі душі, гелі чи мило не здатні знищити той їдкий неприємний запах! Ось із ним я й жила вже майже стільки років! Спочатку від мене тхнуло свиньми, тепер — телятами. Часом думаю: як їхатиму додому? Мені потрібно з тиждень десь пожити, щоб позбутися того запаху, бо як сяду в транспорт, то люди від нього почадіють! — підсумувала жінка, і Марусина вперше побачила її гарну, але таку сумну усмішку.

— Галю, ви хороша і вродлива, — сказала Марусина. — Вам дійсно потрібно повертатися додому і влаштувати особисте життя.

— Я вже забула, що це таке, — сумно промовила жінка.

— Тому й потрібно кидати роботу і їхати в Україну.

— Я вже вирішила, що поїду, хоча Дороті вмовляє мене попрацювати ще хоча б рік на телятках, — сказала вона. — Звичайно, за телятами легше доглядати, ніж за свинями. Я квартиру доньці купила, тож тепер можна не хвилюватися, що залишиться без даху над головою, якщо, не приведи Господи, з чоловіком не складеться. Тепер свою хату підлатаю, зроблю ремонт, куплю нові меблі. А там, дивись, десь знайду роботу, щоб було за що жити.

— Я також хочу заробити на власне житло, — зізналася Марусина.

— Як заробиш, одразу повертайся додому.

— Побачимо, — відповіла дівчина, — я поки й на коридор не заробила.

Розділ 22

Марусина швидко зрозуміла, що Дороті подобається, коли її перепитують чи уточнюють щось по роботі, якщо не зовсім зрозуміло. Дівчина не боялася зайвий раз поставити питання, щоб чітко зрозуміти і бути максимально впевненою в тому, що від неї вимагають. Марусина, починаючи роботу, не мала жодного поняття про закордонні стандарти, але була впертим дівчам і не ходила — бігала на роботі, щоб усе зробити, як годиться.

Увечері дівчина не дозволяла собі розслаблятися й відпочивати. Вона готувалася, вивчаючи англійську, продумувала питання, а наступного дня говорила Дороті про це на ходу, наче щойно придумала. Це була її маленька хитрість, яка допомагала налагодити із шефинею — так усі називали хазяйку — взаєморозуміння, що було на вагу золота. Дехто з працівників косо дивився на Марусину, коли та часто крутилася біля Дороті, але їй було начхати на чиюсь думку, бо мала мету, до якої рухалася, — нехай маленькими кроками, але не зупиняючись.

Галина допомогла Марусині зателефонувати Оресті, сповістити, що у вихідні вона приїде до Орхуса, і попросити її зустріти на зупинці. Дівчина зранку почала збиратися і зрозуміла, що надворі доволі тепло, а вдягти відповідно до погоди їй нічого. Коли збиралася, то в основному взяла одяг для роботи, а на вихід мала лише те, що вдягла в дорогу: теплий светрик, пуховик, джинси й теплі чобітки. Перебравши весь свій одяг, знайшла лише тоненьку кофтинку, тож довелося її вдягти під теплу курточку. Автобусом дісталася міста й одразу на зупинці помітила Оресту. Як же вона зраділа, побачивши сестру! Одразу кинулася їй назустріч, обняла й розцілувала.

— Як ти, Марусинко? — запитала Ореста, звільнившись від обіймів сестри.

— Добре! У мене все добре! А ти як? — заторохтіла збуджено дівчина.

— Усе побачиш на власні очі! — відповіла Ореста. — Ходімо до нас, ми тут живемо неподалік!

Марусина відступила на кілька кроків від сестри і лише тоді помітила її округлий живіт.

— Овва! Ти чекаєш на дитину?! — гукнула Марусина.

— Як бачиш! — усміхнулась Ореста, торкнувшись живота долонею.

— На якому місяці?

— На п'ятому, — відповіла Ореста.

— А заміж ти вийшла... То, виходить, як у нас кажуть, по зальоту? — усміхнулась Марусина.

— І так, і ні, — промовила вона. — Ходімо вже до нас!

Марусина йшла, розглядаючи все навколо. Місто вже було святково вбране до Різдва, усе навколо мигало, сяяло вогниками, вітрини магазинів привітно запрошували зайти до них і придбати подарунки. Будинки на вулицях розміщені щільно, майже впритул один до одного, вкриті черепицею та охайно пофарбовані в різні веселі кольори. Здебільшого переважали дво- та триповерхові, розділені вузькими вулицями з дорогою, вкритою бруківкою.

— Ви також живете в такому домі? — поцікавилася Марусина.

— Ні, у нас приватний будинок, — відповіла Ореста. — Зараз сама все побачиш! Нам треба повернути в цей провулок!

Джоні, чоловік Орести, уже чекав на жінок удома. Він був широкоплечий, майже одного зросту з високою дружиною, але кремезний, з невеликим черевцем. Чоловік привітно зустрів Марусину, запросив до столу. Ореста швиденько накрила на стіл, сіла разом з усіма.

— Це я сама приготувала! — похвалилася господиня, вказавши на курку, мариновану в ананасовому соусі. — Мені хотілося почастувати тебе чимось незвичним.

— Це наша данська національна страва, — додав Джоні. — Моя дружина швидко навчилася готувати національні страви.

— Але іноді ти просиш зготувати тобі наш український борщ, — зауважила Ореста.

— Так, так! — погодився Джоні й запитав, чи сподобалося Марусині місто.

— Дуже! Орхус — чудове місто, хоча я ще його мало бачила.

— Орхус полюбляють туристи, — сказав Джоні. — Наше місто, до речі, друге за величиною в країні, розташоване на східному узбережжі півострова Ютландія. Тут можна знайти багато цікавинок.

— Згодом усе сама побачиш, — додала Ореста.

— Сьогодні ми покажемо тобі один із найбільших храмів Данії — кафедральний собор, — пообіцяв чоловік.

— Із задоволенням подивлюся! — радо промовила Марусина. — До речі, коли я їхала сюди, то не помітила жодних електростовпів чи дротів, що мене дуже здивувало. Чому так?

— Напевно, ти зауважила, що у нас багато вітряків? — запитала Ореста.

— Я вже зрозуміла, чому вітряки на кожному кроці, — усміхнулася Марусина. — Часом такі вітри, що з ніг збивають!

— У нас електрика проходить під землею — це все задля безпеки, тому в Данії немає ні стовпів, ні дротів, — пояснив Джоні. — А ще є закон щодо вогнищ: тут категорично заборонено палити багаття, хіба що один день у році — на свято, коли символічно спалюють відьом. Не можна також пускати салюти й петарди, а будь-яку піротехніку дозволено лише у новорічну ніч, бо вітер як понесе вогонь, то все знищить!

Після обіду вони втрьох поїхали на Соборну площу подивитися на кафедральний собор Орхуса. Джоні розповідав про те, що споруда була зведена в честь покровителя моряків — святого Климента. Іноді Марусина не все розуміла з розповіді чоловіка, і тоді її виручала Ореста, розтлумачуючи сказане українською мовою. Величність та краса храму як ззовні, так і зсередини вразила Марусину.

— Історія собору почалась у кінці XII століття, коли єпископ Педер Вогнес прийняв рішення про його зведення, — захоплено розповідав Джоні. — У 1300 році будівництво собору в романському стилі було завершено, але, на жаль, за тридцять років потому він згорів і лише в 1449-му був відновлений, але вже в готичному стилі.

По тому, як чоловік із захопленням та гордістю розповідав про собор, Марусина зрозуміла, що данці пишаються своєю історією. Джоні розповів, що висота нефа складає дев'яносто шість метрів, майже така ж і висота башти, а внутрішня зала одночасно може вмістити понад тисячу прихожан. Незважаючи на те, що під час пожежі собор постраждав, збереглися кілька чудових фресок загальною площею 220 кв. м. Найбільше Марусину вразила найстаріша фреска «Вікна Лазаря», датована 1300 роком. Особливу увагу її, як і інших відвідувачів, привабив позолочений олтар скульптора й живописця Бернта Нотке та надгробні плити фламандського скульптора Томаса Квелінуса.

— Це найбільший орга́н Данії, — вказав Джоні, — у нього 6352 труби.

Після екскурсії собором вони пішли до мальовничих фонтанів. Марусині найбільше сподобався той, що перед ратушею, із цікавою назвою — «Фонтан свиней».

Джоні сказав, що їхня подорож містом затягнулася, і запропонував зайти в кафе перекусити. Вони сіли за вільний столик, і Ореста запитала Марусину, що замовити.

— Покладаюсь на твій смак, — відповіла дівчина.

Ореста замовила сноребrод, що перекладається як хліб з маслом.

— Данці полюбляють такі бутерброди, — пояснила сестра, — думаю, тобі також сподобається.

Бутерброд був із чорного хліба з солоним маслом, сиром і шинкою. Марусину здивувало, коли до бутерброда подали ніж та виделку.

— Тут так прийнято, — усміхнулась Ореста.

Вони ще довго гуляли містом і додому повернулися надвечір. Ореста швиденько накрила на стіл.

— Приготувала до твого приїзду! — похвалилася вона.

На вечерю була смажена свинина з брюссельською капустою та чорносливом.

— Чи не занадто для вечері? — стиха спитала Марусина.

— Нормально! — усміхнулась Ореста. — Зараз поїмо, і Джоні поїде провідати своїх батьків, а ми зможемо побути удвох і по-жіночому попліткувати.

Коли жінки залишилися самі, Марусина попросила допомогти їй налаштувати смартфон, бо не може додзвонитися до батьків.

— Я зараз надішлю їм повідомлення, щоб завтра о восьмій вечора увімкнули скайп, і ти зможеш не лише поговорити, а й побачишся з ними, — запропонувала Ореста, — а вже потім розберемося з твоїм телефоном.

Марусина погодилася. Вона була стомлена й одночасно щаслива. Ореста мала намір поговорити з сестрою, але поки прибрала зі столу та мила посуд, Марусина, скрутившись калачиком, міцно спала.

Розділ 23

За звичкою, Марусина прокинулася рано. Вона почула, що Ореста вже брязкає посудом, і пішла до неї.

— Чому не спиш? — запитала Ореста.

— Звичка! — відповіла дівчина.

— Іди вмивайся, й будемо пити каву, а потім я приготую сніданок.

— Джоні скоро повернеться?

— Ні, під вечір, тож у нас буде час поговорити без сторонніх вух, — сказала їй Ореста.

Жінки смакували запашною кавою з кардамоном, і Марусина запитала сестру, на скільки років старший від неї чоловік.

— На десять, — відповіла Ореста, — але чи це має значення?

— Джоні був до тебе одружений?

— Так. І не один раз, а тричі. Він має сина від першого шлюбу, — пояснила жінка, випереджуючи очевидне запитання.

— Тебе це не насторожило?

— Усе в житті буває, — ухилилася від прямої відповіді Ореста.

— Джоні розповідав, чому розлучився?

— З кожною жінкою по-різному, але я сподіваюсь, що в нас буде все добре, — усміхнулась сестра.

— Оресто, зізнайся: він тебе не ображає?

— Та ні, — стенула плечима жінка. — Джоні буває часом нестриманий, але то все його запальний характер. Він не піднімав на мене руку, лише психане, накричить, а потім охолоне і вибачиться. Чому ти питаєш?

Марусина промовчала. Ніби симпатичний чоловік, усе при ньому: розумний, гостинний, — але щось ледь помітне відштовхувало. Марусина намагалася зрозуміти, що саме, але не могла. Сказати відверто про це сестрі не наважилася, тому відповіла, що спитала з цікавості.

— Чому ти й досі працюєш? Ти ж вагітна. Джоні мав би подбати про твій відпочинок, — сказала Марусина.

— Мене зараз перевели на птахофермі на пакування яєць, — відповіла Ореста. — Тут не така важка робота, та й термін у мене ще не великий. Ти краще мені розкажи, що в тебе таке трапилося, що змусило їхати з країни світ за очі.

— Ти ж знаєш, що з Ростиком ми розійшлися, — нагадала Марусина. — Якщо відверто, то він мене обманув: зустрічався зі мною, обіцяв золоті гори, а сам у цей час крутив з іншою. При зустрічі так і сказав, що я — ніхто, звичайна сільська дівчина, у якої за душею ні копійки, а його Моніка — модель, її обличчя прикрашає обкладинку відомого глянцевого журналу. Ти навіть не уявляєш, як мені було боляче!

— То ти вирішила довести, що можеш стати самодостатньою?

— Звичайно! У тієї Моніки батько не остання людина, як сказав Ростик, тож можу припустити, що вона народилась із золотою ложкою в роті, а я маю довести, що всього можна досягти своєю працею, — щиро розповіла Марусина. — У першу чергу маю заробити на власне житло, щоб не бути залежною ні від якого козла.

Сестри відверто говорили про плани на майбутнє, і Марусина розповіла про те, про що нікому не говорила. Вона поділилась із Орестою мрією — стати моделлю.

— Я ще не знаю, як і коли це трапиться, але маю довести не лише Ростику, а й собі, що можна досягти вершин, лише маючи перед собою чітко окреслену ціль і бажання йти вперед, долаючи перешкоди, без багатих та впливових родичів! — гаряче промовила Марусина. — І не дивись, сестричко, на мене, як на божевільну!

— Ну, припустімо, досягнеш ти свого і твоє обличчя прикрасить обкладинку якогось журналу. Що з того?

— Рано чи пізно ми зустрінемось у селі з Ростиком, і я кину той журнал йому в мордяку! — випалила дівчина. — То буде один із найщасливіших днів мого життя!

— Дивно якось, — промовила Ореста. — Ти працюєш у корівнику, мріючи про модельний бізнес? Якийсь оксюморон.

Марусина помовчала. Вона замислилась, поставила чашку на стіл, пересіла на диванчик, підтягнула коліна до грудей, обхопила їх руками.

— Якось я прочитала про принцип «шпагату» серед успішних людей. Зараз поясню його суть. Коли ми виконуємо фізичну вправу і сідаємо на шпагат, то тягнемо м'язи до болю і фіксуємо їх. Доходимо до певної точки — і досить, щоб наступного разу все повторити. І так робимо до того часу, поки вільно не сідаємо на шпагат. Таке стосується і нашої мети. Ми маємо вийти із зони певного комфорту і поступово закріплюватися — і так до того часу, поки досягаємо бажаного. Настає час, коли приходить успіх — справжній, міцний, гідний. Проблема в тому, що всі будують для себе плани, мають мрію, але не всі готові тягнути м'язи, коли вони вже болять, бо для того потрібна сила волі.

— Ти хочеш сказати, що маєш силу волі і готова йти вперед, долаючи біль? — запитала Ореста, пильно дивлячись в очі сестри.

— Саме так, Оресто! — відповіла Марусина. — Я чітко знаю, чого хочу досягти в житті, і по-справжньому готова отримати від життя бажане. Саме тому свідомо і цілеспрямовано тримаю себе в тій зоні дискомфорту! Треновані «м'язи» характеру — це вже на все життя, і саме вони формують долю. Я багато думала останнім часу і зрозуміла, що не належу до тієї частини людей, які хочуть отримати бажане, але заздалегідь не готові заплатити за успіх своїми стараннями і знаходять безліч причин не робити цього.

— Дурять самі себе?

— Так! А потім дивуються, що життя, як найсуворіший тренер, бере на себе цю місію і жорстко «садить» їх на шпагат — а могло бути все інакше, якби людина була ініціативною і робила це планово.

— А скільки в людей заздрощів, коли бачать успішну людину! — промовила Ореста. — Ніхто не знає, як тій було нелегко сісти на «шпагат»!

— Згодна! Усе наше життя — тренажерний зал, куди може зайти кожен охочий, а успіх залежить від того, наскільки вистачить сил, бажання й терпіння «сісти на шпагат».

— Зараз я приготую сніданок, — промовила Ореста й підвелася. — Поснідаємо й поїдемо на екскурсію в одне цікавезне місце!

Марусина згодилася допомогти сестрі, і за годину жінки, поснідавши, уже їхали в старе місто, де розташувався Ден Ґамле-Бю — музей просто неба.

Розділ 24

Дорогою Ореста розповіла, що данці дуже цінують національні традиції й бережно ставляться до свого історично спадку.

— Тобі сподобається, справді! — запевняла Ореста. — Туди з усієї Данії звозять по цеглині старовинні будинки, які відслужили свій вік, і бережливо відтворюють їх з усіма елементами побуту.

Музей просто неба виявився комплексом цілих вулиць із численними будинками.

— Їх тут, якщо не помиляюсь, уже сімдесят п'ять, — пояснила Ореста.

Марусина ніби потрапила в старовинне місто, де були будинки знаті й простолюдинів, школа і різні майстерні, митниця, водяні та вітряні млини й навіть приміщення порту з кораблями на причалі. Напередодні новорічних свят усе прикрашала ілюмінація, що налаштовувало відвідувачів на святковий настрій.

— Улітку тут іще цікавіше, — сказала Ореста, — по вулицях ходять домашні птахи та проїжджають старовинні кінні підводи.

Найбільше Марусину вразило те, що в кожному приміщенні можна було не лише ознайомитися з їх автентичною обстановкою, але й з «населенням», ролі якого виконували дуже правдоподібно вдягнені та загримовані актори. З ними можна було поспілкуватися й навіть допомогти. Марусина виявила бажання спробувати себе в ролі коваля, але виявилося, що все не так просто.

— Гадала, що в мене важка робота, особливо коли розношу на вилах солому, а з'ясувалося, що ковалю ще важче! — сміючись, промовила дівчина.

Було так цікаво, хотілося заглянути в кожен будиночок, що дівчина втратила лік часу. Ореста нагадала, що їм потрібно перекусити і встигнути повернутися додому до восьмої вечора, бо батьки Марусини вийдуть на скайп-зв'язок.

Сестри знайшли кав'ярню, звідки смачно пахло.

— Я замовила ще одну страву, яку полюбляють данці, — пояснила Ореста, — це свинні реберця, мариновані в темному пиві та обсмажені на грилі.

Страва дуже смакувала Марусині! Вони поїли і швидко повернулися додому.

Марусина в очікуванні розмови з батьками по-справжньому розхвилювалася.

— Ти чого? — запитала її сестра.

— Сама не знаю. Почуваюся винною перед ними, — відповіла дівчина.

— У чому ти завинила?

— Хоча б у тому, що змусила їх хвилюватися за мене, — сказала Марусина, аж тут комп'ютер озвався викликом.

Марусина побачила на екрані до болю рідні обличчя, і горло стиснула грудка.

— Марусинко, донечко! Як ти? Доїхала добре? Влаштувалася на роботу? — мама одразу засипала питаннями.

— Так, усе добре. Доїхала нормально, мене зустріла шефиня й відвезла до будиночка, де я живу в окремій кімнаті, — сказала Марусина, позбавившись грудки в горлі.

— Шефиня? — здивовано перепитала жінка.

— Так тут звуть хазяйку, — пояснила дівчина.

— Зрозуміло. Ти влаштувалась на ферму?

— Доглядаю корівок, дою їх, годую.

— Усе автоматизовано?

— Звичайно! Я ходжу в біленькому халатику й роблю свою справу, — сказала дівчина й зобразила на обличчі усмішку.

— Не важко, доню? — озвався батько, що сидів позаду матері.

— Ні, тату, зовсім ні! Я справляюся!

— Ти працюєш, як зазначено в контракті, по шість з половиною годин за зміну?

— Саме так, татусю!

— Правильно, Марусинко, усіх грошей не заробиш, а здоров'я якщо занапастиш, то вже не повернеш, — мовила мати. — А ота ваша шефиня — не зла тітка?

— Ні, Дороті — добра і чуйна жінка. Краще розкажіть, як ви там?

— Сумуємо за тобою. Ти можеш нам частіше телефонувати? Виходити на зв'язок?

— Можу. Ось розберуся зі своїм телефоном і подзвоню! — пообіцяла Марусина.

Вона говорила з батьками з пів години і ще довго сиділа перед комп'ютером у задумі. Ореста підійшла ззаду, обняла її обома руками.

— Не сумуй, сестричко! Звикнеш! — промовила вона.

— Я знаю, — тихо сказала Марусина й додала: — Тепер і я стала брехухою.

— Ну, це було потрібно, інакше не можна, — втішила Ореста.

Увечері повернувся Джоні і разом з дружиною пішов проводжати Марусину. Дівчина на зупинці розмовляла з чоловіком і все намагалася зрозуміти, що в ньому насторожує і відштовхує. Було помітно, що Джоні трохи нервував, коли вони чекали на автобус, але Марусина його розуміла: чоловік хотів відпочити перед робочим тижнем.

Дорогою дівчина до дрібниць згадувала розмову з Джоні, його зовнішність. «У нього гарні темні очі в обрамленні густих вій, але щось у них таке, від чого хочеться скарлючитися і стати непомітною, — розмірковувала дівчина. — Але чому так?» Не знайшовши цьому пояснення, Марусина повернулася додому, зайшла у свою кімнату, зняла верхній одяг і в задумі сіла на стілець. Раптом їй стало все зрозуміло! У Джоні був холодний, навіть крижаний погляд, від якого ставало зимно навіть усередині!

«Невже Ореста нічого не помічає? — подумала Марусина. — Може, у всьому винна моя прискіпливість? Чи, навпаки, уважність?»

Розділ 25

Непривітними дощовими та вітряними вечорами Марусина багато думала. Виявилося, ніщо так не напружує, як власні думки, але вони не покидали її й часом так накопичувалися, збивалися в ціпкий клубок, що, здавалося, його ніколи не розплутати. Дівчина усвідомлювала, що є життєві ситуації, які вона не в змозі контролювати, слід було перестати тривожитися про майбутнє і відпустити минуле, але воно все ще тримало. Марусина постійно намагалася зрозуміти, чому так вийшло з Ростиком. Вона думала про те, що не досить гарна, не приваблива — і красень юнак знайшов гарнішу. Від цього ставало так боляче на душі, що хотілося ревіти й підвивати вітру, що тужив за вікном. Коли думки починали тиснути нестерпно, Марусина збиралась із силами і починала мріяти, втішаючи себе думками про щось хороше. «До чого я прагну? — розмірковувала дівчина. — Мати своє житло — це дуже добре, але якщо там оселиться самотність? Стіни оселі мають чути дитячий сміх і заспокійливий голос чоловіка, на якого можна покластися. Людина щаслива, коли має не стіни та дах, а оселю, де на неї чекають і де її люблять».

Марусина уявляла свою родину, де буде по-справжньому щаслива, де чоловік дякуватиме за смачну вечерю, вони разом переглядатимуть улюблені фільми, а донька чи син гратимуться поруч. На ніч вона вкладатиме дитину спати, читатиме їй улюблену книжку, аж поки почує розмірене сопіння малечі. Дівчина чітко уявляла, як поцілує тепленьку щічку, поправить ковдру, вимкне світло й тихенько причинить за собою двері. А в спальні, на широкому ліжку, на неї чекатиме любий чоловік, і вони кохатимуться довго й палко. Потім вона покладе йому голову на плече, обійме і засне спокійним сном. З такими світлими думками Марусина засинала, а коли прокидалася зранку й розуміла, що її рожеві мрії відійшли у ніч і на неї чекають корови та важка робота, ставало незатишно на душі.

«Марусино, ти хочеш бути щасливою? Мати своє житло? Хочеш, щоб твоє обличчя прикрасило обкладинку журналу? — запитувала вона себе, дивлячись у дзеркало, і відповідала: — Хочу! Я хочу бути щасливою! Хочу мати сім'ю, дітей і, звичайно, житло! Щоб цього досягти, треба йти на роботу!»

І вже ставало легше виходити в ранкову сирість, сідати на скутер і їхати на роботу, воюючи із сильним вітром. Коли Марусина все проаналізувала й усвідомила, що вона сама в чужому краї, підтримки немає, ні на кого спертися, навіть поплакатися нікому, прийшло розуміння, що має покладатися лише на власні сили. Це було нелегко, але знала: якщо вистоїть, то зможе пишатися тим, що всього досягла в житті сама, а якщо програє, то не буде кого звинувачувати. З того часу, коли Марусина трохи розібралася зі своїми думками та планами, старалася вечорами не зациклюватися на невдачах, а більше думати про майбутнє і звести до мінімуму спогади про негативне. Досягти цього було нелегко. Коли поверталася з роботи, то від утоми гуло все тіло, та все ж дівчина намагалася протистояти важким і негативним думкам, формувати позитивне мислення. І знову робота, вечір, наповнений мріями, і ранок, коли вона ставала перед дзеркалом і, як мантру, озвучувала спокійні оптимістичні фрази...

У найближчі вихідні Марусина планувала знову поїхати до Орести й продовжити знайомство з Орхусом, містом, у яке почала закохуватися, але Дороті запропонувала дівчині піти разом з нею до ресторану.

— Ви мене запрошуєте на обід?! — здивувалася Марусина.

— Так. На обід та прогулянку до моря, — відповіла хазяйка.

Марусина не могла не погодитися, незважаючи на те, що вже поповзли чутки серед найманих робітників, що вона «лиже п'яти шефині». В очі їй ніхто цього не казав, але дівчина вже не раз ловила на собі сердиті погляди дівчат-румунок.

— Плещуть язиками, що ти підлабузниця, — сказала Галина Марусині.

— Мені байдуже, що говорять про мене інші, — відповіла дівчина. — Я вже перейшла ту межу, коли прислухаються до чуток.

— Це не чутки, про це патякають румунки, — уточнила Галина.

— Скажи їм, що мої взаємини з шефинею — це налагодження нормальних стосунків та порозуміння! — відрізала Марусина.

Тепер, коли Дороті запропонувала провести разом вихідний день, дівчина подумала, що румунки ще більше бісититимуться і заздритимуть їй.

Перед вихідним Марусина знову перебрала свої речі і зрозуміла, що вдягти нічого. «Потрібно буде хоча б щось з одягу придбати», — подумала вона і зітхнула, бо витрачати кошти на одяг вона поки не планувала.

Дороті заїхала по Марусину на своїй автівці не сама, а з двома доньками, які були приблизно такого ж віку, що й українка. У ресторані хазяйка на свій вибір замовила флескестай — страву, яку полюбляють данці. Дороті пояснила, що це по-особливому запечена свинина на шкірці — одна з улюблених страв у Данії і фаворит на святковому різдвяному столі. Дороті замовила ще й стеґте-сілд — традиційну страву: смажену рибу із солодкими кільцями цибулі.

— Це оселедець? — здивувалася Марусина, скуштувавши солодке кільце цибулі.

— Так, оселедець має бути солодким, — пояснила Дороті. — Він готується в солодкому соусі.

— А в нас оселедець має бути солоним, — сказала Марусина. — Уперше куштую солодким!

— Солоного оселедця в нашій країні взагалі не знайти, — зауважила жінка.

Усі страви були привабливо сервіровані.

— Данці люблять смачно поїсти, а ще більше — красиво сервірувати, — пояснила Дороті. — Для нас не останню роль відіграє оформлення страви й навіть колір посуду.

Після смачного обіду вони всі разом гуляли берегом моря. Комунікабельна Марусина швидко знайшла спільну мову з доньками Дороті, хоча спілкування дещо ускладнило недосконале знання Марусиною англійської.

— Треба краще вчити англійську мову, — незле зауважила жінка, і Марусина пообіцяла ще більше часу приділити її вивченню. — Ти знаєш, що англійською ми, данці, розмовляємо лише з тими, хто нещодавно у нашій країні?

— Я вже помітила, — усміхнулась Марусина, йдучи поруч з жінкою берегом моря.

Хвилі шуміли, пінилися, і, здавалося, море не в гуморі, але Марусина раділа такій прогулянці, коли можна відволіктися, просто йти берегом, вслухатися в монотонний шум і насолоджуватися відпочинком.

— Данія — невелика країна, але любимо ми її безмежно! — промовила Дороті. — На всі свята вивішуємо свої прапори, щоб перехожі бачили, що родина щось святкує, — розповідала жінка. — Прапорцями навіть прикрашаємо все в домі. Данці настільки люблять свою країну і хочуть бачити її не лише процвітаючою економічно, а й красивою, що вивели спеціальний сорт вічнозеленої трави, щоб було гарно в будь-яку пору року. Ми пишаємося своєю мовою, бо данською розмовляють лише данці! — із захопленням сповістила жінка. — До речі, ти збираєшся затриматися в Данії? Не злякалася труднощів?

— Я хочу працювати й далі, — відповіла Марусина, не зовсім розуміючи, до чого хилить шефиня.

— Незабаром ти на собі відчуєш, як данці поважають тих, хто знає їхню рідну мову.

Марусина подумала: дуже погано, що вона зовсім не розуміє данської. Часом люди навколо говорять, а вона може лише припускати, про що.

— Данці захоплюються тими, хто вивчає їхню мову, і поважають таких людей, — продовжила Дороті.

— На жаль, я зовсім не знаю вашої мови.

— Хотіла б її вивчити? — Дороті зупинилася й подивилася дівчині прямо в очі.

— Хотіла б, але як?

— Я пропоную тобі піти в школу, на курси з вивчення данської мови!

— Дякую, але...

— До речі, зовсім безкоштовно! — заявила жінка.

Марусина зраділа, обняла шефиню, поцілувала в щоку й охоче пристала на її пропозицію.

— Якщо тебе це не образить, то можу тобі віддати деякі речі своїх дівчат, — запропонувала Дороті. — Усі в хорошому стані, але наразі я можу собі дозволити порадувати їх новими. Поки можу — купую, а коли не буде змоги...

— Дякую! Дякую! — Марусина розцвіла від такої пропозиції. — Дороті, ви — найкраща!

Не можна було сказати, що Марусині взагалі не було чого вдягати, але подарований одяг згодився для відвідування курсів данської мови.

Розділ 26

Марусина мала вихідний і знову намагалася розібратися зі своїм смартфоном, але не вдавалося. Вона отримувала від матері sms-повідомлення, але вони чомусь не відкривалися, а коли сама відправляла повідомлення, воно не завантажувалося. Дівчина зустріла Галину, і жінка запитала, чому та така сумна.

— Та смартфон мене вже дістав! — пожалілася дівчина і розповіла про проблеми, що виникли.

— У фейсбуці є група, до якої раджу тобі вступити, — порадила Галина. — Українці, які проживають у Данії, організували спільноту для того, щоб підтримувати один одного, ділитися різними враженнями, давати рекомендації, можливо, підказки.

— Ти гадаєш, що мені допоможуть?

— Принаймні можна спробувати.

Марусина вступила до такої групи, поставила питання, й одразу посипалися численні поради. В основному писали хлопці, які обіцяли приїхати й на місці все полагодити. Дівчину такі «побачення» аж ніяк не влаштовували, але знайшовся один парубок, який усе покроково пояснив, і їй вдалося налаштувати телефон.

«Як тебе звати?» — написав він повідомлення.

«Марусина. А тебе?»

«Микола».

«Я щиро тобі вдячна за допомогу. Нарешті зможу відправляти повідомлення рідним і телефонувати їм».

«Можна я тобі подзвоню?»

«Не зараз».

«А коли?»

Марусина замислилася. Вона вирішила, що від одного дзвінка нічого не зміниться, і домовилася поговорити з Миколою наступного вечора. Марусина одразу зателефонувала батькам. Коли почула рідний голос матері, а потім батька, розчулилася, і сльози самі стікали потічками по щоках. Вона також зв'язалася з Любанею. Тепер уже плакала сусідка, почувши голос подруги.

— Я так сумую за тобою! — крізь сльози промовила дівчина. — Я встигла тебе полюбити, як рідну!

— Не плач, моя хороша! Я тебе також люблю і не забуваю про тебе. У мене все добре, влаштувалася на роботу, є житло, нас годують, а ти як?

— Важкувато, грошей не вистачає, бо живемо лише на дитячі, але я городину зібрала, огірочки, помідорчики, компотики на зиму закрила, тож не помремо з голоду, — швидко говорила Любаня.

— А як чоловік?

— Усе по-старому, — схлипнула жінка. — Усе обіцяє виправитися. Я б уже з усім змирилася і чекала, якби не... Та що я все про себе?

— Договорюй до кінця, будь ласка! Що Толик ще утнув? Б'є тебе?

— Та ні! Краще вже б ударив, ніж з льоху заготовки виносив! У мене серце ледь не розірвалося, коли побачила, що банку соку, що для дитини закрила, виніс!

— Куди?

— Грець його знає куди! На чекушку обміняв, сволота!

— Одну банку чи все ще носить?

— Я підняла ґвалт, що дитячі харчі пропиває, — так отримала ляпаса по щоці! — пожалілася Любаня.

— І, звичайно, пробачила?

— Він пообіцяв більше не чіпати синові харчі.

— Ой, Любаню! Навіть не знаю, що сказати! Старі люди кажуть: якщо підняв один раз руку, то так буде й далі.

— Мало що люди кажуть! — промовила Любаня удавано веселим голосом. — Я вірю, що в нас усе буде добре!

— Може, ти спробувала б свою матір знайти?

— Я обов'язково цим займуся! — пообіцяла дівчина. — Ось Максимчик підросте, піде в садочок, я влаштуюсь на роботу і Толика із собою заберу. Тоді й пошукаю матір.

— Спробуй. Усе в житті трапляється, — сказала Марусина й попрощалася з подругою.

Розділ 27

Микола, як і обіцяв, зателефонував Марусині ввечері, поцікавився, чи все гаразд із телефоном.

— Ще раз тобі дякую, — сказала дівчина, — тепер усе добре, я змогла поспілкуватися з батьками.

— Звідки ти? Де живуть батьки? — запитав він, і в молодих людей зав'язалася розмова.

З'ясувалося, що Микола в Україні жив від Марусини не так уже й далеко — усього за якихось двісті кілометрів. Хлопець розповів, що працює в Данії вже кілька років на фермі за двадцять кілометрів звідси. Розмова вийшла невимушеною, і вони спілкувалися з пів години.

— Можна тобі ще зателефонувати? — запитав він.

— У мене не завжди є вільний час після роботи, але спробуй, — відповіла дівчина.

— Якщо не зможеш відповісти, то напиши повідомлення в соцмережі в приватному листуванні, — попросив він.

Після розмови з Миколою Марусина відкрила його сторінку і ще раз подивилася на фотографію на аватарці. Він був привабливим шатеном з приємною усмішкою.

Вранці Марусина отримала від Миколи повідомлення. «Доброго ранку, Марусино! — прочитала вона. — Нехай день буде легким і вдалим!» «Дякую і навзаєм!» — відповіла дівчина стримано й поквапилася на роботу. Чи того дня вітер був слабшим і не таким сердитим, як напередодні, чи то їй здалося, але все в Марусининих руках просто горіло, і робочий день дійсно минув швидше, ніж завжди. «Я його зовсім не знаю, але добре слово — нехай від незнайомої людини — так багато значить для підтримки», — думала дівчина, повертаючись додому.

Після вечері знову обізвався мобільник повідомленням від Миколи. «Доброго вечора, Марусино! Чим займаєшся?» — питав він. Дівчина мала виконати купу вправ, але, на мить замисливши, вирішила, що на десять хвилин можна їх відтермінувати, і відповіла хлопцеві.

З часом Марусина так звикла до спілкування з Миколою телефоном або за допомогою переписки, що не помітила, як сумує, коли той довго не озивається. Хлопець підтримував її повідомленнями, навіть його просте привітання із самого ранку заряджало її енергією на цілий день. Марусина відчувала, що Микола рано чи пізно запропонує зустрітися, але не була готова до цього. З одного боку, їй хотілося наживо поспілкуватися з хлопцем, з іншого — щось відлякувало. Дівчина перед сном намагалася вже зовсім не згадувати своє перше й нещасливе кохання і все частіше думала про Миколу. Вона прагнула зрозуміти, що її стримує і водночас лякає. Звикнувши все аналізувати й робити певні висновки, дівчина зрозуміла, що боїться і ще не готова до нових стосунків, хоча саме вони могли б поставити останню крапку на минулому коханні. «Напевно, ще не час нам зустрітися», — вирішила.

Вона розуміла, що такими міркуваннями залишає собі шанс на спогади про Ростика.

«Неможливо одним розчерком пера перекреслити почуття, вони мають згаснути поступово, як згасає вогнище, доїдаючи останні поліна», — зробила вона висновок.

Була ще одна вагома причина, щоб не зустрічатися з Миколою. Про неї Марусина боялася зізнаватися навіть самій собі: вона вважала себе не надто гарною, щоб подобатися. Ростик убив у ній упевненість. Дівчина розуміла і знала, що хоч і не найперша красуня у світі, але й не бридка, та щось усередині похитнулося — не зламалося, але втратило міцність. І щоб її відновити, мав пройти час. Коли Микола за місяць після їхнього заочного спілкування запросив зустрітися й погуляти вечірнім містом, вона відмовилася, пославшись на втому. «Я обманюю не його, а саму себе, — подумала дівчина, поклавши мобільник на стіл після розмови з Миколою. — Насправді, мені хотілося б зустрітися й подивитися на нього».

Розділ 28

Марусина пішла до школи на курси данської мови, куди її записала Дороті. Українка ще не знала, чи надовго затримається в Данії, але відчувала, що потрібно щось робити, аби відволікатися від важкої щоденної роботи й перемикатися на щось інше, не відчувати фізичного болю в кожному м'язі тіла й не зациклюватися на ньому. До того ж, увесь час відчувала незручність, коли люди розмовляли навколо, а вона з того не розуміла жодного слова. Часом здавалося, що говорять саме про неї, бо поглядали в її бік, і доводилося лише здогадуватися, про що йде мова.

На першому занятті у клас зайшла мила світловолоса дівчина, височенька, повнувата, що не псувало її, навпаки, надавало обличчю якогось світлого, навіть дитячого виразу. Незнайомка окинула швидким поглядом присутніх й одразу сіла біля Марусини.

— Інга, — представилася дівчина.

Після занять Інга запропонувала посидіти в кафе за чашкою кави.

— По мене заїде чоловік, але доведеться зачекати з годинку, — сказала Інга. — Марусино, ти не дуже поспішаєш?

— Мені нема куди й до кого поспішати, — відповіла дівчина й погодилася на каву.

Вони пили каву — чорну і міцну, без цукру й молока. Марусина вже знала, що данці полюбляють пити каву й уміють її добре готувати. Кава була на різні смаки, але обов'язково без цукру, вершків, молока чи інших добавок, які, на їхню думку, лише псують смак справжнього ароматного напою. Спочатку Марусині було важко змінити смаки і звикнути до кави без цукру, але згодом вона призвичаїлася і полюбила каву, приготовану саме так.

Дівчата розговорилися, Інга розповіла, що вони з чоловіком приїхали в Данію на роботу пів року тому, у мами вдома залишився їхній син. Вони працювали також на фермі за двадцять кілометрів від місця роботи Марусини.

— Я захоплююсь фотографією, хоча не є професійним фотографом, — сказала Інга. — Фото для мене — просто хобі, без якого я не можу жити, і займаюсь цим не для заробітку, а для власного задоволення. Ми маємо тут чимось займатися, щоб відволіктися від сірих монотонних днів.

Марусина всміхнулася, згадавши, як ще в школі по копійках збирала кошти, щоб купити собі дешевенький фотоапарат, і розповіла про це новій знайомій.

— То ми майже колеги? — засміялась Інга.

У жінки був щирий, приємний сміх. Коли вона всміхалася, на обох щоках з'являлися ямочки, які бувають у дітей. Марусина відчула, що зможе потоваришувати з цією жінкою, і розказала, як любила із самого малечку позувати перед дзеркалом, наряджатися в різний одяг.

— Як підросла, то прагнула вирізнятися серед інших і постійно щось вигадувала, перешивала з бабусею, а вона розпускала старі светрики і в'язала мені щось новеньке, — розповіла дівчина.

Довше поспілкуватися їм не вдалося: по Інгу приїхав її чоловік, і нова знайома поквапилася додому. Марусина з нетерпінням чекала наступного заняття в мовній школі, щоб зустрітися з Інгою. Вони обнялися при зустрічі, як давні подруги, і Марусина відчула, що зможе по-справжньому потоваришувати з цією жінкою. На занятті вони не стримувалися і час від часу перешіптувалися, за що отримали кілька зауважень від учителя. Замовкли лише тоді, коли викладач сказав, що може їх відрахувати з курсів, якщо їм не цікаво.

Після занять подруги поїхали в місто, де гуляли вулицями, заходили в кав'ярні, щоб трохи зігрітися й попити кави.

— Минулого разу ти не встигла мені розповісти, чи вийшло у тебе з фотографуванням, — нагадала Інга.

Жінка не просила розказати, не наполягала — просто нагадала, і Марусині одразу захотілося поділитися з Інгою тим, як вона робила перші світлини і як намагалася завоювати увагу Ростика, фотографуючи його з друзями.

— Лише зараз я розумію, що мала тоді, напевно, жалюгідний вигляд, — зізналася Марусина, розказавши про себе, — бігала з тим дешевим фотоапаратом, як із великою цінністю.

— Для когось найдорожчий фотоапарат не має значення, а той для тебе тоді справді був вартісною річчю, — зауважила Інга.

— Фоткала Ростика, його друзів та подруг, усміхалася, а на зубах — пластинка з гачками, — Марусина занурилась у спогади. — Намагалася не помічати, що вони глузують з мене за спиною, що я потрібна їм лише для того, щоб отримати фотографію. Мені потрібно було бачити Ростика, чути його голос, спілкуватися з ним, а все інше не мало значення.

— Ти кохала його, а кохання не знає меж, не помічає зайвого і того, що йому заважає, — промовила стиха Інга.

Марусина відчула, що Інга чекає продовження теми стосунків із Ростиком, але достатньо болісних спогадів на один раз. «Пізніше розповім, поділюся з нею», — вирішила Марусина.

Вони гуляли містом допізна, заряджали позитивною енергією одна одну, і Марусина відчувала, що вже не одна в чужій країні. Тепер у неї була споріднена душа, хоч бачитимуться вони не так і часто, бо з ранку до вечора — робота, робота, і нема тому кінця...

Розділ 29

Знайомство з Інгою влило свіжий струмінь у монотонне життя Марусини. Подруги зустрічалися не так часто, бо графік вихідних не збігався, але були дні, коли вони бачилися на курсах і після них мали змогу спілкуватися. Інга приносила Марусині книги для вивчення англійської, навідувала її, коли дівчина застудилася і пролежала кілька днів з температурою. Вони заряджали одна одну енергією, підтримували у важкі часи, бо робота на фермі в обох відбирала багато фізичних сил і було дуже важливо мати таку людину, яка могла б хоч частково повертати ту енергію втомленому тілу і відновлювати баланс.

Марусина зрештою наважилася на зустріч з Миколою. Вона нічого особливого не чекала від того, але телефонне спілкування мало колись скінчитися, і дівчина сказала: «Так! Зустрінемося!» Вони домовилися зустрітися в Орхусі, біля фонтана, бо Марусина вже скучила за Орестою і хотіла її побачити.

Ореста радо зустріла сестру, але Марусина помітила прихований за привітною усмішкою сум.

— Оресто, щось не так? Ти маєш втомлений і сумний вигляд, — сказала їй Марусина.

— Таки є трохи втоми, — зізналася сестра.

— І не тільки? — Марусина подивилася Оресті в очі.

— Джоні почав усе частіше зриватися на крик, — зізналася сестра. — Розумію, що вагітність мене зробила вайлуватою, я вже не така спритна, як раніше. Часом приходжу з роботи і зовсім не маю сил. Так хочеться спати, що не можу передати, хоча вночі відпочиваю добре.

— Це нормально. Знаю, що вагітним потрібно більше відпочивати. То чим Джоні невдоволений?

— Тим, що я іноді, повернувшись з роботи, лягаю, щоб годинку подрімати, а не біжу одразу до плити, — зізналась Ореста.

— То поясни йому, дай почитати спеціальну літературу, якщо тобі не повірить, — порадила дівчина.

— Я намагалася, але марно, — зітхнула жінка. — Розумієш, Марусино, у данців сім'я завжди на першому місці. Коли ти вдома, то можеш не відповідати на дзвінки з роботи — і це нормально. Якщо трапляється щось дуже важливе й термінове, то перші слова, які почуєш у слухавці, — вибачення, бо тебе потурбували у вільний час. Якщо навіть не ти сама, а хтось із родини захворів і потребує лікаря, то це є поважною причиною не вийти на роботу, але, звичайно, потрібно про це повідомити шефу.

— Зрозуміло, але нащо ти мені це розказала? Який це має стосунок до Джоні?

— Для мого чоловіка сім'я також на першому місці, — продовжила жінка. — Він не раз мені розповідав про свою матір. Вона народила трьох синів і, як народжувала наймолодшого — мого чоловіка, — то встигла доварити обід, коли вже в неї почалися потуги, і лише після того, як відключила плиту і впевнилася, що все приготувала, викликала швидку.

— Це вже занадто! — обурилася Марусина. — Могла б уже й у пологовому готувати обіди!

— Джоні вважає, що я маю в першу чергу встигнути все зробити на кухні, поприбирати й попрати, а потім уже відпочити, — пояснила Ореста, — а мене так іноді хилить до сну, що я на ходу засинаю! Джоні це не подобається, він возив мене до лікаря, там сказали, що вагітність проходить нормально — тому він і обурюється. Розумію, що неприємно повернутися з роботи й побачити, що дружина не зустрічає тебе на порозі, а спить.

— У твоєму стані це нормально! Спробуй заздалегідь щось приготувати на кілька днів, — порадила дівчина.

— Практикувала й таке, але саме тоді, коли в холодильнику майже порожньо, мені хочеться спати!

— Хочеш, я сама поговорю з Джоні?

— Ні! У жодному разі! Проблеми в родині — це особисті проблеми, — запротестувала Ореста й запитала, як справи в сестри.

— Сьогодні в мене зустріч з хлопцем!

— Побачення?! Хто він?

— Не знаю, чи побачення, але за годину ми вперше зустрінемо одне одного, — відповіла Марусина й розповіла про Миколу.

Вона одразу впізнала Миколу, коли помітила його біля фонтана. Він був високим, статним і привабливим. Коли Марусина підійшла ближче, то подумала, що в профіль Микола навіть чимось схожий на Ростика. Вони привіталися й вирішили погуляти містом. Хлопець за словом у кишеню не ліз — розмовляв без упину. Він уже трохи знав Данію і міг розповідати про країну та її мешканців безкінечно.

— Данія завжди подобається туристам, хоча є маленькою південною країною Скандинавії. Туристів вона приваблює затишними містечками, старовинними замками та палацами, чистими пляжами та красою первозданних лісів, — розповідав він, як справжній екскурсовод. — Данія — батьківщина казок Андерсена, з багатою історією та культурою.

— Скільки населення в країні? — поцікавилася Марусина, хоча знала цю інформацію.

— Наразі менше шести мільйонів, — відповів Микола. — Ти знала, що данці обожнюють фестивалі? — запитав він і, не чекаючи відповіді, продовжив: — Місцеві мешканці дуже шанують свою культуру, традиції і люблять розкіш, тому всі фестивалі тут відбуваються з розмахом, весело і красиво. Деякі з них радше схожі на тематичні карнавали, як, наприклад, один із найвідоміших фестивалів вікінгів у Фредерикссунні. Він проходить у липні і триває кілька днів. Під час цього свята там усе набирає середньовічного вигляду, можна самому перенестися на століття назад і навіть узяти участь у водних та сухопутних баталіях! Є ще багато різних і цікавих фестивалів, на яких варто побувати, щоб зрозуміти й посправжньому відчути Данію.

— Ти вже бував на них? — запитала Марусина.

— Ми з тобою обов'язково побачимо їх! — ухилився він від прямої відповіді і запропонував зайти в ресторан пообідати.

Марусина вже перекусила в Орести, тому замовила собі десерт і каву. Поки чекали замовлення, Микола торохтів про місцеву кухню.

— Марусино, а ти знаєш, що данська кухня — це такий собі синтез кулінарних традицій кількох північноєвропейських народів? Здебільшого поєднання скандинавської та німецької кухонь.

Марусина відповіла, що не знала, але вже встигла познайомитися з деякими традиційними данськими стравами, і вони їй смакують.

— Данія славиться виробництвом екологічно чистих сільгосппродуктів, але чи не головним атрибутом більшості рецептів завжди вважалися риба й морепродукти. До речі, данці в приготуванні страв люблять використовувати різноманітні приправи, а ось Копенгаген уже давно зарекомендував себе як одна зі світових гастрономічних столиць. Як доказ цього — велика кількість ресторанів, що отримали зірки Мішлен.

Після обіду вони гуляли містом до самого вечора. Проходячи вузькими вуличками старого міста, Марусина вже не вперше помітила, що вікна приватних будинків не затулені фіранками, тож можна бачити все, що відбувається за ними.

— Чому тут не затуляють вікна? — поцікавилась вона у свого говіркого знайомого.

— Данці вважають, що перехожі можуть спостерігати за їхнім життям, бо нема чого приховувати, — сказав Микола. — Якщо якась родина живе скромно, бо заробляє не так уже й багато, то соромитися нічого і стороннім можна це побачити.

Новоспечені знайомі роз'їхалися по домівках, домовившись, що зідзвоняться. Марусина подякувала хлопцеві за чудову екскурсію містом і за цікаві розповіді. Повернувшись додому, вона намагалася проаналізувати і зрозуміти, що за людина цей Микола. Безумовно, він багато знав, з ним було цікаво, але його зарозумілість і навіть зухвалість її відштовхувала. У Марусини такі особи викликали антипатію, і вона зробила висновок, що Микола — не її людина.

Розділ 30

Як планувала Галина після закінчення контракту повернутися в Україну, так і зробила. Вона домовилась з Дороті, що зможе тиждень пожити в неї до від'їзду. Жінка планувала погуляти містом і купити подарунки доньці та родичам. Марусина попросила Дороті перевести її на роботу в телятник, бо Галина запевняла, що там дівчині буде трохи легше.

У перші дні Марусині довелося знову звикати до нової роботи. Спочатку навіть здалося, що з телятками працювати трохи легше, але наступні дні показали, що всюди на фермі робота важка. Доводилося приймати пологи, тягти теляток, а потім самотужки вантажити їх на візок і перевозити в окрему клітку. І ніхто не спитає, чи тяжко їй, чи має сили — робити треба. Було холодно надворі, а для телят потрібно мити клітки, і робити це не в приміщенні, а на холоді. Іноді пальці рук так терпли від холоду, що, здавалося, уже відмерли і нічого не відчувають. У такі хвилини Марусині хотілося плакати від розпачу та жалю до себе, але було розуміння, що від сліз не стане легше, і вона зігрівала холодні як лід пальці, щоб знову бігти до роботи. Єдиною розрадою були телятка. Вони тягнулися до неї, чекали, як на маму, були такі довірливі й добрі, як діти. Марусина їх напувала, лагідно з ними розмовляла, ставилася, як до дитинчат, коли потрібно — лікувала.

Марусина зустрілася з Галиною перед її від'їздом.

— Галю, у мене до тебе буде велике прохання, — сказала Марусина.

— Якщо щось везти, то в мене своїх торб море, — одразу заявила Галина.

— Невеличкий пакунок, — попросила Марусина.

Ореста, дізнавшись, що Галина повертається на Батьківщину, купила для похресника теплу курточку, шапку, чобітки та штанці.

— Незабаром весна, і Максимчику виповниться рік, а потім буде літо, тож якось з одягом обійдуться, а прийде осінь та зима — буде що вдягнути, — пояснювала Ореста, передаючи Марусиною пакунок. — Такі речі недешеві, тож Любані буде якась поміч. Я купила одяг на виріст, щоб не прогадати.

Марусина пояснила, чому ці речі так потрібні сусідчиній дитині. Галина зітхнула, але погодилася, і Марусина написала на папірці адресу й телефон Любані про всяк випадок, подала жінці.

— Але ж тут... Тут дві адреси! Більше пакунків не можу взяти, правда! — запротестувала Галина.

— Ні, торби більше не буде, — усміхнулася Марусина. — Я хочу передати гроші батькам, вони живуть на одній вулиці з Любанею.

— То надішли їх!

— Не можу. Розумієш, Галю, батьки напозичалися грошей, щоб я змогла поїхати в Данію, а зараз я хочу їм повернути їхнє, бо зі своєю вчительською зарплатнею не скоро зможуть розрахуватися з людьми. Якщо надішлю переказом, то вони одразу мені його повернуть — я добре знаю своїх батьків, — а ти привезеш, віддаси, і тоді вони не зможуть їх мені надіслати назад, бо не знають рахунку, — пояснила Марусина.

— І куди тебе подіти? — сумно всміхнулася жінка. — Давай гроші, якщо мені довіряєш.

— Якби не довіряла, то не просила б. Ти — найкраща! — сказала Марусина й обняла жінку.

Наступного дня Марусина провела Галину й попрощалася з нею. Щойно жінка поїхала, дівчину охопила невимовна туга за Батьківщиною й рідними. Марусина навіть позаздрила Галині, яка зможе ступити на рідну землю, пройтися її вулицею, зустрітися з батьками. Згадалася мама — емоційна, часом вибухова, але безмежно добра зсередини. Перед очима сплив образ тата — великого і дебелого вусаня, який іноді намагався показати і довести, хто в домі хазяїн, бурчав, обурювався, але все одно робив, як хоче мама, бо по-справжньому її кохав. Як би не гиркалися батьки зранку, тато чекав, поки в мами закінчаться уроки, щоб разом іти додому. Навіть якщо він звільнявся після другого уроку, а мама після шостого, чоловік чекав на неї в школі.

Скільки себе пам'ятала Марусина, батьки завжди і всюди були разом так, ніби прийшли в цей світ доповнювати одне одного. Згадуючи їх, Марусина мріяла, що в неї буде такий чоловік, щоб не хотілося розлучатися з ним ні на мить, щоб не те що жити окремо — дихати не можна було без своєї другої половинки.

Спогади про батьків, про рідне село так огорнули Марусину, що на очі накотилися сльози. Вона лише зараз зрозуміла, що часом потрібно віддалитися від звичного, щоб колись таке знайоме і навіть обридле стало настільки дорогим і бажаним.

Розділ 31

Коли випала нагода зустрітися з Інгою, Марусина дуже зраділа. Подруги знайшли тихе кафе, де можна було посидіти за чашкою ароматної кави і спокійно поспілкуватися. Відвідувачів зранку було небагато, тож жінки вмостилися за дальній столик і стиха розмовляли. Марусина розповіла, що передала батькам гроші та подарунок від хрещеної через Галину.

— Як так?! — здивувалася Інга. — Ти довірилася малознайомій людині?

— Я знала Галину кілька місяців, — відповіла дівчина, — тому ми не малознайомі.

— Як можна було таку суму віддати?!

— Я їй довіряю, тому впевнена, що Галина не обдурить.

— Ти така наївна, Марусино! — зітхнула Інга.

— Людям потрібно вірити, — сказала Марусина.

— Але не всім. Невже тебе жодного разу не обламували?

— Було таке, — промовила дівчина й посміхнулася кутиком вуст.

І Марусина розповіла Інзі про своє життя, починаючи з того, як ще дитиною любила крутитися біля люстерка, особливо розглядаючи своє відображення у великому дзеркалі в будинку сусіда. Дівчина незчулася, як повністю довірилася новій подрузі й повідала про своє нещасливе кохання.

— Ростик мене зрадив, і це було моє перше найбільше розчарування в людях, але вірю, що останнє, — сказала дівчина.

— Не зарікайся, життя непередбачуване, часом нас зраджують саме ті, на кого покладаєш найбільші надії, — промовила задумливо Інга. — Ти бажаєш помсти кривднику?

— Я довго думала про наші стосунки, про зраду Ростика. Спочатку хотілося побажати йому чогось поганого, але з часом зрозуміла, що життя його й так покарає, бо він того заслужив, але оті його слова про те, що я — ніхто, проста сільська дівчина, а Моніка — модель, обличчя якої прикрашає обкладинку журналу, й досі стирчать кілком у моєму серці, — зізналася Марусина.

— І тобі хочеться досягти того ж самого?

— Що ти маєш на увазі? — насторожилася Марусина, бо Інга ніби прочитала її потаємні думки. — Було таке. Коли не можеш нічого змінити, то втішаєш себе дурнуватими думками.

— Наприклад?

— Уявляю своє обличчя на обкладинці журналу, — промовила із сумом дівчина й ледь помітно всміхнулась. — Я дурна?

— А чому б і ні? Від майстерності фотографа багато чого залежить.

— Я це розумію, але для обкладинки потрібно підібрати красиве обличчя, а я... Я недостатньо для цього гарна.

— Я б так не сказала, — зауважила Інга й додала, що Марусина себе недооцінює.

— Залишу за собою право на мрії, бо їх ніхто не може ані заборонити, ані відібрати, але реально оцінюю свої можливості, — сказала Марусина. — Перетворення гидкого каченяти на прекрасного лебедя можливе лише в казці, а життя — це далеко не казка.

— Можна своє життя власноруч змішати з брудом, втоптати в грязюку, але є й інший спосіб — зробити його бодай схожим на казку.

— Що конкретно ти маєш на увазі?

— Я пропоную тобі фотозйомку!

— Мені?!

— Тобі! Тобі! Бо вважаю тебе фотогенічною.

Марусина замислилась. Вона так довго мріяла приміряти роль моделі бодай для себе, а коли отримала таку пропозицію, розгубилася.

— Ні! Я не хочу! — відповіла вона.

— Чому?!

Марусина боялася, що одні зйомки зруйнують усі її мрії, як картковий будиночок. Вона одразу подумала про те, що фотосесія пройде невдало, і це поставить крапку на мрії стати моделлю. Дівчина ще з дитинства боялася негативних відгуків про себе, а найбільше — почути, що вона нікчемна й нікудишня. «Якщо Інга після зйомок заявить, що з мене ніколи не вийде модель, я таке розчарування не переживу», — подумала дівчина і повторила, що не хоче ніяких зйомок.

— Я маю практикуватися, як і ти, — промовила Інга й узяла Марусину за руку. — Ми обоє маємо з чогось починати. Працювати на фермі все життя — не моя мета. Хочу набути практики, заробити грошей, щоб повернутися на Батьківщину і відкрити свій фотосалон. Колись ми обоє будемо згадувати цей час, коли прибирали гівно за коровами і мріяли про прекрасне. Щоб досягти своєї мети, потрібно постійно рухатися вперед, хоч спершу маленькими й неквапливими кроками. І саме з тобою ми зробимо цей перший крок. Згода?

Марусина замислилася. Вона розуміла, що Інга мала рацію, але їй було по-справжньому страшно.

— Той випадок, коли дуже хочеться, але... — почала вона.

— Жодних «але»! — категорично заявила Інга. — Ти хочеш, щоб я фотографувала не лише для особистого задоволення?

— Так.

— Тоді вважай, що погодилася на фотосесію заради мого майбутнього! — усміхнулась жінка. — Ти ж не можеш мені відмовити?

— Ні, — зітхнула Марусина. — Нехай буде те, що має статися! Як сказала якась мудра людина: «Перестаньте хвилюватися про те, що може не вдатися. Радійте тому, що може вдатися».

— Золоті слова! — радісно промовила Інга й поцілувала подругу в щічку.

Залишалося знайти час для зйомок, бо часто графіки роботи подруг не збігалися. Темніло рано, а потрібно обрати денний час, бо Інга мала хороший фотоапарат, але в неї не було освітлювальних ламп.

Для зйомок Інга вибрала поле. Вона приїхала раніше зазначеного часу, щоб добре оглянути місцевість і підібрати потрібний ракурс. Марусина трохи затрималася на роботі, тож Інга зауважила, що їм потрібно поспішати, бо сонце швидко сідає.

— Мостися десь, я тобі зроблю макіяж! — наказала фотографиня.

Вона сама зробила Марусині макіяж та укладку волосся.

— Колись ми будемо зі сміхом згадувати цю нашу першу зйомку! — жартома промовила Інга. — А зараз до роботи! І не думай, що фотопозування передається генетично чи з цим можна народитися!

Інга допомагала Марусині увійти в потрібний настрій, робила численні пробні знімки. Коли бачила, що дівчина розгублена, підбадьорювала, навіть хвалила, щоб модель заспокоїлась і швидше увійшла в роль. Інга просила позувати й водночас показувати різні емоції, і Марусині здалося, що їй вдається.

— Тепер розбігаємося по домівках і чекаємо світлин! — сказала Інга, поглянувши на небо.

Ніколи для Марусини так довго не тягнувся час, як тоді, коли чекала на фотографії. За кілька днів вона зустрілася з Інгою й попросила показати світлини. Здавалося, серце зупинилося у мить, коли Інга дістала телефон і відшукала потрібні знімки.

— Будь ласка! — вона показала фото.

— Це... Це я?! — розгублено і схвильовано промовила Марусина.

— Ні, я! — усміхнулась Інга.

— Не вірю своїм очам!

— Ти хоча б скажи, чи гарно вийшло? — запитала Інга, злегка смикнувши її за руку.

— Я в шоці!

— Бачу. Ну як?

— Неймовірно! — вирвалось на одному подиху в дівчини.

— І хто мені тут розповідав про гидке каченя?

Марусина дивилася на світлини й не могла впізнати себе в тій гарній дівчині. Знімків було багато, і на кожному — новий образ, характер і настрій. То були професійні фотографії моделі, і Марусина зауважила, що то заслуга Інги.

— Без моделі я ніхто! — задоволено всміхнулася жінка. — Розумієш, подружко, продуктивність зйомки та цінність моделі залежать від того, як вона швидко увійде в роль, у той стан, який бачить фотограф, та безпосередньо з якого дубля буде відзнято потрібний кадр. Можу з певністю сказати, що нам з тобою все вдалося!

Тієї ночі Марусина довго не могла заснути. Вона згадувала процес зйомок і зробила висновок, що тоді отримувала справжнє задоволення. Дівчина вперше побачила себе гарною на світлинах, тож саме ці знімки змусили її замислитися і зробити висновки, що в неї занижена самооцінка. Одна безсонна ніч роздумів — і в Марусини змінилося насамперед ставлення до самої себе. Вона повірила, що чогось варта.

Розділ 32

Микола продовжував телефонне спілкування з Марусиною. Розмови з хлопцем були розрадою вечорами, і дівчина не почувалася такою самотньою. Парубок запропонував продовжити знайомство з Данією.

— Їдьмо знову в місто, погуляємо, відпочинемо десь у кав'ярні, — сказав він.

Марусина погодилася, хоча стосунки з ним не збиралася продовжувати. «Прогулянка містом нічого не змінить», — вирішила дівчина.

Вони знову ходили вулицями, якими ще не гуляли. Увагу Марусини привернули балкони на нових будинках: вони були повністю прозорі, там стояли столики та стільці. Микола теліпав язиком без угаву, взявши на себе роль екскурсовода. Марусина зауважила, що він таки багато знає і про країну, і про її мешканців. Слухати хлопця було цікаво, і кожна його розповідь розширювала її знання про Данію.

— Тут замість областей комуни, а столиця Данії — Копенгаген, — сказав він.

— Якраз це міг би й не говорити! — засміялась Марусина. — Як і те, що віза відкривається не у візовому центрі, а в поліції, що данці мають свою королеву, а вирішує все міністр.

— Ну, гаразд! Здаюся! — він усміхнувся й підвів угору руки. — А ти знаєш, що данці вважають, що краса — це в першу чергу здоров'я, тому все спрямовано на те, щоб люди не хворіли. Усе, що робить данців здоровішими, цілеспрямовано стає дешевшим. Ось тому фрукти, овочі, ліки та спорт — на дотації держави. Ти це знала?

— Ні, але вже знатиму, — відповіла Марусина.

— Тоді... — Микола замислився, чим би здивувати дівчину. — Ось! Ти, напевно, не знала, що самотня жінка, яка хоче мати дитину, може звернутися до центру репродуктології й зовсім безкоштовно зробити штучне запліднення, а потім ще й отримуватиме грошову допомогу як самотня мати та матиме деякі пільги.

— Справді? Я цього не знала, — зізналася Марусина.

— Ти в курсі, що батьки не мають права залишати дітей без нагляду?

— Будь-де дітей не можна залишати самих, — зауважила дівчина.

— Тут не можна лишити менших, щоб за ними наглядали старші. Батьки навіть беруть відпустки, коли в дітей канікули, щоб бути разом з ними, — розповів Микола.

— І це правильно. Батьки мають багато часу приділяти вихованню дітей, їх не повинна виховувати вулиця.

— Ти так кажеш, ніби маєш великий досвід у вихованні дітей! — засміявся він.

— Та ну тебе! — знітилася Марусина.

Їм назустріч ішов чоловік похилого віку і вів на повідку маленького собачку. Цуцик був одягнений у курточку з каптуром і мав такий кумедний вигляд, що Марусина всміхнулася.

— Тут люблять домашніх тварин, заводять собачок, тримають їх не на ланцюзі, а в будинку із собою, — сказала дівчина. — Мені Дороті розказувала, що самотні старенькі ставляться до них, як до своїх дітей, і тут узагалі немає бездомних тварин.

— Як і бездомних людей, — додав Микола. — У країні турбуються про безхатьків. Якщо людина не має роботи, то комуна виплачує їй грошову допомогу з безробіття, але це не означає, що така особа має отримувати гроші й нічого не робити: їх посилають на курси, пропонують різні варіанти роботи.

— Допомагають тим, хто бажає вийти зі скрутного становища, — підсумувала дівчина.

— Марусино, ти, напевно, помітила, що данці дуже полюбляють прикрашати свої балкони горщиками з квітами?

— Так. Цікаво, що прикрашають навіть балкони в багатоквартирних будинках.

— Данці самі собі дизайнери, вони полюбляють декорувати власні оселі як зовні, так і зсередини. Напевно, кожен балкон чи вікно прикрашені квітами в ящичках та горщиках, а зі зміною пори року змінюють і їх, — пояснив Микола. — Схоже, я тебе заморив своїми розповідями, — сказав він і зупинився біля кафе. — Нам час перекусити, і я готовий вислухати, чим ти займалася, окрім роботи.

За обідом Марусина зізналася, що зробила фотосесію, і показала кілька світлин у телефоні.

— Ну як тобі? — запитала вона.

— Гарна на фото, гарна і в житті, — без особливого захоплення промовив він.

Вечір вони провели разом, гуляючи тихими освітленими вуличками. Микола розповів: якщо людина в Данії на роботі отримує стрес і звертається до лікаря, то у випадку підтвердження джерела стресу саме на роботі працівника можуть відправити відпочити вдома кілька місяців із збереженням зарплати.

— На фермі чи не щодня стреси, — зауважила дівчина.

— Це стосується колективів, наприклад, офісних робітників. Вони завжди повторюють: «Не стресуй!», «Усе буде добре!», «Ми все встигнемо!», — пояснив чоловік. — Якщо хтось приходить на роботу сумний, то ранок починається з питання, що сталося, та із заспокоєння співробітника, щоб у нього не стався стрес чи, бува, нервовий зрив.

Микола взяв її за руку, і Марусина не відвела своєї. Вона дивилася на пари, які прогулюються, тримаючись за руки, і почувалася не кинутою у вирі життя в чужому краї.

Розділ 33

Вивчення данської мови виявилося важким заняттям. Ця лінгвістична система надзвичайно складна й абсолютно не схожа на жодну іншу: важка у вимові настільки, що Марусині часто було просто нереально відтворити деякі звуки. Але дівчина серйозно налаштувалася на вивчення мови, тож не відступала. Навчання не закінчувалося заняттями на курсах, а продовжувалося щодня вдома. Не покидала Марусина і вивчення англійської. На мрію лишався час перед сном, коли дівчина могла нарешті зітхнути, бо ще один важкий день закінчився, і поринути думками в той час, коли зможе з гордістю сказати: «Я — модель!» Наймилішою думкою була та, як вона привезе в село журнал з обкладинкою, де красуватиметься її обличчя, кине його Ростику і скаже: «Подивися, зраднику! І скажи мені в очі, що я гірша від твоєї Моніки! Не повертається язик таке промовити? Гадав, що лише вона модель? Я — краща, і ти маєш це визнати!» Дівчина не могла навіть собі пояснити, чому саме так має вчинити, досягнувши своєї мети, але такі думки втішали і зігрівали її самотніми сірими вечорами. Після першої зйомки Марусина відчула, що зможе стати моделлю, і завдячувала цьому Інзі, яка вміло натиснула на подругу, а потім довела, що її зовнішність варта більшого, ніж працювати на фермі.

Марусина кілька днів себе стримувала, а потім усе ж за вечерею показала свої світлини дівчатам-румункам.

— Як вам? — спитала вона, продемонструвавши їх у телефоні.

— Красивая! — без захвату сказала румунка. — Тебе одежда новая надо? — запитала російською.

Марусина на мить замислилась. До роботи в Данії вона майже ніколи не мала грошей на власні потреби, а тут вони надходять на рахунок, потроху накопичуються і мало витрачаються. Дівчина вже встигла відпрацювати борг, який батьки брали для неї — Галина все їм передала, — утім і надалі кошти збиралися на рахунку. Витрачала Марусина мало, маючи мету накопичити певну суму на житло, але й досі не купила собі жодної одежини.

— Якщо й хочу, то що? — запитала дівчат.

— Поедешь с нами погулять? Купишь себе обновки — весна уже! — запропонували дівчата.

Марусина погодилася. З двома румунками та однією дівчиною-полячкою, які працювали на фермі, українка поїхала до міста. Дівчата не могли пройти повз численні сувенірні ятки та магазинчики. Вони заходили чи не в кожен з них, усе розглядали, прицінювалися, сперечалися й за годину накупили багато дрібниць. Марусина не стрималася від спокуси серед великого вибору краму і собі придбала кілька речей. Коли почався шопінг у магазинах та відділах одягу, дівчата набирали по кілька речей, бігли в приміряльну, радилися, що придбати і чи пасує їм. Вони доволі голосно та емоційно все обговорювали, тож покупці та продавці почали звертати на них увагу. Марусині стало незручно, і вона пішла між рядами. Як можна було втриматися, щоб і собі щось не приміряти?! Марусина вдягала новий одяг, дивилась у дзеркало й уявляла себе на одній із фотолокацій. Не придбати щось до весни вона не могла, і, коли опівдні всі разом вийшли на вулицю, то вже мали в руках пакети з одягом. Марусині він був потрібний, бо на вулиці тепліло, а вона не мала чогось свіженького, тож залишилася покупками задоволеною. Вона вперше вирушила на такий шопінг, а дівчата, що були з нею, чи не кожні вихідні їздили до міста, щоб скупитися та, як вони казали, «відпочити». Що за цими словами крилося, Марусина дізналася згодом, коли вони почали заходити до ресторанів та кафе, де замовляли щось смачненьке і подовгу засиджувались. Дівчата голосно розмовляли, багато пили пива й реготали. Побувавши з ними в кількох таких закладах, Марусина послалася на те, що розболілася голова і вона хоче повернутися додому.

— Пока! — вони помахали Марусині руками і продовжили гуляння.

Дівчина не квапилася повертатися додому, де серед чотирьох стін невеличкої кімнати з нею поруч жили самотність та мрії. Марусина повільно прогулювалась вулицями міста, поринувши у свої думки. Вона зупиняла погляди на щасливих парочках, які гуляли, тримаючись за руки, обнімалися, іноді зупинялися, щось стиха говорили одне одному, дивлячись закоханими поглядами. Як їй хотілося зустріти вірного й чесного хлопця, такого, якого можна й потрібно буде любити все життя! Вона мріяла знайти того, хто буде вартий її щирого кохання, з ким можна відчути себе маленькою й беззахисною, бо він — сильний та надійний. Марусині безмежно хотілося зустріти таку людину, яка не питатиме, чому сумна, бо відчуватиме душею настільки, що не потрібно буде розпитувати, лізти в душу. Довіра між ними буде такою сильною, що, опинившись у його теплих обіймах, вона знатиме, що все буде добре, усе владнається, лихе минеться, відступить зневіра — і так буде довго-довго, поки він поруч, а вона чутиме биття його великого люблячого серця...

Увечері, уже вдома, Марусина розпакувала обновки й відчула руйнівну силу грошей. З того, що вона накупила, була половина зайвого й такого, без чого можна спокійно обійтися. Вона про себе звинуватила дівчат, які запросили її на шопінг, самі гребли одяг і її спокусили. «Вони ще й через інтернет-магазин увесь час щось замовляють і купують, — подумала Марусина. — Приїхали на заробітки, а люблять погуляти та скупитися. Більше з ними я нікуди не піду!» — вирішила вона остаточно і розклала одяг у шафі.

Дівчина лягла спати і, як завжди, намагалася поринути в солодкі мрії, але думки про покупки, без яких могла обійтися, не давали їй спокою, і вона картала себе за таке марнотратство. «Я зробила один крок уперед до модельного бізнесу й водночас один крок назад на шляху до мрії купити житло», — такі думки відганяли сон. Марусина вирішила, що потрібно зосередитися на чомусь позитивному і світлому, але не вдавалося. «Нехай цей день буде маленьким особистим святом серед сірих буднів», — вирішила нарешті і, втішившись такою думкою, заснула.

Розділ 34

Окрилені першим успіхом, Марусина та Інга вирішили не спинятися на досягнутому. Вони разом придумували нові локації, нові образи і робили світлини, які потім подовгу прискіпливо розглядали, знаходили недоліки в роботі, обговорювали, як уникнути помилок наступного разу. Увійшовши в роль, Марусина вже не могла відступитися від своєї мрії стати впізнаваною моделлю. Часом Інга робила собі портфоліо, а Марусина з величезним бажанням їй допомагала. Проте дівчина відчувала, що потрібно вийти на наступний рівень, але бракувало часу. Інга нарікала, що могла б зробити більше й цікавіше, якби мала штучні лампи для освітлення.

— Кляті лампи! Коштують дорого! — говорила Інга. — Працюєш тяжко на фермі, отримуєш гроші, але не можеш собі дозволити їх купити. Усе відкладаєш на щось більш важливе й потрібне, ніж ці лампи!

Марусина бачила непідробний розпач подруги, обнімала її й намагалася втішити.

— Нічого, сонечко, прийде час, і ти станеш справжнім професійним фотографом, — лагідно промовляла дівчина. — У тебе буде своя студія і безліч цікавих замовлень.

— Ти справді так вважаєш? — стиха запитувала Інга.

— Я впевнена в цьому! Навіщо ж тоді ми з тобою стільки працюємо? Уяви: твої роботи будуть красуватися на виставках фотографій по всьому світу! Знаменитості подовгу розглядатимуть твої світлини і скажуть: «Яка талановита ця фотографиня!»

— Ну ти й загнула! — всміхалася жінка. — Таки знаменитості прийдуть на мої виставки!

— А вони що? Не люди?

— Твої слова та Богу у вуха! — зітхала Інга, але заспокоювалася.

Коли Марусині було важко, її підтримувала вже Інга. Вона говорила, що колись подруга стане відомою моделлю і, можливо, забуде, хто зробив їй перше портфоліо.

— Я? Забуду?! — удавано обурювалась Марусина. — Та ніколи! Я всім буду говорити, що ти — мій перший учитель!

— Марусинко, уяви, що ти матимеш безліч контрактів по всьому світу! Побачиш різні країни, а тебе знову кудись запрошуватимуть...

Марусина розуміла, що то все їхні мрії, але як вони зігрівали! Слова подруги лягали бальзамом на душу. Вона й справді хотіла багато подорожувати, щоб побачити світ, і ніколи не бажала байдикувати. Марусина точно знала, що всього в житті має досягти сама і ніколи не слід покладатися на когось. Вона йшла рано на роботу, поверталася пізно, втомлена, з надією, що наступний день буде трохи легшим, але легше не ставало. Дівчина знала, що відпочинку не дасть собі і ввечері: буде вивчати мови, читати книжки. Марусина найбільше любила й цінувала в собі те, що ніколи не може сидіти без діла, бо лише так відчувала себе живою, за справами не лізли в голову лихі думки про те, що її зрадили і вона взагалі нікому в цьому житті не потрібна. Їй залишалися лише солодкі й теплі мрії...

Розділ 35

Попри рішення Марусини, що Микола не її людина, вона продовжувала з ним спілкуватися і зустрічатися. Вони подорожували, вивчаючи країну, знайомилися з традиціями, культурою та життям данців. Хоч далекі подорожі їм були не під силу, але й у ближніх містечках можна було побачити щось цікаве.

Разом з Миколою дівчина навідала у квітні Оресту, яка народила донечку Івгу. З ним проводила вечори біля моря, ходила в ресторани, ознайомлюючись з традиційними стравами данців. Хлопець був говіркий, багато знав цікавого, і часто їхні інтереси збігалися. Марусина помітила, що має з Миколою багато спільного, а він знаходив потрібні слова, щоб завоювати її серце. Парубок сипав компліментами, дарував приємні дрібнички, і Марусині подобалась його увага. Коли вони не могли зустрітися, він скрашував її самотність дзвінками, і з часом дівчина помітила, що сумує, коли той не телефонує. У них були спільні плани: поїхати до Копенгагена та провести кілька днів на фестивалі.

— Ми мандруємо, а автівки не маємо, — сказала якось Марусина. — Я подумала і вирішила, що хочу купити машину.

— Так у чому справа? Вони тут коштують недорого, — сказав Микола і знайшов сайти, де були виставлені на продаж уживані машини.

Разом вони зупинили вибір на кількох автівках, але їх потрібно було оглянути.

— Ти мені допоможеш? — запитала Марусина.

Хлопець охоче погодився допомогти з покупкою. Вони переглянули кілька автівок і зупинилися на «фольксваген лупо», за яку Марусині довелося викласти дванадцять тисяч крон. Оформивши папери, вони того ж дня довго каталися узбережжям, зупинялись у невеличких кафе, робили перекуси чи пили каву і знову їхали. Схаменулися, коли вже була глуха ніч.

— Як ти дістанешся додому? — запитала Марусина. — Уже транспорт не ходить.

— Ти ж мене не виженеш? Дозволиш у тебе переночувати?

— І куди ж тебе подіти? — усміхнулася Марусина.

Ту травневу тиху ніч вони провели разом. Сталося те, що мало рано чи пізно відбутися. Марусина повернулася з душу в легкому домашньому халатику з рушником, намотаним на голову. Вона була така мила, усміхнена й домашня, що Микола не стримався, обняв її, відчув запах шампуню, зняв рушник з голови, поцілував ще вологе волосся, потім — шию з пульсуючою жилкою і відчув, як напружилося тіло дівчини.

— Марусинко, люба, я кохаю тебе! — гаряче зашепотів він. — Люблю ще з того дня, як уперше зустрів. Я хочу бути з тобою. Завжди!

Від його палких цілунків, від близькості чоловічого тіла в Марусини приємно зашуміло в голові, як від доброго вина. Молоде тіло, яке вже забуло чоловічі ласки, потяглося до нього. Дівчина незчулася, як Микола зняв із неї халатик, обережно поклав на ліжко. Вона танула, як теплий віск під його руками, аж поки не віддалася пристрасті повністю, до самого останку. Вони кохалися довго і пристрасно. Стомившись, лежали поруч, вслухаючись у биття сердець, щоб, відпочивши, знову насолоджуватись одне одним.

Микола заснув під ранок, а Марусина все ще не спала. Вона думала про те, що вперше в житті могла насолодитися сексом, відкинувши сором. З Ростиком усе було інакше. Коли була з ним, грали гормони, і сексом доводилося займатися потайки і поспіхом. З Миколою все інакше — і їй сподобалось...

Після тієї ночі хлопець на свої вихідні приїздив до Марусини й залишався на ніч. Коли їхні вихідні збігалися, пара подорожувала автівкою. Дівчина думала про те, що вони з Миколою гармонійно доповнюють одне одного, бо за характером різні. Гормони в неї вже не кипіли, було спокійне і радісне прийняття всієї людини, цілісно. Їй імпонувало, що Микола не намагався її змінити, піклувався про неї, і вони вже сміливо обговорювали спільне майбутнє. Дівчина не хотіла думати, чи по-справжньому кохає Миколу, чи просто звикла бачити його поруч. Вона знала лише те, що їй добре біля нього, і наразі це її повністю влаштовувало. Марусина й не помітила, як цей парубок поступово витісняв з її життя самотність.

Розділ 36

Марусина проходила з Миколою повз магазин і на мить зупинилася. За склом побачила рекламу капелюшків, на якій дві моделі демонстрували головний убір.

— Що ти там помітила? — запитав її чоловік.

— Так хочеться на місці тих моделей побачити своє обличчя! — захоплено сказала Марусина.

Чоловік посміхнувся.

— Воно тобі треба? — запитав він і взяв дівчину за руку, щоб іти далі.

— Мені треба, — сказала вона.

Чомусь їй уперше здалося, що Микола її не розуміє. «Це тому, що не бачив ще мене в рекламі», — вирішила вона.

Уночі дівчина знову занурилась у роздуми. Не йшло з думки те, що Микола не розуміє її бажання, захоплення, а вона цьому знаходить виправдання. «Може, я помиляюсь у ньому? І Микола зовсім не та людина, яку хочу бачити поруч із собою все життя?» — розмірковувала вона.

Своїми сумнівами Марусина при зустрічі поділилася з Інгою.

— Хто один раз обпікся, той і на холодне дме, — промовила задумливо Інга. — Ти сама маєш відчути, кохаєш його чи ні, хоча іноді ми, жінки, закохуємося не в найкращих. Чомусь життя влаштовано так, що поганці завойовують жіночі серця, а хороші чоловіки проходять повз.

— Що мені порадиш?

— Нічого, — всміхнулась жінка. — Ні, таки є що порадити! За місяць я розраховуюся з ферми та йду на навчання.

— Куди?! — здивувалася Марусина.

— У школу фотографів! Не все ж життя мені корів доїти! Час зробити ще один крок назустріч меті!

— Вітаю! Тобі все вдасться! І справдиться все, про що ми з тобою мріяли! — сказала Марусина й обняла подругу. — Як тепер я без тебе?

— Ти будеш зі мною! — упевнено промовила Інга. — У школу фотографів потрібні моделі, тож варто спробувати. Я навчатимуся, а ти здобуватимеш досвід.

Марусина замислилася. Вона розуміла, що пропозиція Інги — саме те, що їй зараз потрібно для досягнення мети, але знову обсіли сумніви. Дівчина була ще не зовсім упевнена у своїх здібностях, особливо у зовнішності. Марусина розуміла, що все це — наслідки стосунків із Ростиком і ті фатальні слова, які почула від нього в останню зустріч. Але одразу згадала свій намір зустріти його в селі й кинути в мордяку журнал зі своїм зображенням на обкладинці. «Я маю йти до кінця», — вирішила вона і сказала Інзі, що спробує.

За кілька тижнів по тому подруги разом пішли до школи фотографів, і Марусина заявила, що хоче спробувати себе в якості моделі. Чоловік, який мав вирішити її долю, довго розглядав дівчину, попросив попозувати й покрутив невдоволено носом.

— Щось не так? — ледь стримуючи хвилювання, запитала Марусина.

Чоловік прямо не сказав, але натякнув, що починати модельний бізнес потрібно було трохи раніше, та й зріст не зовсім підхожий.

— Дозвольте мені спробувати! — попросила дівчина.

— Гаразд. Для школи годишся, але не більше, — відповів чоловік і додав, що за роботу він платити нічого не буде.

— Дякую! Я згодна! — радісно промовила дівчина.

Марусина вирішила одразу нічого не говорити Миколі, щоб він спочатку побачив її модельні світлини. «Йому сподобається, і він не буде бурчати, — вирішила дівчина. — Напевно, тоді зрозуміє мене і моє прагнення».

Наближався час зйомок, а дівчина все ще не зізналася Миколі, що наступного дня має їхати на свою першу пробну зйомку. Увечері хлопець помітив, що вона збуджена і схвильована.

— У тебе все гаразд? — запитав він.

— Так, усе добре. Можливо, трохи стомлена, — відповіла Марусина.

— Зараз тепла й сонячна погода, тож я взяв два вихідні, щоб разом з тобою поїхати на відпочинок на море. У Данії літо не спекотне, помірно тепле, а тут така нагода! Позасмагаємо на пляжі, удосталь накупаємося, кісточки прогріємо, тож усміхнись, маленька! — весело промовив чоловік і обняв дівчину.

— Щось мені не хочеться на пляж, — сказала Марусина, відсторонившись від нього.

— Чому?! Ти тільки уяви: ми лежимо на пляжі, попиваємо фреш або холодне пиво і слухаємо, про що шепочуть хвилі!

Марусина повторила, що не поїде на пляж, і запропонувала Миколі відпочити самому.

— Без тебе нікуди! Лише з тобою! — заявив він.

— Лише один раз без мене. Справді, я не хочу.

— Гаразд! Відпочинеш удома, а я сам поїду. Що тобі привезти?

— Нічого не треба.

— Бачу, що й справді тобі потрібно побути на самоті, — зітхнув Микола. — Ну добре, поїду сам. Завтра зранку візьму машину, а ти відпочинь удома.

Марусина зрозуміла, що доведеться зізнатися, куди вона зібралася.

— Мені потрібна буде завтра автівка, — сказала дівчина й розповіла нащо.

Микола почав обурюватися, що її задумка — це марна трата часу й нічого більше. Він розмахував руками, ходив по кімнаті, намагаючись довести, що це бажання — повна дурня, а Марусина мовчки слухала й думала про те, що обурюється він лише тому, що не зможе скористатися її машиною, хоча мав би вже давно придбати власну.

— Ти мене не розумієш і не хочеш зрозуміти, — спокійно промовила дівчина, коли хлопець заспокоївся. — Тобі не подобається моє захоплення, то, може, і я тобі не подобаюсь?

Микола сів біля неї, обняв за плечі.

— Дурненька моя дівчинко! — промовив він спокійно та лагідно. — Я ж кохаю тебе! Мені добре з тобою. А тобі зі мною?

— Хіба я багато від тебе вимагаю? — Марусина подивилася йому в очі. — Мені потрібно лише розуміння.

— Я тебе розумію. Вибач, якщо чимось образив, — сказав він і поцілував її повіки. — Забудьмо це маленьке непорозуміння і помріймо про наші подорожі. Куди ми ще поїдемо?

Чоловік торкнувся теми, яка була близька обом, і її серце потроху тепліло, поринувши у мрії про мандри.

Розділ 37

Життя Марусини набирало шалених темпів. Море вільного часу займали зйомки у школі фотографів. Спочатку до неї ставилися з пересторогою, бо були моделі вищі зростом, з довгими ногами, але коли її пробували знімати, то виходили непогані світлини, тож українку запрошували знову. З часом Марусину почали називати Маленький Талісманчик, бо світлини з нею завжди хвалили вчителі. Вона прагнула отримати підтримку бодай Миколи — він змирився, але не підтримував її. Марусина похвалилася світлинами дівчатам, з якими працювала на фермі, але ті не могли зрозуміти, навіщо це їй, коли не отримує з цього грошей. Кілька найвдаліших знімків вона відіслала батькам і розповіла, що у вільний час ходить у школу фотографів.

— Доню, навіщо тобі це? — сказала їй мама по телефону. — Краще б відпочила у вихідний.

Дівчина намагалася довести, що це заняття, від якого вона отримує справжнє задоволення, навіть кайфує від нього, що це її маленький крок до ще більшої мрії, але було схоже, що і мати її не зрозуміла.

— Марусино, ти й так гарна, — сказав їй тато. — Хочеш зробити світлини, сходи до хорошого фотографа і зроби, але навіщо витрачати свій час?

Дівчині боляче було усвідомлювати, що батьки не поділяють її захоплення, але вона й знаку не подала, сказала лише, що на роботі не стомлюється, а вивчення мов та фотографування у неї не відбирає багато сил.

Марусина не покидала мовної освіти, бігала на роботу й намагалася не обділяти увагою свого хлопця. Вона ще раз упевнилася, що не має підтримки ні від батьків, ні від знайомих, ні від Миколи, але відступати не збиралася і знала напевно, що може розраховувати лише на свої сили. Нею як моделлю були задоволені фотографи, котрі завжди хвалили свій Маленький Талісманчик, і на той момент цього їй було достатньо. З кожною наступною фотосесією Марусина набирала досвіду і почувалася більш упевнено.

Коли у школі фотографів закінчився один з курсів, оголосили перший конкурс серед тих, хто там навчається. Кращі дванадцять світлин мали увійти до рекламного буклета школи. Кілька фотографів зі школи одразу звернулися до Марусини, щоб зробити зйомки саме з нею, і дівчина погодилася.

— Мене не забула? — запитала її Інга.

— Тебе?! Свого першого вчителя? Та ніколи! — усміхнулась Марусина.

Дівчині довелося взяти незапланований вихідний, щоб попрацювати з Інгою. Вирішили зробити кілька світлин у різних локаціях.

— Хочу спробувати щось у романтичному стилі, — сказала Інга. — Як настрій?

— Я швидко можу увійти в роль, — усміхнулась дівчина.

— Я знаю, — погодилась Інга. — Мені здається, що світлини мають називатися «Романтика» або, наприклад, «Мрійниця».

— Спочатку зробімо, а потім визначимося з назвою.

— Якщо романтика, то мають бути ніжні квіти, — сказала Інга, діставши з автівки кілька білих ніжних лілей і тендітних орхідей.

Вони працювали довго, аж поки не почало смеркатися. Стомлені дівчата вирішили повечеряти в кафе і вже потім роз'їхатися по домівках.

— Міцна кава на ніч? — запитала Марусина, коли подруга замовила подвійне еспресо.

— Мені не доведеться спати, — сказала Інга, смакуючи кавою. — Потрібно обробити світлини, відібрати кращі.

— Вам на завдання дали три дні, — нагадала Марусина. — Відпочинь, а завтра на свіжу голову все зробиш.

— Ти вважаєш, що я зможу спокійно спати, не закінчивши роботу?!

— Інго, ти справжній фотограф! — захоплено промовила Марусина. — У таких, як ти, усе вийде!

— У яких?

— Цілеспрямованих і талановитих! — сказала Марусина.

Подруги попрощались, і Інга поспішила додому, а Марусина пішла гуляти вечірнім містом. Їй подобалося ходити старим містом, коли у будинках світилося, а в незашторених, доволі великих вікнах виднілися мешканці осель. Марусині було цікаво, як люди вечеряють. Зазвичай люстри у данців на кухні висять не вгорі, під самою стелею, а опущені донизу, щоб добре видно було все на столі, тож Марусина могла добре розгледіти обличчя людей. Вона спостерігала, як одні, зібравшись за столом, вечеряють і щось обговорюють, інші читають книги чи дивляться телевізор. Хтось грався з дітьми, хтось готував вечерю, матусі годували немовлят, дехто сидів за комп'ютером. За кожним із вікон вирувало своє життя, не схоже на інше. «Долі у людей бувають схожими, але життя кожного неповторне», — думала дівчина, повільно прогулюючись вузькими вуличками.

Марусина поринула у мрії. Йшла вулицею, поглядаючи у вікна, за якими щасливі родини з дітьми та сімейним затишком, і мріяла про таку ж щасливу сім'ю, де лунає дитячий сміх і поруч той єдиний, з яким вона буде по-справжньому щаслива.

Повернувшись додому, Марусина зателефонувала матері. Чомусь у такий тихий вечір їй захотілося почути рідний голос.

— Де ти була, доню? — запитала жінка.

Марусина розповіла про денні зйомки та вечірню прогулянку містом.

— Ти сама ходила? — запитала мати.

— Так. Хотілося побути на самоті, подумати.

— У чужому місті?! Не страшно? Це ж так небезпечно! — розхвилювалася жінка.

— Мамо, не хвилюйся за мене, — промовила Марусина спокійно. — Данія — одна з найспокійніших країн Євросоюзу. Я почуваюся в безпеці.

— Ти впевнена, що з тобою нічого страшного не трапиться ввечері?

— На всі сто! — відповіла дівчина, а сама подумала, що краще не розповідати матері про такі вечірні прогулянки.

Розділ 38

Марусина прийшла до школи фотографів і вже з порога дізналася новину від Інги.

— Ну що, подружко, вітаю нас із першою перемогою! — радісно гукнула подруга.

Вона аж світилася від щастя! Інга похвалилася, що одна з її світлин стала переможцем у першому фотоконкурсі, і тепер світлина Марусини прикрашає обкладинку буклета. Марусина запищала від радощів, обняла Інгу.

— Ми це зробили! — промовила вона, не стримуючи емоцій, які били з неї фонтаном. — Я знала, знала, що ми все зможемо!

Марусина ледь не розплакалася від радощів. Це був її перший, нехай ще незначний, але успіх на шляху до омріяного. Вона чітко знала, що тепер не покине справи, від якої всередині все загоралося.

— Навіть не питаєш, яка саме світлина перемогла? — запитала Інга, коли Марусина вгамувалася.

— Звичайно, хочу знати!

— А побачити?

— Що? Уже є буклет?! То чому ж ти мовчиш? Ти, Інгочко, чиниш справжній злочин!

Інга дістала з теки кілька буклетів, подала подрузі. У Марусини від хвилювання та радощів дрібно затремтіли пальці, коли взяла в руки буклет, на обкладинці якого красувалося її обличчя. Експерти обрали світлину, де вона була сфотографована в профіль. Юне свіже обличчя, замріяне, з легкою усмішкою, волосся прикрашає ніжна блідо-рожева квітка орхідеї — усе дуже тонко передавало душевний стан дівчини.

— «Мрія» — так я назвала світлину, — промовила Інга. Її голос долинав до Марусини, як крізь воду. Дівчина тримала в руках буклет, який мав лише дванадцять сторінок, але з глянцевою обкладинкою, і не могла повірити, що її мрія починає здійснюватися. «Ростику, ти так хвалився своєю моделлю Монікою, — подумки звернулася до хлопця. — Я не гірша за неї, бо досягла всього сама!»

— Агов! Повернися на землю! — Інга жартома смикнула її за руку. — Тобі сьогодні ще працювати!

— Що? — Марусина сіпнулася, повернувшись у реальність. — Працювати? Так! Звичайно! Я готова! Навіть можу злетіти над землею, а ти мене сфоткаєш! — усміхнулась дівчина. — Інго, що робитимуть з буклетами?

— Роздаватимуть на вулиці для реклами нашої школи, — пояснила Інга.

— Не знаєш, де саме?

— Можу дізнатися, якщо потрібно.

— Дуже треба! — сказала Марусина.

Дівчина дізналася, де й коли в Орхусі будуть роздавати рекламні буклети. Вона взяла вихідний і, нічого не сказавши Миколі, зранку поїхала до міста. Одразу помітила дівчину, яка біля входу в торгівельний центр роздавала рекламу. Серце зашаленіло в грудях, коли підійшла ближче і впевнилась, що то саме ті буклети від школи фотографів. Марусина стала неподалік і почала спостерігати. Дві юні дівчини зупинилися, взяли буклет, відійшли і стали майже поруч з Марусиною, тож вона почула їхню розмову.

— Яка красива дівчина на обкладинці! Просто не можна відірвати погляду! — сказала одна з них.

— Таке приємне замріяне обличчя! — погодилась інша. — За такою, напевно, хлопці табунами бігають!

— Звичайно! Це ж не ми з тобою, а справжня модель!

Дівчата пішли, обговорюючи, чи варто записатися до школи, а Марусина ще довго стояла. Її розпирало від щастя та гордощів, але дівчина знала, що один маленький успіх не має затьмарити її розум і потрібно ще багато й наполегливо працювати.

Успіх став для Марусини поштовхом на шляху до мрії, і вона почала займатися самонавчанням. Дівчина знаходила ролики в інтернеті, різноманітні статті, які допомагали поринути в той модельний світ, де вона хотіла жити.

Розділ 39

Марусині кортіло показати рекламний буклет Миколі, але вона побоювалася, що хлопець знову не зрозуміє. Дівчина дочекалася вихідного, коли вони мали намір поїхати до одного з невеличких містечок, де ще не бували, буклет сховала в сумку. Їхній шлях пролягав через Орхус, тому Марусина зупинилася на стоянці супермаркету.

— Ти ще підеш щось купувати? — запитав Микола й невдоволено поморщив лоба.

— Ні. Ходімо зі мною!

Марусина сподівалася, що на тому місці досі роздають буклети школи фотографів, але нікого не було.

— Ось тут, на цьому місці, — вказала вона, — нещодавно роздавали ось такі буклети!

Дівчина дістала із сумки й подала Миколі буклет зі своїм зображенням на обкладинці. На мить хлопець завмер, розглядаючи світлину.

— Марусино, та ти в мене справжня красуня! — промовив він і поцілував її в щоку.

— Ти це лише щойно помітив? — запитала дівчина і задоволено всміхнулася.

— Я завжди це знав! — сказав він і запитав: — Цікаво, скільки тобі за це заплатили?

У Марусини все ніби обірвалось усередині.

— Я гадала, що ти зі мною порадієш, — стиха промовила вона, ковтаючи образу. — А ти питаєш про гроші.

— А що тут такого? Якщо людина на щось витрачає вільний час, то їй мають за це заплатити.

— А якщо людині це приносить задоволення? За нього також треба платити?

— Марусино, не заводься! — сказав він, віддаючи буклет.

Дівчина мовчки сховала його в сумку. Вона була впевнена, що Микола неодмінно попросить такий буклет собі, навіть узяла ручку, щоб підписати, але не сталося.

— Колю, ти розумієш, що це моя перша перемога, крок до модельного бізнесу, який дався нелегко? — запитала вона, дивлячись йому прямо в очі.

— Якщо я скажу те, що думаю, ти не образишся?

— Слухаю.

— Мені здається, ти й сама не віриш у те, що кажеш. Який модельний бізнес? Ми з тобою тут заради того, щоб заробляти гроші — і не більше. Метою має бути робота, де більше платять і легше працювати. А ці світлини... Вони справді гарні, але, як на мене, ти просто захворіла на нарцисизм. Тобі за будь-яку ціну хочеться бачити своє зображення, милуватися самій і чекати захоплених поглядів та відгуків інших. Ти маєш це побороти в собі, — сказав він, тримаючи дівчину за плечі.

— Ти дуже помиляєшся, — промовила Марусина й зітхнула. — Так, я тішуся з того, коли вдаюся гарно на світлинах, але цьому передує цілий процес, клопітка робота, цілий ланцюжок — і все це дає мені насолоду, я заряджаюся, як батарейка, на цих зйомках. Мої світлини — це підсумок роботи і водночас нагорода, а вона не завжди вимірюється грошима. Ось ти палиш і любиш пиво, а я — ні, проте я тебе не засуджую й намагаюся зрозуміти, що це тобі дає задоволення, хоча твоєму здоров'ю — навпаки. Ти мене не розумієш і навіть не намагаєшся зрозуміти.

— Маленька моя! Вибач, якщо тебе чимось образив! Я спробую тебе зрозуміти! — сказав Микола й ніжно пригорнув до себе дівчину. — Ну все? Геть образа?

Марусина мовчки кивнула головою. Микола нагадав, що їм час рушати, але не встигли вони проїхати кілька кілометрів, як почався дощ. За кілька хвилин злива вперіщила так, що двірники не встигали очищати лобове скло автівки. Подорожнім довелося зупинитися й перечекати в ресторані за обідом. А дощ усе йшов, ішов і, здавалося, не мав наміру утихомиритися.

— На калюжах бульки, тож дощ надовго, — зауважила Марусина. — Може, повернемося додому?

— Гаразд, — погодився Микола, — ось тільки дочекаємося, поки трохи стихне.

Коли Марусина з Миколою повернулися додому, хлопець, лежачи на ліжку, попросив дівчину випрасувати йому сорочку.

— Добре, — сказала Марусина.

— У тебе завтра вихідний, а мені рано вставати. Вибач, мала, я хочу відіспатися, — сказав Микола й відвернувся обличчям до стіни.

Марусина закінчила з домашніми справами, сіла за стіл, дістала з шухляди єдину фотографію, яку прихопила із собою з дому. На ній вона — дівчинка-підліток у в'язаній бабусею жилетці, зліва — мама, справа — тато. Марусина довго вдивлялась у рідні до болю риси обличчя батьків, згадала, як любила вдягати щось новеньке, таке, чого не було ні в кого. Пригадалася дитяча дружба з сусідським хлопчиком, торохкітливі яблука, бабуся, яка завжди щось для онуки шила, перешивала, в'язала. Спливло в пам'яті, як залазила на яблуньку, бо там мріялося краще й ніхто не міг дістатися до її мрій. І така болісна туга за Батьківщиною охопила Марусину, що з'явилося непереборне бажання опинитися знову вдома — бодай ненадовго, хоча б на кілька днів, щоб пройтися рідною вулицею, побачити батьків не по скайпу, а вживу, щоб можна було обійняти маму, пригорнутися до тата, поцілувати Любаню. Пам'ять викреслювала все неприємне, залишаючи тільки світлі, сонячні спогади про життя там, у минулому. Марусину огорнув солодкий смуток за тими подіями, які вже в минулому і зараз сприймалися інакше, не так трагічно.

Дівчина згадала, як перед поїздкою в Данію читала статтю про ностальгію. Там ішлося про те, що низка досліджень, проведених психологом Костянтином Седікідесом, показала, що ностальгія допомагає краще відчувати зв'язок з іншими людьми й подіями, що саме ностальгія допомагає сміливіше рухатися вперед та краще усвідомлювати свої цілі. Тоді Марусині запам'яталося те, що люди, які відчувають ностальгію, менш вразливі до почуття самотності, недарма ностальгію називають «джерелом сенсу життя». Дослідження довели, що туга за Батьківщиною створює запас позитивних емоцій людини, які зберігає її пам'ять, куди можна будь-коли повернутися й почерпнути приємні спогади. «Та чи не оманливе таке твердження? — розмірковувала Марусина. — Чи не спотворюються наші спогади, що змушують ідеалізувати минуле? Адже людина влаштована так, що пам'ять з часом зберігає лише приємне і викреслює лихе».

Марусині не спалося, і вона вийшла з кімнати, сіла під дашком на ґанку. Падав тихий дощ, немов заколисуючи людей, схиляючи до міцного сну. Згадка про рідну Україну не залишала місця для сну. За звичкою, заспокоївшись, Марусина спробувала все проаналізувати й розкласти по поличках, але сьогодні зробити цього їй не вдавалося.

«Потрібно порівнювати минуле й сьогодення і при цьому бути реалістом, — підсумувала вона. — А ще потрібен час, щоб адаптуватися до нового життя в іншій країні. Я поступово закохуюсь у цю прекрасну країну, але від того не менше люблю рідну».

Розділ 40

Майже весь вільний час у Марусини займали зйомки у школі фотографів, але вона ні на що не нарікала, навпаки, їй здавалося цього замало і хотілося чогось більшого. Щодня вона переглядала місцеві сайти і якось натрапила на оголошення в інтернеті, де йшлося про те, що потрібна модель для жіночого одягу. Не гаючи часу, дівчина одразу написала листа і з нетерпінням чекала відповіді. Її запросили на зйомку. Це був щасливий шанс, і дівчина не могла ним не скористатися, хоча для цього довелося відпроситися з роботи і взяти вихідний.

Зранку, збираючись у дорогу, Марусина раділа з того, що її вивчення англійської та данської мов не були марними — тепер вона могла спілкуватися на зйомках англійською вже вільно, данською — на початковому рівні. Купівля власної автівки також виявилася доречною: дівчина могла спокійно їздити на заняття, зйомки та кастинги і повертатися з них додому навіть уночі.

Фотосесія мала проходити в лісі, і, хоча ще був серпень, після дощів уранці трималася прохолода й сирість, але Марусина на те не зважала. Думка про рекламу нової колекції відомого бренду викликала в неї шквал позитивних емоцій.

Марусина огледілася й не помітила в лісі місця, де могла б перевдягатися, але звикла не ставити зайвих питань і чекала на вказівки. Марусині дали одяг для трьох образів і сказали, що може перевдягнутись у вбиральні. Дівчина здивувалася, але взяла одяг і пішла. У вбиральні було дуже чисто, охайно, не чулися зайві запахи, які зазвичай бувають у таких громадських місцях в Україні. Працювати виявилося неважко: від таких зйомок вона отримувала неймовірний заряд бадьорості й енергії, якими живилася й опісля. Фотографи були вимогливі та прискіпливі, але після зйомок сказали, що їм сподобалося працювати з Марусиною і потрібні кадри отримали швидко.

За кілька днів після фотосесії світлини з'явилися на сторінці магазину в інтернеті. Марусина була на сьомому небі від щастя. Тішило і те, що дівчата-румунки часто користувалися послугами саме цього інтернет-магазину, тож Марусина чекала на їхню реакцію. А та не забарилася. За вечерею вони запитали українку, чи то вона на рекламних світлинах.

— Я! — з гордістю промовила вона. — Хіба не схожа?

Дівчата єхидно хихикнули.

— Похожая! — сказала одна з дівчат.

Марусина чекала привітання з таким досягненням, проте дівчата її обсміяли, мовляв, хочеш з грязі в князі, але такого не буває, не можна вилізти з коров'ячого лайна в моделі, навіть натякнули на те, що вона в Данії ніхто — лише звичайна заробітчанка. Марусину боляче різонули такі зауваження, але вона стримала себе, не вступила в суперечку. «Марно їм щось доводити, — вирішила вона, — я маю бути сильною і не уподібнюватися до них».

Лише опинившись у своїй кімнаті, Марусина не стримала сліз. Вона не хотіла плакати, але образа настільки здушила її зсередини, що сльози самі потекли нестримними потічками по щоках. Та довго бути слабкою дівчина не могла — вона знову зібрала всі свої сили, щоб до приходу Миколи бути веселою. Утім, як не намагалася Марусина вдавати, що в неї все добре, хлопець одразу помітив її справжній настрій.

— Агов, мала! — він обняв її за плечі. — Що трапилося?

— Нічого. Усе добре, — сказала вона. — Моє фото на сайті інтернет-магазину!

— Покажеш?

Марусина на мить завагалася, бо боялася, що чоловік її знову не зрозуміє чи засудить, але хотілося похвалитися своїм досягненням, тож показала світлини.

— Супер! — сказав він.

— Справді? — усміхнулася дівчина. — Ти це говориш щиро?

— А ти сумніваєшся?! Ти в мене найкраща, найгарніша і найпривабливіша дівчина у всьому світі!

— Облиш!

— Ні, справді, ти тут вийшла надзвичайно гарною!

— Дякую! — промовила вона розчулено і поцілувала парубка в губи. — Дякую за підтримку!

Того вечора вони довго кохалися, і Марусина, засинаючи, подумала, що Микола й справді почав змінюватися. «Він мене зрозумів та підтримав, — радісно думала дівчина. — Тепер у нас буде цілковите порозуміння».

Розділ 41

Кожна модель повинна підтримувати фігуру, а Марусина зі своїм не дуже високим зростом мала стежити за собою щодня. Як казали їй фотографи, кожен зайвий кілограм на тілі стає десятьма зайвими кілограмами на світлинах. Для того щоб тримати себе у формі, дівчині довелося відмовитися від солодощів. Це було нелегко, бо фізична праця вимагала певних сил, до того ж дівчина завжди любила смачно поїсти.

— Я сильна, я зможу! — завжди повторювала Марусина як мантру, коли нестримно хотілося побалувати себе солоденьким. — У мене є мета, а на шляху до неї солодке — велика перепона.

І вона боролася з тією звабливою перепоною, навіть призвичаїлася пити чай та каву без цукру. Микола вже не дорікав їй за те, що вона витрачала свій час на фотозйомки, і це тішило Марусину. Вони намагалися підлаштувати свої графіки так, щоб чоловік був на роботі, коли в неї зйомки, а в рідкісні спільні вихідні могли подорожувати країною.

На початку вересня, в один із погожих днів, Марусина з Миколою гуляли ввечері на морському узбережжі. Хвилі пінилися, шепотіли про щось своє — морське і хвилююче, не відоме людям. З моря подув вітер, і Микола, помітивши, що дівчині стало прохолодно, накинув їй на плечі свою кофтину, пригорнув до себе.

— Як не хочеться зими, дощів, вітру! — сказала Марусина. — Як згадаю, що знову доведеться працювати на вулиці, а вітер з дощем такий, що з ніг збиває і проймає аж до кісток!

— Тобі потрібно змінити роботу, — промовив Микола.

Марусина зупинилася, здивовано подивилася на чоловіка.

— У тебе такі гарні очі! Погляд заворожує, — промовив він стиха. — Я кохаю тебе, маленька!

— І я тебе люблю.

— Тобі добре зі мною?

— Так.

— І мені з тобою. Щоправда, трохи стомився мотатися з роботи до тебе, зранку — знову на роботу.

— Що тут удієш? — стенула вона плечима.

— Ти хотіла б, щоб ми завжди були разом? — запитав він, ніжно цілуючи її повіки, щоки, шию.

— Так. Ми вже не раз говорили про це з тобою, — прошепотіла вона із завмиранням серця.

— Марусинко, виходь за мене, — сказав він.

Микола подивився дівчині в очі — вони були прекрасні.

— Тобто? — промовила вона.

— Давай одружимося. Ти переїдеш у моє орендоване житло, мені не доведеться витрачати час на поїздки, а ти влаштуєшся до нас на роботу.

— На пташину ферму?

— Так. Принаймні тобі буде набагато легше. То як?

Марусина мовчала, дивлячись йому в очі. Здавалося, спільні плани на майбутнє вже давно складені, але пропозиція була для неї несподіванкою. Побачивши вагання дівчини, Микола сказав:

— Не поспішай. Я зачекаю.

— Дякую, — промовила вона, із вдячністю дивлячись на нього.

Того вечора вони довго гуляли узбережжям. Роззувшись, ходили по воді, і хвилі пестили їхні ноги...

Марусина мала добре подумати, чи готова все життя провести з Миколою. Вона кохала його, була вдячна, що він підтримував, розділив її захоплення. Хлопець знав, коли, як і що сказати, як підняти настрій, з ним цікаво, бо він був начитаним. Марусина думала, що готова до сімейного життя, але не вистачало якоїсь дрібнички, аби повністю впевнитись у правильності свого рішення.

Їй зателефонувала мама і сказала, що в Ростика народився син.

— Звідки ти дізналася? — запитала Марусина.

— Сусідка Ірка носиться з цією новиною по селу, як курка з яйцем, — пояснила жінка. — Хвалиться, що Моніка народила, хоч теліпали язиками, що вона така фіфа, не здатна ні на що.

— Хай росте дитина здоровою! — сказала на те Марусина.

Новина про Ростика стала тією останньою краплею до прийняття рішення.

— Я згодна вийти за тебе! — сказала вона Миколі того ж вечора.

Вони обговорили своє одруження. Обоє були проти гучного гуляння, коли гості на весіллі вже за годину нап'ються і забудуть про молодят, а коштів на те святкування потрібно немало.

— Отже, відзначимо у вузькому колі? — підсумувала Марусина. — Лише рідні та кілька близьких друзів.

— Так. А де будемо святкувати?

— У нашому селі.

— Чому?! Я гадав, що на батьківщині жениха.

— Я так хочу. Ти можеш піти на маленьку поступку?

Марусина бачила, що Микола не зовсім вдоволений такою пропозицією і вагався.

— Ми з батьками заплатимо за все, — сказала дівчина.

— Ні! Я так не можу! Усі витрати порівну!

Зрештою, Микола погодився, щоб вони розписалися в Березівці, а вдома у Марусини відсвяткували.

— Я пішов тобі на поступки, тепер — твоя черга! — сказав Микола і запропонував поїхати спочатку до його батьків, щоб познайомитися і погостювати кілька днів, а потім — до батьків Марусини, там подати заяву. — А тоді ти побудеш зі своїми, а я повернуся додому, і ми разом з батьками приїдемо напередодні весілля.

— Згодна! — промовила весело Марусина й поцілувала Миколу.

Розділ 42

— Ого, яка в тебе валіза! — вихопилося в Миколи, коли він побачив Марусину з сумками.

— Купила подарунки своїм батькам, дещо Любані, не забула і про твоїх батьків, — сказала Марусина.

— Хочеш підлизатися до майбутніх свекра та свекрухи? — усміхнувся чоловік. — Правильно! Невістка має сподобатись одразу!

— Ну в тебе й жарти!

— А що? Тільки на поріг — одразу їм подаруночки! Мої люблять їх отримувати! До речі, я також їм дещо прикупив.

— Я сьогодні ще поїду до Orести, вона просила передати пакунок її похреснику, — сказала Марусина.

— Тобто буде ще одна сумка?

— Так, але не знаю яка.

Ореста сиділа вдома сама з дитиною, чоловік був на роботі. Коли вона відчинила двері, то Марусина одразу помітила, що сестра плакала. Її очі були червоні, повіки припухлі, на обличчі — посмішка сумна-пресумна.

— Проходь, — запросила Ореста. — Івга награлася, я її нагодувала і вклала спати. Їсти хочеш?

— Ні, дякую, але за чашечкою чаю з тобою залюбки посиджу, — відповіла Марусина.

Ореста приготувала чай та печиво, але від солодкого Марусина відмовилася.

— Ти впевнена, що кохаєш Миколу і будеш з ним щаслива? — запитала Ореста.

— Якби були сумніви, то навіщо б я погодилася виходити за нього? Останнім часом він так часто нагадує, що любить мене, а мені, як жінці, це потрібно знати і чути якнайчастіше, — сказала Марусина.

— Чути можна будь-що, — Ореста сумно посміхнулася. — Я ось від Джоні також часто чую, як він мене кохає, а насправді...

Голос Орести здригнувся, і непрохана сльоза скотилася по змарнілому обличчю. Марусина підсіла ближче, обняла сестру за худенькі плечі.

— Джоні тебе ображає? — запитала вона.

— Розумієш, Марусино, коли я була вагітна, то він увесь час дорікав, що я забагато сплю замість того, щоб побути на свіжому повітрі та займатися домашніми справами. Я розуміла його обурення і гадала, що з народженням донечки все зміниться, але він... Він став нестерпним, — пожалілася Ореста. — Тільки ступив на поріг — одразу докори: то те не так, то те. Я стараюсь, цілий день не присідаю, і з дитиною роботи вистачає, і прання, готування — сама розумієш. Джоні ніколи не був голодним, не мав невипраного одягу.

— То які претензії? Що йому не так?

— У тому й річ, що все не так! — у розпачі промовила жінка. — То не ту страву приготувала, що йому хотілося, хоча сам ніколи не каже, що зготувати, — розповідала Ореста. — То соус до страв загустий, то рідкий, то щось недосолене. А сьогодні зранку я не витримала, кинула на стіл рушник і спересердя випалила йому, щоб сам готував, якщо я не так усе роблю... Марусино, він ударив мене! Ударив, як набридливу собаку!

— Оце так новина! Він тебе побив?

— Ні, дав ляпаса, але ж це так принизливо! — Ореста не стрималася й розплакалась. — Мене ніхто, розумієш, ще ніхто в житті жодного разу не бив! У школі я не наривалася, жоден хлопчик мене навіть не штовхнув! На мене мама ніколи руки не підняла, хоча іноді й заслуговувала, а тут... Було б за що, я б зрозуміла, а так...

— Не плач, Оресто, заспокойся. Можливо, вам треба спокійно все обговорити й порозумітися?

— Гадаєш, я не намагалася? Говорила, нагадувала про те, що для данців головне — їхня родина, спокій у сім'ї та злагода.

— Я взагалі здивована. Зазвичай чоловіки-данці спокійніші за жінок, і підняти руку на дружину — це така рідкість!

— Бувають винятки з правил. Таке моє «щастя».

— Може, варто звернутися до поліції? — порадила Марусина.

— Що я скажу? Мене словесно принижують і дали ляпаса? — Ореста сумно посміхнулася. — Він же мене не побив.

— Нехай би поліціянти попередили його.

— Щоб сварки розгорілися іще з більшою силою? — Ореста змахнула зі щоки сльозинки. — Джоні каже, що для нього, як для кожного данця, родина — це головне, але він не сподівався, що дружина виявиться такою недолугою.

— Це ти недолуга?!

— Джоні гадав, що українки роботящі і хороші дружини, а йому, мовляв, трапилася бракована.

— Це вже занадто! Може, варто вам розійтися?

— Я натякала, але Джоні сказав, що досягне свого і зробить з мене зразкову дружину. Сьогодні вдарив мене, а перед тим, як іти на роботу, сказав, що кохає. Хіба таким має бути кохання? Як на мене, то пара має жити в мирі, поважати одне одного, а піднімати руку...

— Старі люди в нас кажуть: якщо чоловік підняв один раз руку на жінку, то вже не зупиниться, — зауважила Марусина.

— Я пам'ятаю, — зітхнула Ореста, — але почекаю, що буде далі. У нас спільна дитина, і в разі розлучення він не дасть мені вивезти Івгу з країни. Та й виходила заміж за Джоні не формально, а через кохання. Спробую знайти з чоловіком спільну мову. Мені здається, що доля послала нашій родині випробування, і маємо його витримати, усе пройти, щоб бути разом щасливими.

— Щиро бажаю, щоб так усе й було, — сказала Марусина.

Ореста приготувала сумку з речами для похресника, передала дещо зі своїх речей Любані.

— Там я поклала курточку та джинси, я схудла, і вони мені стали великі, а на Любаню будуть якраз, — пояснила Ореста. — Речі добротні, фірмові, тож нехай носить на здоров'я. Також купила їй дещо з нижньої білизни.

— О! Це саме те, чого жінці завжди не вистачає! — усміхнулася Марусина. — Скільки б тих трусиків не було — завжди мало!

— Це не про Любаню. З таким чоловіком, як у неї, маю припущення, що на трусики у неї грошей немає. До речі, я мамі нічого не передаю, щоб тебе не завантажувати, лише гроші — коли мама буде у вас на весіллі, віддай їй. Добре?

— Усе передам, — пообіцяла Марусина, — а ти, сонечко, тримайся!

— Передай, — Ореста на мить замовкла, проковтнула грудку, яка стискала горло, — передай вітання Україні! Я дуже за нею сумую!

Марусина розчулилася, обняла сестру і стиха промовила:

— Наша Батьківщина завжди з нами, де б ми не жили.

Розділ 43

Марусина ладна була цілувати землю, коли повернулася в Україну. Навколо лунала рідна мова, і дівчина вслухалася в кожен її звук, що пестив слух, був мов ковток джерельної води у спеку. Усе навколо рідне, навіть ті непривітні обличчя, що траплялися серед перехожих, бездомні собаки, які мирно прогулювалися серед людей у пошуках їжі, кіт, що споглядав униз із дерева, натовп циган із дітьми й безхатько в підземному переході. Марусина йшла в натовпі зі щасливою усмішкою на обличчі, дехто насторожено поглядав на дивачку, хтось усміхався у відповідь, а їй було байдуже, бо щастя наповнило все її єство.

— Я вдома! Я на рідній землі! — кричало її обличчя.

Спочатку, як і домовлялися, Марусина поїхала з Миколою до його батьків. Прості сільські люди радо зустріли сина та майбутню невістку, заметушилися, накрили на стіл. Марусина кинулася їм допомагати, але не дозволили, мовляв, ви ж гості. Дівчина віддала подарунки, Микола також порадував батьків, і всі сіли за стіл. Майбутній свекор так пильно розглядав Марусину, що їй було незручно. Коли чоловік підпив, то почав патякати зайве, розповідаючи про свої походеньки в молодості.

— Якби я був молодший років на тридцять, то відбив би тебе в Миколи й одружився сам! — сказав чоловік, від чого дівчина так знітилася, що почервоніла до самих вух.

Його дружина, зрозумівши, що чоловік перегинає палицю, забрала зі столу пляшку горілки і сказала:

— Тобі вже досить!

Чоловік обурився, але змирився і з апетитом кинувся наминати голубці.

— Я рада, що Микола нарешті перестане вештатися по дівках і стане одруженим чоловіком, — сказала жінка.

— Боїшся, що буде таким бабієм, як я? — хихикнув чоловік й одразу отримав від дружини стусана кулаком у ребра.

Марусина мужньо витримала обід, думаючи лише про те, що треба набратися терпіння й дочекатися ранку, коли вони з Миколою поїдуть до її батьків.

Удень пара погуляла селом, сходила на ставок, а після вечері майбутня свекруха постелила їм ліжко в окремій кімнаті.

— Дивіться, молодята, не скачіть сильно на ліжку, щоб його не розвалити! — засміявся чоловік, зазирнувши в кімнату.

— Іди звідси, старий дурню! — озвалася до нього дружина.

Зранку Марусина з Миколою поїхали до батьків дівчини. У райцентрі хлопець купив букет троянд для майбутньої тещі. Коли Марусина ступила на землю рідного села, то серце наповнилось радістю та приємним щемом. Вона не була вдома менше року, а здавалося, що цілу вічність. Дівчина не йшла — летіла на крилах до рідного дому. Було відчуття, що ноги не торкаються землі, а Микола з валізою йде надто повільно. Марусина вдихала повітря, яке здавалося їй якимось особливим. Пахло спаленим картоплинням, свіжістю від річки, стиглими яблуками та грушами — і це були такі знайомі запахи із самого дитинства, що від чулості у дівчини защипало в очах.

Вона першою зайшла в хату, побачила маму в халаті та фартушку, що застигла на місці з кухонним рушником у руках, кинулася до неї в обійми.

— Мамо, матусю! — повторювала вона, цілуючи її мокрі від непроханих сліз щоки. — Як я скучила! Якби ти знала, мамо!

Марусині так захотілося повернутися в той час, коли була дитиною і могла сховатися від усіх негараздів у материнських обіймах!

— Ого, кого я бачу! — забасив батько дівчини, вийшовши з іншої кімнати. — Невже моя донечка повернулася?

— Тату! — Марусина припала до теплих широких батькових плечей. — Ти?

— Я! Вуса на місці? Значить, це я!

— Колю, знайомся, — сказала Марусина, упоравшись з емоціями, і представила хлопця своїм батькам.

Микола подарував квіти Марині Олександрівні, привітався за руку з Романом Семеновичем. Коли мати запросила всіх до столу, Марусина винесла зі своєї кімнати пакунки з подарунками батькам.

— Подивитесь потім, — сказала їм донька, — сподіваюсь, вам сподобається!

— Навіщо ти, дитино, витрачалася? — промовила мама. — Ми ж не маленькі діти!

Марусина чекала, що Микола також віддасть подарунки майбутнім тещі та тестю, але він спокійнісінько сів за стіл. «Невже приїхав з порожніми руками? — думала Марусина. — Ще перед від'їздом я сказала, що купила подарунки його батькам, тож було зрозуміло, що і він мав би прикупити бодай щось, хоча б недорогі парфуми для мами».

Одразу після обіду Марусина з Миколою пішли до сільради й подали заяву. Їм призначили реєстрацію шлюбу за два тижні. До вечора Марусина гуляла селом з парубком, коли зустрічала знайомих, то хвалилася, що незабаром виходить заміж, та знайомила зі своїм хлопцем. Найбільше їй хотілося, щоб саме зараз приїхав у село Ростик і побачив, що вона й без нього стала щасливою. Про те, що у її валізі лежать модельні світлини та рекламний буклет, ніхто не знав.

Увечері, коли всі поснули, Марусина накинула халатик, тихенько вийшла з хати. Вона рушила в садок, обняла стовбур яблуньки.

— Як ти? Я тебе часто згадувала. Чекала на мене? Знаю, що чекала! Бач, як рясно вродила! Буде багато торохкітливих яблучок! — промовила стиха дівчина.

Розділ 44

Микола погостював день і повернувся до своїх батьків. З Марусиною вони домовились, що відпочинуть окремо і за кілька днів до весілля хлопець приїде в Березівку.

Марусина провела Миколу до зупинки, почекала, поки він сяде в маршрутку, і пішла додому. Вона знала, що зустріне Ірину Гнатівну, але не була впевнена, чи стане сусідка з нею говорити: остання їхня розмова була не найприємніша. Дівчина проходила повз будинок Феодалів, боковим зором поглянула на дім, потім не стрималася, підвела голову й на мить зупинила погляд на балконі другого поверху, де вони любили стояти з Ростиком, коли батьків не було вдома. І так стало щемко на душі, що Марусина завмерла на місці. Як хотілося їй повернутися в дитинство, коли не було ніякого душевного болю, був старший друг, який заступався за неї, балкончик, з якого можна плювати вниз, велике дзеркало, перед яким вона любила крутитися! «Усе вже в минулому, його не можна повернути», — подумала дівчина.

Марусина пішла далі, коли почула, як скрипнула хвіртка сусідської оселі і з подвір'я на вулицю вийшла Ірина Гнатівна. На мить жінка зупинилася, побачивши Марусину, але, швидко опанувавши себе, пішла їй назустріч.

— Доброго дня, Марусино! — привіталася сусідка.

— Доброго, — відповіла дівчина і зупинилася.

— Чула, що в тебе незабаром весілля.

— Так. Я виходжу заміж!

— Ну що ж, нехай щастить вам! Чоловік у тебе з Данії?

— Ні, він українець, але там працює вже не один рік.

— То де жити будете?

— Чому ви розпитуєте? Чи вам не все одно? — не дуже приязно відрубала Марусина. — Де ми житимемо, то наші справи. Краще про своїх сина та невістку турбуйтеся.

— Нема про що тривожитися, син з Монікою живуть в Америці, у них народився синок.

— З чим вас вітаю!

— Марусино, ти марно на мене тримаєш образу, — сказала жінка. — Ростик сам зробив свій вибір, і я йому не указ.

Я справді тебе щиро полюбила, але мала прийняти синове рішення. Пробач, якщо тебе чимось образила.

— Гаразд! — Марусина видихнула. — Вважайте, що я не ображаюсь, вітання Ростику!

І, не чекаючи відповіді, поспішила до будинку Любані. Жінка прала білизну в тазику. Коли побачила подругу, з мокрими руками кинулася назустріч, обняла, цілувала її і плакала на радощах.

— Яка ти стала! Була гарною, а зараз ніби розквітла! — промовляла схвильовано Любаня.

— Не вигадуй, моя хороша! Тобі здалося!

— Ні, справді! Ти як іноземка!

— Хіба всі іноземки гарні? — засміялася Марусина.

— Вони... вони гарно вдягнуті, не такі замучені, як я, і... Вони впевнені в собі!

— Щось у цьому є, але побачила б ти мене на фермі біля корів!

Коли емоції подруг угамувалися, вони могли сісти на лавці і спокійно поговорити.

— Толик іноді працює, тобто влаштовується на роботу в місті вантажником, спочатку тримається, а потім піймають на роботі напідпитку і звільняють. Дещо в селі людям допомагає по господарству чи на городі, то якусь копійку принесе додому, — розповідала Любаня. — Якби ж йому не наливали за роботу, то було б іще краще. Я вже з багатьма в селі посварилася через це, прошу ж усіх, щоб не давали йому пити, але марно! Дешевше самогону склянку дати, ніж гроші! Отак і наживаю собі ворогів!

— У мене також натягнуті стосунки на роботі, — зізналася Марусина. — Я потоваришувала зі своєю шефинею Дороті, з її доньками. Іноді ми разом ходимо на обід, було навіть так, що вона їздила з родиною у відпустку, тож я її підміняла, а в інших робітників стільки заздрощів! Скажу відверто: мені байдуже, що про мене думають, — головне, щоб моя совість була чиста.

— Після весілля ти залишишся на своїй роботі?

— Ні, переїду до чоловіка і там влаштуюся на птахоферму, хоча мені дуже шкода розставатись із Дороті, — сказала Марусина. — Любаню, приходь сьогодні до нас на вечерю, посидимо за столом, поговоримо. Я привезла тобі та Максимчику подарунки від себе, дещо Ореста передала.

— Добре. Вкладу синочка спати і прийду, — пообіцяла жінка. — Він у мене такий розумник! Розвинений не за віком! Ще півтора рочка немає, а він уже розмовляє, навіть віршики разом розказуємо! — хвалилася Любаня. — За місяць оформлю в дитсадок і піду на свою роботу. А що вдієш? Потрібно якось і за щось жити.

— А як щодо пошуків матері?

— Якраз про це хотіла з тобою поговорити. У мене буде до тебе прохання.

— Яке?

— Коли знайдеться вільний день, то зможеш побути з Максимком? Я хочу поїхати в інтернат і дізнатися все про матір. А на Толика, сама розумієш, не можу залишити дитину на цілий день. Боюся, що наллється і не вгледить малого. З Максимком особливих проблем не буде, ось побачиш! Даси йому іграшки, він гратиметься, їсти я наготовлю...

— Любаню, звичайно, я побуду з дитиною, можеш не перейматися! — пообіцяла Марусина.

Розділ 45

Марусина почувалася по-справжньому щасливою. Скільки разів вона подумки була за цим столом у батьківській хаті! Мріяла про такий вечір, коли знову зможе спокійно сидіти за вечерею, не думаючи про те, що зранку потрібно рано вставати і бігти на роботу. Як їй хотілося знову чути мамин голос, батьків бас, щоб на столі була смажена на салі картопелька з цибулею — своя, з городу, — і компот із грушок та м'яти — запашний, освіжаючий! А ще помідори з грядки, порізані великими шматочками та приправлені запашною олією. І ось бажання нарешті збулося. Мама запрошує скуштувати копченої ковбаски з магазину, а Марусина їсть картоплю, і їй здається, що нічого смачнішого не куштувала. Любаня соромиться взяти ковбаску, яку сама не може купити, і кидає на неї косі погляди. Марусина помічає це, накладає подрузі шматочки ковбаси на тарілку і ловить вдячний погляд. Батько вкотре розпитує доньку про Данію та данців, хоча чув її розповіді не раз, спілкуючись по скайпу. І дівчина знову й знову розповідає, відповідає на його питання. Але є тема, про яку вона не говоритиме. Марусина не поскаржиться на труднощі, щоб не бачити на батьківських обличчях співчуття, щоб не почути: «Нема чого тобі там робити, залишайся вдома, у нас і свої ферми з коровами є».

— Ось скажи мені, доню, відрізняються данці від українців? — запитує батько. — Ти б змогла відрізнити людей на вулиці нашої країни і Данії, якби не знала, де перебуваєш?

— Романе, ну ти таке питаєш! — незле дорікає йому дружина.

— Зможу розрізнити, — відповідає Марусина.

— І в чому ми інакші? — допитується батько.

— Люди такі ж самі, як і в інших країнах, у кожного свій характер, думки, погляди, але данці щасливіші, ніж українці, — розповідає Марусина. — За даними останніх років, Данія посідає перші місця у світових рейтингах щастя. Мені було спочатку дивним те, що вони завжди всміхаються. От ідеш собі по вулиці, вся у своїх думках, а тут тобі назустріч усмішка! І ти дивуєшся, але всміхаєшся у відповідь, і одразу стає тепліше на душі, якось веселіше. Данці можуть привітатися до незнайомої людини — не важливо, чи то маленьке містечко, чи великий мегаполіс.

— Ти диви! — говорить чоловік і поправляє вуса.

— З часом до цього звикаєш, і стає дивним уже те, чому в Україні такого не роблять, — продовжила Марусина. — Я не раз ставила собі питання: чому в нас люди переважно злі, сердиті, чимось невдоволені? Завжди кудись поспішають, і отримати в подарунок усмішку в натовпі — така рідкість!

— Напевно, тому, що українці заклопотані добуванням хліба насущного й не завжди все вдається, — промовила задумливо Марина Олександрівна. — Якби наші люди жили у статках, то були б добріші. Не від хорошого життя кудись біжать, не помічаючи перехожих, навіть тих, які їм усміхаються. Узагалі, українці — добрі, гостинні, але ти маєш рацію, моя дівчинко, не можуть бути щасливими повністю.

— Дивно як, — промовила Любаня, що досі мовчки слухала, — усміхаються незнайомим людям. Це так чудово!

— Так! І там абсолютно не важливо, чи знайомі з тобою, чи ні, бо зазвичай не знайомі, — сказала Марусина. — Вони добрі, готові прийти на допомогу за потреби. Данці лояльно ставляться до інших культур та національностей, у них нема проявів расизму. До речі, вони підтримують приїжджих, котрі починають вчити данську мову, у них такі люди викликають велику повагу та захоплення. І взагалі, данці зовсім не агресивні, навпаки, спокійні та врівноважені.

— Бо їм там добре живеться, — зітхнула мама. — Працюють і знають, що на життя заробленого вистачить, а тут хоч на ставку працюй, хоч бери півтори — усе одно мізерна зарплатня.

— Данці працьовиті? — запитав батько.

— Як і в Україні, багато працюють, але заробляють непогано, мають достаток, — пояснила Марусина.

— І в Україні колись так буде! — замріяно промовила Марина Олександрівна. — І рідну мову кожен поважатиме, знатиме її, пишатиметься нею.

— Як і тим, що є українцем, — додав батько. — От тільки б люди стали краще жити, щоб не хвилювалися про те, чи вистачить коштів сплатити комунальні послуги і де взяти гроші на освіту дітям. Чи доживемо, Мариночко, до таких часів?

— Маємо дожити! — промовила жінка.

Після вечері, яка скінчилася після опівночі, Марусина порадувала подругу подарунками. Любаня раділа кожній одежині, як дитина новій іграшці.

— Сьогодні я така щаслива! — сказала розчулено сусідка, обійнявши подругу. — Така щаслива, як данці! Шкода, що не можу це повторювати щодня. Мого Толика знову поперли з роботи. Перший раз, коли спіймали з перегаром, його попередили, а сьогодні вже звільнили.

Розділ 46

Як і домовлялися подруги, Марусина взяла до себе на день глядіти Максимчика, коли Любаня поїхала шукати адресу своєї матері. Хлопчик і справді був розвинутий не за віком: уже добре розмовляв повними реченнями, ставив багато питань і просив почитати йому книжку. «Треба купити дитині кілька книжок з гарними малюнками», — вирішила Марусина.

Любаня повернулася надвечір. Вона мала стомлений та щасливий вигляд.

— Ну що? — нетерпляче запитала Марусина.

— Усе добре! — Любаня взяла на руки дитину, поцілувала у маківку. — Маю адресу матері! Сподіваюсь, вона й досі живе у своєму приватному будинку.

— Ти їздила туди?

— Ні. Це в іншій області.

— То їдь завтра! — запропонувала Марусина.

— Ще рано. Що я їй покажу, коли вона захоче приїхати до нас, подивитися, як ми живемо?

— Нехай дивиться!

— Ні, Марусинко! Я вийду на роботу, заберу з собою Толика, щоб був під моїм наглядом, синочок піде в садок, а ми зробимо косметичний ремонт у хаті, — пояснила жінка. — Нехай скромно, але буде чистенько і свіжо. Я приготую щось смачненьке, спечу «Наполеон», куплю пачку хорошого чаю. Ми посидимо за столом, по-сімейному поговоримо, порозуміємося, і я її пробачу, що б там не було. Ти віриш, що так буде?

— Якщо відверто, то навіть не знаю, що сказати. Напевно, ми маємо прощати, але не завжди, — відповіла Марусина.

— Мати дала мені життя, і я вже вдячна їй за це.

— Тому ладна все-все пробачити?

— Ми повинні пробачати інших, а якщо вони чимось завинили, то лише Всевишній має право вирішувати, пробачати їх чи покарати.

— Можливо, ти маєш рацію, — промовила Марусина. — Щоб до кінця зрозуміти людину, іноді недостатньо уявити себе на її місці. Я не жила в інтернаті, а виховувалась у повній родині, тож мені важко навіть уявити, як це — не знати матері та батька, а близькими людьми з дитинства вважати своїх вихователів.

— У мене вони були добрі, тож мені пощастило! — усміхнулася Любаня. — Саме вони навчили мене радіти життю, незважаючи на труднощі, навчили не озлоблюватися й не рости заздрісними, бути впевненими в собі навіть тоді, коли нема на кого спертися.

— Ти така хороша, Любаню! — Марусина обняла подругу.

— У мене є ще одна новина, — стишеним голосом промовила жінка й огляділася, чи нема кого поруч. — Лише тобі й по секрету!

Марусина здивовано поглянула на подругу.

— Який секрет? — запитала вона.

— У нас в інтернаті був хлопчик, його звали Василько, прізвище Хомкін, але ми всі звали його Хомка. Скромний такий хлопець, симпатичний, у старших класах закохався в мене, але був такий нерішучий! — розповіла Любаня.

— Але ти обрала іншого. Чому, Любаню?

— У жіночої душі відсутня логіка, ми закохуємося в поганих хлопчиків, а хороші залишаються осторонь, так, ніби полуда в нас на очах. Тоді подумала, що не маю давати надію Васильку, бо не кохала його, — розповіла жінка.

— І навіть не спробувала зустрічатися?

— Ні. Перед вибором я постала після випускного. Саме тоді зустріла Толика, і не знаю чому, але він підкорив моє серце з першого знайомства. Зараз я думаю: чому так? Що було в ньому таке привабливе? — задумливо говорила вона. — Важко навіть собі зізнатися, але, напевно, те, що в Толика було своє житло, а Василько — сирота і невідомо, чи отримав би від держави бодай кімнатку в гуртожитку, чи ні. Мені так хотілося мати свій дах над головою, що від однієї думки про це ноги мліли!

— Ти обрала житло?

— П'ятдесят на п'ятдесят. Тут і кохання, і житло. Утім, мова не про те, я зустріла Василька! Це трапилось випадково. Йду на вокзал, бачу вивіску на перукарні — «Хомка», зупиняюся, згадавши Василька, і тут він виходить до мене! Уяви, у нього своя перукарня, а наш скромняга Хомка — відомий у місті перукар-стиліст!

Коли Любаня розповідала, то Марусина помітила, як засяяло щастям її обличчя і засвітилися очі.

— І що? — нетерпляче запитала Марусина.

— Ми посиділи в кафе, Василько розповів, що ще не одружений, має свою квартиру, узяв кредит і відкрив власну перукарню. У нього все добре, він мав такий задоволений і щасливий вигляд!

— Ти пошкодувала?

— Я люблю свого чоловіка, — прозвучало сумно й невпевнено.

— Номерами мобільних обмінялися?

— Так, — кивнула головою Любаня. — Ми підемо додому, бо скоро прийде мій, невідомо в якому стані. Дякую тобі, Марусинко!

Розділ 47

Будучи вдома, Марусина стала випадковим свідком сусідської сварки. Увечері повернувся додому Василь Петрович, і дружина, Ірина Гнатівна, ще у дворі почала кричати, що він не був удома три доби. На підвищених тонах жінка допитувалася, де він вештався. Чоловік грубо відказав, що у справах, на що його дружина перейшла на вереск, дорікаючи, що він знову був у своєї коханки.

— Не твоя справа! — крикнув їй Василь Петрович. — Ти все життя просиділа у мене на шиї — і все тобі не так!

— Ти сам не дозволяв мені йти на роботу! — огризнулася жінка.

— Значить, так хотіла! Я гарую день і ніч, а ти все щось вигадуєш, накручуєш себе! Тобі більше нічого робити?!

— Якщо я дізнаюся, що ти і справді ночуєш у тієї молодої лахудри...

— То що ти мені зробиш?

— Не тобі — собі. Я покінчу із собою! — пригрозила жінка.

— Дурепа! — кинув він злісно.

Любаня також розповідала Марусині, що сусіди постійно сваряться, а в селі ходять чутки, що Феодал завів собі в райцентрі молоду коханку. Дівчині хотілося сходити до Ірини Гнатівни, як колись, посидіти за столом, випити чашку чаю, по-жіночому поділитися секретами і втішити сусідку, але стара образа не давала їй цього зробити.

За кілька днів до весілля приїхав Микола зі своїми батьками та кількома близькими родичами.

— Як добре, що ти тут! — зраділа дівчина. — Я вже так стомилася з цими приготуваннями!

— Я з тобою, і все добре! — промовив він лагідно і пригорнув до себе наречену.

Марусині стало спокійно й затишно, але ненадовго. На столі озвався мобільник Миколи, і Марусина помітила, що номер не позначений у списку абонентів.

— Вибач, — сказав їй хлопець і відповів: — Я передзвоню пізніше.

— Хто то був? — запитала дівчина.

— Однокласниця, зустрілися в селі, обмінялися номерами, — пояснив він.

— То чому не поговорив зараз?

— Бо скучив за тобою! — сказав він і поцілував дівчину в щоку.

На тому дзвінки з незнайомих номерів не скінчилися, і Микола то усамітнювався, щоб поговорити, то казав, що перетелефонує. Марусина дуже сердилася, але чоловік її запевняв, що вона себе накручує і то все нерви перед весіллям.

— Кожна дівчина перед таким рішучим кроком нервує, — казав він Марусині, — ось мине весілля — і заспокоїшся. Ти помітила, як сподобалася моїм батькам?

— Справді?

— Звичайно! Мама взагалі душі в тобі не чує, донечкою називає, і це так щиро й зворушливо! І батькові ти сподобалася! — запевняв її чоловік. — Та чи можеш ти комусь не сподобатися?

— Не підлизуйся! — Марусина всміхнулася. — Не можна всім подобатися.

За втомою й недоспаними ночами Марусина не помітила, як настав день весілля. Усе йшло так, як вони з Миколою планували. Не було ніяких традиційних розваг, розписались у сільраді, а потім — вечірка для найрідніших. Від Марусини, окрім її батьків, було кілька родичів, приїхала мати Орести, прийшли бабуся та Любаня з чоловіком. Подрузі вдалося втримати Толика від пиятики, і вона пішла додому в хорошому настрої.

Час пролетів швидко, і Марусина зітхнула з полегшенням, коли все скінчилося. Вона мила посуд і розмовляла з мамою.

— Ти б, доню, пішла з чоловіком, розібрала подарунки, а я сама впораюся, — сказала їй мати.

— Миколі ніколи, бо він весь час висить на телефоні, — відповіла Марусина.

— Справи?

— Напевно, по роботі щось, — зітхнула Марусина.

— Доню, у тебе починається нове сімейне життя, тож не фиркай зайвий раз, шануйся і пам'ятай: усе можна вирішити мирно, за спокійною розмовою. Ви маєте розуміти, що парі потрібно не лише прислухатися одне до одного, а й навчитися чути.

— Усе буде добре, мамо!

— Але ти чимось стривожена.

— Тобі здалося, то лише втома.

— Я ж бачу. Що тебе хвилює?

— Лише те, що незабаром поїду від вас, — сказала Марусина й сумно всміхнулася.

ЧАСТИНА ТРЕТЯ

І смішно тобі, й сердито,
І ти забуваєш часто:
для того щоб добре ходити,
раз десять треба упасти.

Ліна Костенко

Розділ 48

Марусина переїхала до Миколи, і вони разом після весілля облаштовували житло. У дівчини був хороший настрій: поруч той, з ким вона вирішила поєднати своє життя. Із задоволенням молода дружина протирала від пилу полички, розвішувала й розкладала свій та чоловіків одяг і згадувала Любаню. Здавалося, що лише зараз Марусина сповна зрозуміла бажання подруги мати власний дах над головою, відчувати себе господинею і дружиною. І нехай житло в подружжя було не власне, а винайняте, але вже гріло відчуття чогось свого, особистого і, головне, спільного з чоловіком. Уже надвечір усе було вичищене й вимите, і Марусина приготувала першу їхню спільну вечерю. Дівчина почувалася на сьомому небі, коли вони сіли за стіл одне навпроти одного. Микола наминав її страви і хвалив за смачну вечерю, а Марусина думала про те, що так буде вічно, до самої старості. Її уява навіть змалювала картину, коли вони в поважному віці так само сидітимуть за одним столом і Микола, як зараз, подякує за смачні страви й нагадає, що любить її так само, як і в молодості.

— Ти чому всміхаєшся? — запитав чоловік, помітивши, як обличчя дружини аж світиться зсередини.

— Ти щасливий? — замість відповіді запитала вона.

— Так! Чому ти питаєш?

— Мені важливо це почути.

— Так, сонце, я щасливий, бо ти поруч зі мною.

— Мені так добре, що, здається, виросли крила! Хочеться полетіти кудись високо вгору, а потім...

— Потім приземлитися в якійсь країні, де ми ще з тобою не були, — продовжив Микола.

— Ти читаєш мої думки? — усміхнулася Марусина.

— Ні, відчуваю твої бажання, — відповів він.

Того вечора вони довго не спали. Марусина поклала голову на його груди, і вони разом мріяли про далекі й близькі подорожі в різні країни та місця, яких іще не бачили. У їхні плани входило багато мандрівок, які не потребували великих затрат, але мали бути дуже цікавими.

— А потім, коли ми побачимо чи не пів світу... — говорив Микола, погладжуючи її оголене плече.

— Ну ти й замахнувся! — промовила вона задоволено. — Пів світу — то вже занадто.

— Нехай буде так: майже пів світу, — виправився він. — Так ось! Коли відчуємо, що потрібно взяти тайм-аут, ми зробимо невелику перерву.

— Нащо?

Марусина знала відповідь на своє питання, але їй хотілося ще раз це почути від Миколи. Він не поспішав говорити, і серце Марусини завмирало від приємного щему й чекання. І що довше він мовчав, то солодше ставало в неї на душі.

— Щоб народити первістка! — промовив стиха Микола.

— Ти так хочеш?

— А хто з чоловіків не хоче мати сина?

— Що робитимемо, якщо буде донечка?

— Народимо ще одну дитинку! Нехай у нас буде донечка й синочок! Ти згодна?

— Так! — промовила Марусина, і від тих думок приємно мліло серце.

— Але надовго розслаблятись я тобі не дам!

— Це чому ж?!

— Бо будемо далі мандрувати, тільки вже з дітьми!

— Так, але спочатку потрібно придбати житло.

— Це зрозуміло. На першому плані — житло, потім — двоє діточок, а далі — знову в мандри! Будемо всі разом пізнавати світ!

— Я згодна! — промовила Марусина й зі щасливою усмішкою на обличчі поринула в сон.

Їй наснилися діти — хлопчик і дівчинка, — які весело щебетали, граючись м'ячем на зеленій-презеленій травичці, такій, яка не існує в реальному житті.

Розділ 49

Марусина влаштувалась на нове місце роботи. Вона почала працювати в інкубаторі, де вакцинувала курчаток. Фізично їй не доводилося піднімати важке, але цілий день на ногах. А писк курчаток настільки засідав у вухах, що і звучав вдома, і, здавалося, курчатка повсюди. Микола працював менеджером на фермі корів. Вони обоє прокидалися разом о п'ятій годині ранку, снідали, поспішали на роботу. Чоловік звільнявся опівдні, а Марусина працювала до сьомої години вечора. Незважаючи на те, що Марусина стомлювалася на роботі, вона весь вільний час намагалася приділяти чоловікові й бути турботливою дружиною. Микола з обіду був вільний, приходив додому й чекав на дружину. Їй було незручно дорікнути чоловікові, що мав би переробити всі домашні справи до її приходу, щоб дати бодай увечері відпочити, і Марусина весь тягар домашніх справ узяла на себе. Вона натякала, що втомлена, аж ноги гудуть. На це Микола співчував, обнімав, цілував, утішав, називав «бджілкою» і міг хіба приготувати чашку чаю. Марусина розмірковувала, як краще зробити, щоб і його не образити, і залишитися несварливою дружиною. «Він має все сам зрозуміти, — вирішила вона. — Ми кохаємо одне одного, а це означає, що маємо відчувати настрій, бажання й навіть помисли».

Дівчина намагалася дізнатися, якої думки працівники ферми про її чоловіка. Але щойно заводила розмову про Миколу, працівники замовкали, і це її напружувало. «Що з ним не так?» — думала стривожена дівчина, але приходила додому, її зустрічав коханий чоловік, і всі сумніви розвіювалися — Марусина думала, що в кожного подружжя є випробувальний період.

Час минав, але нічого в житті Марусини не змінювалося. Щодня вона чекала, що коханий запропонує їй менше працювати або принаймні сам візьметься до хатньої роботи, але Микола мовчав. Він любив проводити вечори з дружиною, коли, сито поївши, міг розслабитися перед телевізором, а в ліжку помріяти про подорожі. Часто Марусина засинала, стомлена роботою, і не дослуховувала Миколині розповіді, тоді зранку він ходив надутий і невдоволений. Справжнім святом для чоловіка були вихідні, які збігалися з дружининими, і можна було виїхати в місто, щось побачити новеньке й посидіти в ресторані.

У такому темпі Марусина прожила майже два місяці й одного дня відчула, що далі не може. Було відчуття, що руки зв'язані міцними путами, а мрія, до якої вона наближалася так довго й важко, від неї віддаляється.

Вона сіла за ноутбук, передивилася місцеві оголошення і знайшла те, що шукала. Одному з магазинів верхнього одягу потрібна була модель для реклами. Марусина негайно зв'язалася з ними, і її попросили надіслати фото. Відповідь надійшла швидко: найближчим часом вона мала їхати в інше місто для зйомок.

— Колю, у мене хороша новина! — сповістила вона чоловікові увечері.

— Яка? Напевно, знайшла цікаву місцину, щоб нам туди поїхати! — сказав він.

— Ні. Мене запросили на зйомки!

— Що?! Знову?

— Так! І ти зможеш бачити моє фото за скляною вітриною магазину! Уже не інтернет-магазину, а реального! Уяви,

Колю, ти підходиш до великої світлини і з гордістю думаєш, що інші лише милуються, а ти маєш поруч таку дружину-модель! — із захопленням промовила Марусина.

— Яка в тому гордість? Мені краще тебе обійняти вдома, а ще ліпше — поїхати кудись!

— У нас ще все життя попереду, а така нагода не щодня випадає, і не кожен чоловік може пишатися тим, що фото його половинки красуватиметься у вітрині! — весело щебетала Марусина.

— Мені це зовсім не подобається! — невдоволено промовив він.

— Колю, я просила мене зрозуміти, і ти пообіцяв, — нагадала вона.

— Я намагаюся, але... Мені справді шкода, що один вихідний, якого ми так чекали, піде коту під хвіст!

— Ми надолужимо згаяне! — пообіцяла Марусина. — Мені потрібні зйомки, як саме повітря, щоб можна було дихати і... і жити!

— Та їдь уже, модель! — промовив Микола й посміхнувся.

Марусина помітила, що посмішка чоловіка була нещира, натягнута, а слово «модель» прозвучало як іронія. Вона не стала нагнітати пристрасті й промовчала.

Зйомки минули вдало, і фотограф залишився моделлю задоволений.

— Ви не проти ще знятися, коли магазин отримає нову колекцію зимового одягу? — запитав він.

— Будь ласка! — відповіла щаслива Марусина.

Вона повернулася додому радісна й задоволена. Микола лежав на ліжку і щось дивився в телефоні. Коли вона зайшла до кімнати, чоловік лише запитав:

— Як справи? — і не відірвав погляду від екрана.

— Усе добре! Я там вийшла така гарна, замріяна, серед дерев із жовтим листям! Хочеш покажу?

— Можна завтра? Я трохи зайнятий. Тільки без образ!

— Мені навіть трохи заплатили за зйомки! — похвалилася Марусина.

— Стільки, що можна місяць не працювати? — хмикнув він.

— Не смішно, — промовила ображена дівчина.

Розділ 50

— Марусинко, як справи? Були зйомки? — телефоном запитала Інга.

— Двічі були, — похвалилася Марусина. — Для реклами одного з магазинів верхнього одягу, спочатку осіння колекція, і зовсім недавно — зимового одягу.

— І як настрій?

— О! Не передати словами! Самі емоції!

— А в мене теж для тебе хороша новина!

— Та невже?! — вихопилося в дівчини радісне.

— Так! Отримала в школі нове завдання. Коли ти зможеш під'їхати на зйомки? — запитала Інга.

— За чотири дні, — відповіла подруга.

Ті дні чекання тягнулися надто довго для Марусини. У передчутті нових зйомок вона перебувала у збудженому стані, і цього не міг не помітити Микола.

— Ти чого це не ходиш, а літаєш? — запитав він.

Марусина пояснила, що готується до нових зйомок з Інгою.

— Ось і добре! — сказав він.

Марусина завмерла на місці і здивовано подивилася на чоловіка. «Невже він мене зрозумів?» — майнула в неї думка.

— Збираюсь із хлопцями з роботи влаштувати посиденьки, — сказав він. — Ти ж не будеш проти, якщо ми трохи розважимось?

— Це ультиматум? — із завмиранням серця запитала вона.

— Ти що, мала? Просто відпочинок. Я ж маю на це право?

— Напевно, — Марусина стенула плечима.

— Ти відпочиваєш, коли тебе фоткають, а я з хлопцями поп'ю пивка.

«Він нічого не зрозумів», — подумала Марусина й промовчала.

При зустрічі Інга розповіла, що отримала нелегке завдання зі школи фотографів. Їй потрібно створити роботу, якомога більш наближену до фото, яке їй дали. На ньому зображена напівоголена дуже красива модель. Марусину це зовсім не соромило, а ось Інга не була впевнена, що їй удасться впоратись із завданням.

День видався не зовсім вдалим для зйомок. Була зима, дув холодний морозний вітер, але Марусина, одержима ідеєю, і не думала зупинятися. Подруги пішли фотографуватися на покинутий напівзруйнований склад і довго шукали вдале місце для зйомок. Марусина плелася за Інгою, весь час спотикаючись, а подруга дорогою намагалася пояснити задачу:

— Основна робота полягає в тому, щоб виставити світло так, аби модель дивилася в камеру, а її тінь була у профіль.

Коли нарешті Інга знайшла потрібне місце для фотографування, то попросила свою модель не лише роздягнутися, але й роззутися.

— Так фото будуть ніжними, — пояснила фотографиня.

Марусина скинула чобітки, зняла шкарпетки й одразу відчула, як холод пронизав усе її тіло від самих ступень, але й знаку не подала. Дівчина стояла босоніж на холодному цементі, але змогла увійти в образ. На ній був лише плащ, який спадав з одного плеча, з нижньої білизни — тільки трусики.

— Ти повинна швидко ввійти в образ жінки з непростою долею, — говорила Інга, підбираючи потрібний ракурс, — з вологими очима від важкого життя. Але водночас маєш показати, що жінка сильна, вона не зламалася під пресом життєвих обставин.

Марусина подумала, що такий образ їй дуже близький, і доволі швидко увійшла в роль, а фотографиня почала працювати. Минали години зйомок. Марусина дуже змерзла, але знала, що зараз демонструє саму себе — сильну, яка може плакати лише в подушку, ні на кого не сподіватися і розраховувати тільки на власні сили. Дівчина кайфувала від зйомок, аж поки від холоду не почали цокотіти зуби. Вона мимоволі поглянула на пальці своїх ніг, які, здавалося, уже вмерзли у цемент, і завважила, що лак на нігтях від морозу потріскався. Інга також це помітила й наказала негайно вдягатися. Жінка дістала термос з гарячою кавою й почала відпоювати модель.

— Чому ти не сказала раніше? — дорікнула вона Марусині.

— Я працювала... Була в ролі, — тремтячи від холоду, промовила дівчина.

Гарячий напій та плед зробили свою справу, і Марусина задоволено всміхнулася.

— Хто там був на зразку, який ти отримала? — запитала вона дорогою додому.

Інга подала їй світлини.

— Це шведська актриса, танцівниця й продюсерка Алісія Вікандер, — пояснила Інга. — Я чула, що вона отримала «Оскар» за кращу роль другого плану у фільмі «Дівчина з Данії».

Марусина подумала, що, напевно, їй не вдалося відтворити те, що було на світлині, але не сказала про це Інзі, щоб та не хвилювалася. Яким же було її здивування, коли Інга переслала їй оброблені світлини!

— Марусинко, я сьогодні презентувала фотографії у школі, — сповістила Інга телефоном. — Уяви: на перший погляд і студенти, і сам керівник не могли розрізнити, де Алісія, а де ти! Мене похвалили за відмінну роботу, але заслуга не лише моя! Вітаю, подружко!

Марусина була на десятому небі від щастя. «Ще один крок уперед! — раділа вона. — Спробую поділитися радістю з чоловіком».

— Тебе тут не впізнати! — сказав Микола, роздивившись світлини. — Ти можеш бути різною!

Марусина подякувала. Її тішила хоча б така реакція чоловіка на її успіх.

Розділ 51

Коли Марусина приїхала до Орести, то одразу помітила, що сестра дуже засмучена, але робить вигляд, що в неї все добре. Вона не стала розпитувати, що і як, сестри сіли за стіл попити чаю, і Марусина перша почала розмову про свого чоловіка. Вона розказала, що Микола до цього часу не поділяє її прагнення стати моделлю і перед кожною зйомкою або насміхається, або дорікає, що вона витрачає вільний час на дурниці.

— Він дав мені слово, що принаймні спробує мене зрозуміти, але нічого не змінилося відтоді, як ми одружилися, — жалілася Марусина. — Живемо разом уже шостий місяць, а все, як і колись.

— Може, не варто цим перейматись? — сказала Ореста.

— Знаєш, сестричко, мені добре запам'ятались слова Іоана Златоуста, який сказав: «Чоловік з дружиною повинні бути подібні руці й очам. Коли руці боляче — очі плачуть. А коли очі плачуть — руки витирають сльози». Чому в нас не так? Невже Миколі так важко розділити мою радість?

— Може, це прийде до нього з часом? Ви ще надто мало живете разом, — зауважила Ореста.

Марусина замислилася. Жінка подумала, що, можливо, вона й справді намагається пришвидшити події — натомість дати їхній молодій родині пройти випробування часом?

— Може, я й помиляюся, — промовила вона задумливо, — але як пояснити те, що й досі він не запропонував мені менше працювати? Микола добре бачить, як я стомлююся, разом ідемо з дому, він по обіді вже повертається й сидить за комп'ютером до сьомої вечора, поки я повернуся. Я ж увесь час чекаю, що його совість нарешті прокинеться і він працюватиме більше, а я — менше, але, схоже, йому подобається таке життя. Я намагаюся бути зразковою дружиною, не влаштовую скандалів, ні в чому йому не дорікаю, але я — жінка, і дуже стомлена! У нього є можливість влаштувати мене на легшу роботу, але Микола цього не робить, тож маю відчуття, ніби перетворююсь на робочу силу.

Ореста поставила на стіл вазочку з фруктами і сказала:

— Чомусь мені зараз згадалася мудрість індійців: «Усередині кожної людини триває боротьба злого вовка з добрим. Завжди перемагає той вовк, якого ти годуєш». Можливо, це недоречний вислів у нашій розмові, але саме це спливло в пам'яті.

— Та ні, якраз доречний, — промовила Марусина та сумно всміхнулась. — І це ще не все. Миколі постійно телефонують жінки, він каже «щодо роботи», і я не маю права йому не вірити, бо подружжя повинно повністю довіряти одне одному, але останнім часом у мене закралися сумніви.

— Чому? — запитала Ореста.

— Микола не розмовляє при мені по телефону, лише відповідає щось на кшталт: «Я передзвоню», «Зрозумів», «Так», «Як і домовлялись». Що я маю думати?

— То все ревнощі! — усміхнулась Ореста. — Не накручуй себе зайвий раз. Ти ж не думаєш, що він тобі зраджує?

— Та ні, — похитала головою дівчина, — але я не знаю, чим він займається пів дня, коли я ще на роботі.

— То все твої домисли, — промовила Ореста й додала після паузи: — Я так думаю. А ось у мене що далі — то гірше.

Жінка розповіла, що Джоні стає нестерпнішим, його дратує все, що робить Ореста.

— У мене таке враження, що він мене не просто не любить, а взагалі ненавидить, — зізналася жінка. — Якось запропонувала Джоні після чергового нападу гніву розлучитися, так він одразу якось охолонув, помовчав і почав умовляти не робити цього, бо кохає мене. Марусино, хіба може кохання співіснувати з ненавистю? Навіщо мені таке «коханнячко»?

Марусина не знала, що порадити сестрі, адже, на її думку, чоловік і дружина можуть між собою обговорити ситуацію, але остаточне рішення має приймати кожен особисто.

— Ви з ним розмовляєте? Обговорюєте проблему? — запитала вона.

— Звичайно! Коли він спокійний, то нормально говоримо, обіцяє більше не підвищувати голос і деякий час дотримується слова, але претензії все одно висловлює й знаходить такі слова, що ранять ще більше. І тоді я думаю, що краще б дав мені ляпаса, ніж обзивав недотепою, неповороткою жабою або заробітчанкою, яка приїхала захомутати іноземця, — сказала Ореста і розплакалася. — Я так довго не витримаю!

— Ти не пропонувала Джоні сходити до психолога?

— Радила, але він сказав, що то я психічно хвора і все собі напридумувала, а він — нормальний чоловік.

Ореста натякнула, що може не витримати моральних знущань чоловіка і поїде додому, в Україну.

— Ось тільки Івгу шкода, — зізналася жінка, — вона любить батька, і Джоні її обожнює.

— Мені ось що зараз спало на думку, — сказала Марусина. — Коли Джоні почне тебе пресувати морально, увімкни мобільник на запис. Усяке може статися, а запис не завадить.

— Дякую, сестричко, за слушну пораду! — промовила розчулено Ореста й витерла сльози з обличчя. — Відчуваю, що розлучення колись таки буде, якщо нічого не зміниться, і запис мені стане в пригоді.

Розділ 52

Марусина моніторила роботу моделей в інтернеті й натрапила на два оголошення, які її зацікавили. Вона зателефонувала, поговорила і погодилася на зйомки, бо робота видалася цікавою. Дівчина подзвонила на інший номер, і та пропозиція теж їй сподобалась, тож українка погодилась, тим паче зйомки мали бути в один і той же день, а локації розташовувались недалеко одна від одної і можна було доїхати своєю автівкою.

— Знову зйомки, моя моделе? — запитав Микола, який у той час дивився телевізор.

Марусині здалося, що слово «моделе» чоловік промовив з іронією, але вона стрималася й спокійно відповіла:

— Ти все одно того дня будеш на роботі.

— Могла б удома відпочити, я ж бачу, що стомлюєшся, — сказав Микола. «Він добре бачить, що мене виснажує робота», — подумала Марусина й мовила:

— У мене нема іншої роботи.

— Тим паче! Мала б відпочити вдома!

Вона не те чекала почути, геть не те!

— Зйомки для мене — найкращий відпочинок, заряд енергії! З них я повертаюсь окриленою і щасливою, — сказала дівчина. — Коли людина займається тим, що її надихає, що подобається, — це і є щастя.

— За такі копійки, що тобі платять? — хмикнув чоловік.

— Я вже тобі казала, що щастя не можна виміряти грошима, — спокійно промовила дівчина.

— Ну їдь, заряджайся, батарейко! — посміхнувся Микола.

Зранку Марусина в хорошому настрої й передчутті зйомок рушила в дорогу. З отриманого на електронну пошту контракту вона запам'ятала, що потрібна була модель на зйомку зі спеціальним макіяжем, який буде малювати візажист. «Дивно, — думала вона, — чому написано "буде малювати"? Зазвичай в оголошеннях пишуть "буде свій візажист", а тут таке серйозне уточнення, що візажист буде малювати на обличчі. Я не дочитала контракт до кінця, одразу погодилася, бо й так усе було зрозуміло, та чи все я так потлумачила?»

Щось змінювати чи зривати зйомки вона не мала права, тож вирішила, що нехай малюють на її обличчі будь-що. Щодо другого контракту, то там усе зрозуміло: зйомка на вулиці, такий собі «стріт стайл» з машинами.

Коли Марусина прибула на перший проєкт, то її здивуванню не було меж. З'ясувалося, що має бути *боді арт*: малюнки на оголеному тілі. «Отакої!» — подумала Марусина і зробила висновок, що завжди потрібно дочитувати контракт до кінця й усе в ньому добре вивчати.

Відступати було пізно, Марусині довелося роздягнутися, залишивши одні трусики. Дівчина мусила перебороти свої страхи, щоб оголитися при сторонніх. Візажистка, що мала її розмальовувати, була дуже мила й заспокоїла Марусину. Їй наклеїли наліпки на груди, покрили все тіло фарбою, яка світилася при вимкненому світлі, і почалися зйомки.

«Такі світлини я ніколи не покажу батькам, — подумала дівчина, — ще не відомо, як на них зреагує Микола».

Фотограф був настільки захоплений своєю роботою, що всі втратили відлік часу. Від рухів моделі фарба на тілі час від часу частково стиралася, і візажистці доводилося її домальовувати.

— Усе супер! — нарешті сказав фотограф.

Світлини вийшли справді дуже гарні, і Марусина залишилася задоволеною. Вона вже не шкодувала, що довелося роздягатися. Окрилена успіхом, дівчина запитала, котра година, і зрозуміла, що може не встигнути на іншу локацію. «Мені ще потрібно змити фарбу!» — думала схвильовано, поспішаючи в душову.

Але, на її біду, не стало теплої води.

— Що ж мені робити?! — у відчаї промовила вона. — Мені потрібно на наступні зйомки!

— Швидко до туалету! — порадила візажистка.

Довелося Марусині змивати фарбу холодною водою над раковиною, але олійні фарби не так легко піддавалися змиванню. Удвох дівчата хлюпалися в холодній, як лід, воді, але таки впоралися! Марусині здавалося, що то не фарбу змили, а частину шкіри з неї здерли, але дівчина швиденько вдяглася, подякувала візажистці й полетіла на наступну локацію.

Дорогою Марусина заспокоїлася і вже з усмішкою на обличчі згадувала свою пригоду. Усе ще мокра, з відчуттям несвіжості, вона прибула на нові зйомки, які минули вдало.

Повертаючись додому, Марусина вирішила не показувати Миколі знімки, де вона оголена. Це була її перша нещирість перед чоловіком, але дівчина втішала себе тим, що так буде спокійніше.

Розділ 53

Коли Марусина говорила з Орестою телефоном, то чула по голосу, що в родині сестри негаразди продовжуються. Ореста за своєю натурою була потайна, і Марусина знала, що та поділиться з нею наболілим, коли вже зовсім не матиме сил терпіти. У слухавці завжди було чути, що голос Орести пригнічений, хоча жінка намагалася говорити спокійно, навіть весело, але хіба можна приховати те, що щодня боляче ятрить душу. Лише одного разу Ореста не стрималася й розповіла про чергові знущання чоловіка.

— Джоні мене ненавидить, — зізналася вона, — і навіть не приховує цього. Сказав, що терпить мене заради дитини, але вже й на малу не зважає, коли починає бісситися. У мене таке враження, що сама моя присутність його дратує, лише одного не можу зрозуміти: навіщо він зі мною одружувався?

— Може, тоді кохав?

— Куди ж поділося його «кохання»? Може, і справді від кохання до ненависті один крок? — розмірковувала Ореста. — Хіба любов має такий короткий вік?

— Навіть не знаю, що сказати, сестричко, — промовила Марусина. — Ти кажеш, що вже й на Івгу не зважає, коли починає кричати?

— Так. Ось учора прийшов додому й на рівному місці почав сварку, я вже не витримала й кажу, щоб відпустив мене. Терпець урвався, я почала йому відповідати на підвищених тонах, то він як визвірився на мене, схопив за плечі, труснув так, що я з переляку скрикнула. І все це на очах у дитини! Вона злякалася, почала плакати, тоді Джоні зачинив її в іншій кімнаті, і все це продовжувалося, — розповіла Ореста.

Під час оповіді її голос тремтів, тож, коли сестра замовкла, Марусина зрозуміла, що та плаче.

— Він знову підняв на тебе руку? — запитала вона.

— Краще б уже вдарив, ніж таке приниження! — вихопилося в жінки з відчаєм. — Джоні мене не бив, але чого я тільки не наслухалася! А потім... Потім повалив на ліжко і...

— Він тебе зґвалтував?!

— Не можу стверджувати, що то було зґвалтування, бо він мене цілував, казав, що любить... І це після того, що було хвилину тому! Я просила його не робити це саме зараз, коли Івга плаче в іншій кімнаті, але хіба він мене чув?

Марусина висловила своє обурення такою зовсім не чоловічою поведінкою Джоні й поцікавилась, чи зробила вона запис сварки на телефон.

— Довго не наважувалася, боялася, що Джоні помітить і ще більше розлютиться, — зізналась Ореста, — але в останній місяць він просто нестерпний, тож мені стало байдуже, чи стільки ж вислухаю негативу у свій бік, чи трохи більше. Так, один запис вдалося зробити минулого тижня, ще один — учора.

— На записі чути, як він тебе примушує до сексу? — запитала Марусина.

— Ні. Лише сварка і плач дитини, бо все те відбувалося в іншій кімнаті, за зачиненими дверима, але я все одно не піду до поліції. Це такий сором для жінки!

— Але записи збережи про всяк випадок, не стирай їх, — порадила Марусина.

— Добре.

— Оресто, якщо тобі дуже важко, то я можу приїхати до тебе й підтримати, — сказала Марусина, — але це буде лише ввечері після роботи.

— Ні, дякую. Я сама впораюся, — відповіла жінка.

Після розмови з сестрою в Марусини було важко на душі. Скільки пам'ятає, старша сестра була для неї прикладом порядності й трудолюбства. Батьки ставили її у приклад, і дівчина була з цим згодна, бо Ореста — скромна, порядна, дуже акуратна, її можна було без перебільшення назвати трудоголіком. До того ж вона була дбайлива і турботлива. Сестра з дитинства допомагала матері по дому, розуміючи, як тій важко піднімати самотужки доньку, не могла Ореста спокійно пройти повз бездомну тварину і завжди носила із собою щось, чим можна підгодувати. Коли дівчина сама поїхала на заробітки спочатку в Польщу, потім — у Данію, то не скиглила, нікому не жалілася, і роботодавці не мали претензій до неї. Коли вийшла заміж за Джоні, то Марусина і вся родина раділи, що Ореста нарешті знайшла своє щастя. Марусина знала: чоловіки-данці дуже цінують родину і добре ставляться до матерів своїх дітей, але, напевно, є виняток з правил і серед них, і дівчині було щиро шкода сестру, якій не пощастило з чоловіком. Ореста просила її нічого не розповідати матері, і Марусина не могла нічого розказати навіть своїй мамі, щоб та не передала цього сестрі. «Виходить, що я одна, кому довірилася Ореста, — думала Марусина, — і навіть не знаю, чим їй допомогти. Те, що покращення життя в її родині вже не буде, — очевидно, хоча вона все ще сподівається. Але я й сама чекаю й вірю, що Микола мене зрозуміє, тож чому Оресті втрачати надію? Ми, жінки, живемо надією до останнього, і нічого тут не вдієш».

Розділ 54

У Марусини вже були знайомі фотографи, саме вони порадили їй зареєструватися на одному з данських сайтів для моделей і фотографів-початківців. Марусина переглянула сайт, і група здалася цікавою, там вона знайшла для себе багато корисної інформації. Також там були практичні заняття для моделей та уроки, які пішли їй на користь. Суть полягала в тому, що за такі зйомки ніхто нічого не платить, а самі фотографи це використовують для того, щоб попрактикувати правильне освітлення, пробувати різні фільтри, лампи й фони. Для роботи їм потрібні моделі, які зможуть багато годин підряд стояти в одній позі й не рухатися. Марусина вирішила, що такий досвід їй стане корисним, до того ж дівчині важливо було зазнайомлюватися з новими фотографами, удосконалювати досвід позування та підписання контрактів. Вона вже знала й мала невеликий досвід щодо контрактів, але слід вникнути в деталі, бо такі договори складалися завжди між фотографами та моделями, щоб після спільної роботи ані модель, ані фотограф не могли пред'явити претензій один одному. У Марусини негативного досвіду співпраці не було, але від інших моделей чула, що суперечливі моменти трапляються.

Дівчину одного разу вже запрошували на таку роботу, ті зйомки були корисними, тож коли весільний салон отримав нову колекцію і її запросили на фотосесію, Марусина погодилася.

— Колю, я завтра їду на зйомки, — повідомила вона чоловікові, — але до вечора повернуся!

— Знову?

— Колю, ти мені обіцяв! — нагадала Марусина.

— Усе-все! — чоловік підняв руки вгору. — Я мовчу!

На зйомках було десять моделей і чотири фотографи. Перед фотосесією дівчат-моделей почастували фруктами, пригостили кавою. З часом Марусина звикла до того, що данці без чашки кави не починають роботи.

— До роботи! — сказав фотограф, коли випили каву.

Марусина була знайома зі своїм фотографом, бо працювала з ним раніше. Стояв чудовий літній день, почалися зйомки, і дівчина почувалася комфортно. На Марусині була неймовірно красива, білосніжна, з ажурними вставками весільна сукня, білі черевички на підборах із м'якої шкіри, волосся прикрашала діадема з камінням. На власному весіллі Марусина була вбрана в сукню кольору стиглого персика, тому зараз відчувала себе по-справжньому щасливою, як кожна дівчина, коли виходить заміж. Щоб увійти в роль нареченої, їй знадобилося кілька хвилин, та її партнер, який мав зіграти роль нареченого і мав приїхати зі столиці, запізнювався. Фотограф почав нервувати, і Марусина підійшла до нього, поклала свою долоню на його руку і спокійно, з легкою усмішкою на обличчі промовила:

— Незамінних людей немає.

— То що мені робити? Телефон твого «нареченого» не відповідає, а час іде! — вже трохи спокійніше сказав чоловік.

— Спробуйте дати ще раз оголошення, — запропонувала дівчина.

— І ти вважаєш, що так швидко прибіжать моделі?

— Можна спробувати. Ви дайте оголошення, а я принесу вам яблучко! — сказала Марусина й відійшла.

Дівчина сама почала хвилюватися, бо можуть зірватися парні зйомки, але, на щастя, на оголошення швидко відгукнувся місцевий чоловік. Коли він приїхав, то Марусина впізнала його: уже бачила раніше на зйомках у школі фотографів.

— Яке щастя! — видихнув із полегшенням фотограф. — До роботи, мої хороші! І не забуваємо, що ви повинні мати неперевершений вигляд — ваші світлини потрібні для листівок-запрошень!

Партнер Марусини дивився на неї так, ніби і роздягав, і пожирав одразу, від чого дівчина почувалася незручно, але знала, що має працювати і на світлинах бути щасливою. Дівчина всміхалася і дивилася закоханим поглядом на партнера, від чого чоловікові не довелося навіть входити в роль — він і так світився щастям. Світлини були просто чаруючі, тож Марусина їх швидко виклала в соцмережі. Дорогою додому роздрукувала одну велику фотографію для Миколи. Дівчина сподівалася вразити його красою, але коли повернулася додому, чоловік міцно спав. Вона залишила світлину на столі, щоб Микола зранку, коли прокинеться, зміг її одразу помітити.

Розділ 55

Цілий день ішов дощ — нудний, хоча й неквапливий. Було тепло, але небо затягнули хмари — схоже, негода триватиме принаймні ще кілька днів. Похмуре небо не сприяло хорошому настрою, увесь день на роботі Марусина була мовчазна й невесела. Того ранку, коли вона залишила світлину на столі, усе було добре. Микола подивився на фото, як завжди, сказав, що вона вийшла гарно, і дівчину це потішило. Громи й блискавиці почалися за кілька днів. Чоловік зустрів дружину в поганому гуморі. Марусина одразу відчула недобре, бо Микола навіть чаю не приготував до її приходу.

— І довго це буде продовжуватися? — сказав він невдоволено, жбурнувши на стіл її світлину для весільного салону.

Нічого не розуміючи, Марусина стомлено сіла за стіл, подивилася на чоловіка.

— Що тут не так? — запитала вона, ковзнувши поглядом по світлині.

— Ти дивишся на того чувака закоханим поглядом! — зле кинув Микола.

— А як інакше?

— Мені, одруженому чоловікові, тикають пальцем у цю світлину, і всі знайомі запитують, чи моя дружина мене кинула і вийшла заміж за іншого! Мало цього! З мене глузують! — Микола перейшов на крик. Він нервово ходив по кімнаті, різко жестикулюючи. — Гадаєш, мені приємно перед кожним виправдовуватися? Пояснювати, що то лише фото?

— Так не виправдуйся, бо нема за що, — спокійно промовила дівчина, хоча їй важко давалося себе стримувати.

— Я повний дурень! Лох! — психував чоловік. — Не міг одразу помітити, яка щаслива ти на тих знімках! А твій напарник! Він ладен тебе роздягнути очима! Чи й справді роздягав? Га, Марусино?

— Ти з глузду з'їхав?! — дівчина спалахнула мов сірник. Її обурили такі безпідставні звинувачування чоловіка. — Невже тобі не зрозуміло, що для світлин весільному салону потрібні світлі обличчя, хороший настрій і моделі, які випромінюють щастя?!

— Але твій погляд був не такий, як на інших світлинах! Ти дивилася на свого партнера закохано! Таке не можна підробити!

— Виходить, що я прекрасно увійшла в роль нареченої! Що в цьому поганого? Потрібно, щоб я дивилася на нареченого сумним поглядом, як на похороні?!

— Ти сама зараз назвала партнера нареченим! То він твій наречений? Марусино, скажи мені правду! Я не хочу ходити з рогами, які у двері не влазять!

— Колю, ти підняв бурю в ложці води, — уже спокійно промовила Марусина. — Ще раз кажу тобі, що то були зйомки для весільного салону, і я повинна мати на фотографіях посправжньому щасливий вигляд.

— Чомусь на мене ти такими щасливими очима ніколи не дивилася! — дорікнув чоловік.

Микола продовжував звинувачувати Марусину у всіх смертних гріхах, але вона його вже не чула. Слова про те, що вона ніколи не дивилася на коханого щасливими очима, змусили її замислитися й відсторонитися від звинувачень чоловіка. Дівчина думала про те, що чомусь Микола мав рацію і вона справді на зйомках була щасливішою, ніж зараз із ним. Здавалося б, що у неї з чоловіком багато спільного, вони будували плани на майбутнє, одружилися з кохання, Микола не пиячив і не піднімав на неї руки, але в їхньому спільному житті чогось бракувало. «Чого саме? Що в нашій сім'ї не так? Чому в мене не горять очі, коли його бачу? — думала дівчина під чоловікові тиради. — Хіба лише тому, що він не поділяє мого захоплення? Не бачить, як важко йти до своєї мети тут, у чужій країні, де нема підтримки? Він мав би мене вже зрозуміти і хоча б змиритися, а замість того — сварка, звинувачення в тому, чого не було».

— Скажи чесно, Марусино, він тебе обнімав? Я навіть сварити не буду, тільки зізнайся! — не міг утихомиритися чоловік.

Дівчина здригнулась усім тілом, поглянула на розлюченого чоловіка. Таким вона ніколи його не бачила.

— Колю, що з нами коїться? Що не так у нашій сім'ї? — промовила стиха.

— У нас усе добре, окрім того, що ти весь час кудись їдеш на зйомки, а я не знаю, чим ти там займаєшся! — сказав чоловік.

— Як ми будемо жити далі, якщо ти мені не довіряєш? — запитала Марусина і подивилася йому в очі.

— До слова сказати: ти мені також не довіряєш, коли телефонують із роботи, — нагадав він.

— То що нам робити?

— Пропоную тобі відмовитися від зйомок — і все в нас буде добре, — запропонував Микола.

— Після того, як я пройшла такий важкий шлях до своєї мети? Ти пропонуєш мені зупинитися на півдорозі?

— Саме так!

— Колю, ми маємо порозумітися і дивитися в один бік, бо ми — родина, — промовила спокійно дівчина.

Микола нарешті зупинився, видихнув, затримав погляд на дружині.

— Ми повинні вирішити, як жити далі, — сказав він і додав: — Не будемо поспішати, подумаємо над цим кілька днів, а зараз я хочу піти випити пива й заспокоїтися.

Після того інциденту минуло кілька днів, у які в їхній сім'ї панувала тиша. А потім задощило, і в Марусини вкрай зіпсувався настрій. Вона з тривогою чекала, що їй скаже Микола, готувалася до неприємної розмови, а дощ пригнічував іще більше.

Розділ 56

Дощило й дощило, немов небо вирішило обвалитися на землю. Марусина визирнула у вікно: косі лінії дощу падали вниз нескінченним потоком. Миколу викликали на ніч на роботу, бо там щось зламалося, і він сказав, щоб Марусина лягала спати й не чекала на нього, але їй не спалося. До розмови про майбутнє їхньої родини вони так і не повернулися, хоча після того минуло десять днів.

Вона дістала з шухляди дві теки зі своїми світлинами та рекламними буклетами з фото. Одна з них товста, інша — менша. У першій — роздруковані світлини для себе. Марусина побоювалася, що смартфон може вийти з ладу й пропадуть усі її фотографії, тож тримати їх у теці було спокійніше, а в миті роздумів на самоті Марусина любила перебирати знімки, згадувати зйомки. В іншій теці було менше світлин, і лише дівчина знала, кому призначена ця папка. Там лежали світлини та буклети, які вона віддасть Ростику при їхній зустрічі. Ті фотографії — живий доказ, що вона, проста дівчина з українського села, «звичайна», як назвав її колишній хлопець, але нічим не гірша за його американську дружину Моніку. Перебираючи світлини, Марусина щоразу відчувала задоволення собою, хоча до мети ще не дійшла.

«Ти побачиш, Ростику, мої світлини і пошкодуєш, що погнався за Монікою, так і не зрозумівши, що кохання і вигода — несумісні поняття, — думала вона, переглядаючи вміст теки. — Я поставила собі ціль — довести, що звичайна сільська дівчина може чогось досягти в житті навіть тоді, коли не має підтримки і йде до вершини тернистим шляхом у чужій країні. Я тобі доведу це!»

Переглянувши знімки в одній теці, Марусина взяла до рук іншу й натрапила на свою весільну світлину, де вони з Миколою усміхнені та щасливі. Згадалося весілля, коли мати Орести запитала, чому Марусина не в білій сукні. «Кажуть, що біла сукня на нареченій — до щасливого й безхмарного подружнього життя», — зауважила тоді жінка.

«Може, й справді річ у сукні?» — майнула в дівчини думка, та одразу згадалося, що Ореста виходила заміж у білосніжній сукні, а життя сімейне все одно не складається.

Марусина згорнула теку, сховала в нижню шухляду стола. Вона знала: має довести Миколі, що самотужки може досягти вершини, до якої прагне, щоб чоловік пишався нею, а не дорікав частими зйомками. «Спочатку я хотіла довести Ростику, що не гірша за його Моніку, а зараз маю щось доводити Миколі, — подумала дівчина, лежачи в ліжку. — Чому так виходить? Чому я повинна постійно комусь щось доводити, а не жити власним життям? Життям, яке мені подобається, де мені комфортно, де відчуваю задоволення від того, що роблю, а не витрачаю сили на те, щоб комусь щось доводити. Може, і справді винна у всьому весільна сукня кольору стиглого персика?»

У таких невеселих роздумах Марусина незчулася, як задрімала. Вона підскочила від того, що хтось постукав у вікно. Злякана дівчина виглянула й побачила за вікном Оресту під парасолькою. «Щось трапилося!» — стукнуло їй у скроні, і Марусина швидко побігла до дверей, відімкнула їх і запросила сестру.

— Що?! Що з тобою? Він тебе вигнав?! — посипала вона питаннями.

— Ні, ні! — сказала Ореста. — Марусино, тільки нічого зараз не питай!

— Та зайди, я зараз чай приготую, і все розкажеш! — запросила Марусина.

— Ні, дякую! Я дуже поспішаю, але не питай, куди й навіщо, — швидко заговорила сестра. — Мене чекає таксі, і я до тебе з одним великим проханням.

— Ти можеш спочатку розповісти, що в тебе трапилося?

— Ні, вибач, не зараз, — сказала Ореста й дістала із сумочки листа, подала його Марусині. — Сьогодні Джоні нема вдома, він ночує в батьків і повернеться додому завтра ввечері, тож цей лист я тебе попрошу відвезти йому завтра, коли повернешся з роботи. Сестричко, це дуже важливо! Ти зможеш виконати моє прохання?

— А можеш мені нарешті пояснити, що все це значить?!

— Вибач, моя хороша, не можу! Так треба! — схвильовано говорила Ореста. — Головне, щоб цей лист потрапив до Джоні не раніше завтрашнього вечора. Обіцяєш виконати моє величезне прохання?

— Обіцяю!

— І ще одне. Про цей лист і мій візит до тебе ніхто не має знати: ні твої батьки, ні моя мама. Я сама тобі зателефоную трохи згодом і все-все поясню. Ти мене зрозумієш!

— До тебе хоча б можна телефонувати? — запитала Марусина, ховаючи лист у свою сумочку.

— Ні, цього також не треба.

Ореста обняла сестру, поцілувала в щоку, сказала, що їй час поспішати, і швидко вийшла з кімнати. Марусина визирнула у вікно й побачила, як від'їхало таксі.

Розділ 57

Марусина дотрималася обіцянки і привезла листа Джоні. Чоловік запросив дівчину до будинку й одразу з порога вирячив на неї очі. Від його гнівного погляду, який готовий був метати в Марусину громи та блискавки, по її спині пробігли мурахи.

— Де вона?! — прогримів злий голос, і Марусина на собі відчула страх сестри перед гнівом цього чоловіка.

Вона не впізнавала в Джоні того привітного чоловіка, яким зазвичай бачила, коли приїздила до сестри. Здавалося, перед нею інша людина — справжній звір у людській подобі, — і дівчина втратила дар мови.

— Де сестра? — повторив питання чоловік.

— Я... Я не знаю, де вона, — затинаючись, пролепетала перелякана Марусина. — Ось! — подала лист. — Ореста просила вам передати.

Джоні взяв лист, розгорнув його, прочитав уголос:

— «Джоні, я не хочу й не можу так більше жити, тому їду на Батьківщину. Знаю, що ти б нас не відпустив, тому поїхала без попередження. Наше сімейне життя не склалося, тож прошу лише одного: не шукай нас з донькою і дай нам спокій. Обіцяю виховати Івгу гідною людиною. Ореста».

Марусина здогадувалася, що Ореста покинула свого чоловіка, але не думала, що сестра поїде з Данії в Україну.

— Сволота! — прошипів чоловік. — Як вона могла?! Чого їй бракувало? Сита, вдягнена, приїхала з голою дупою на заробітки до нашої країни! Ким вона була б удома? Жебрачкою? Я! Я зробив її людиною! Чому вона так зі мною? Га? Скажи мені, ти ж її сестра!

— Мені час іти, — промовила перелякана Марусина.

— Ні! Зачекай! Скажи, чому вона дременула від мене? — скрикнув чоловік, схопивши Марусину за руку.

— По-перше, відпустіть! Я вам не Ореста й не дозволю над собою чинити насилля! — сказала вона.

Схоже, упевненість, з якою дівчина промовила ці слова, подіяла на чоловіка, і він відпустив її.

— Чому? — повторив він уже спокійніше.

— Ви принижували її людську гідність, а це — не гідні чоловіка вчинки, тим паче данця, — сказала дівчина, сміливо поглянувши в холодні та злі очі. — Справжні данці так не чинять зі своїми дружинами.

— Я — данець!

— Ви? Ні, Джоні, ви не схожі на данця, — повторила Марусина.

— Я корінний данець!

— Ви — виняток з правил, — сказала Марусина й поквапилась геть, поки чоловік знову не розійшовся у гніві.

Коли дівчина повернулася додому, Микола запитав, як справи й чи передала вона листа Джоні. Вона розповіла про те, що на своїй шкірі відчула справжній страх, коли була поруч із цим чоловіком.

— Тепер розумію, чому Ореста вирішила втікати з країни, — сказала Марусина. — Івга народилася в Данії і має два паспорти: український та данський, тому Ореста змогла вивезти дитину безперешкодно. Гадаю, вона поїхала маршруткою в Україну — тією, що йде звідси вночі.

— Думаєш, Джоні все це так залишить?

— Що він зможе їй зробити в Україні? Попсувати нерви хіба, а більше нічого, — сказала Марусина.

— Як на мене, то він не дасть спокою Оресті й там, — припустив Микола. — Ти вже дзвонила сестрі?

— Не можу зв'язатися, напевно, Ореста змінила номер, — сказала Марусина. — Вона сама обіцяла мені зателефонувати.

За тиждень сестра таки подзвонила Марусині.

— Ти віддала лист Джоні? — запитала вона.

— Звичайно! — відповіла дівчина.

— І що він?

— Нервував, а я сказала, що він гівнюк.

— Так і сказала?

— Ага, тільки тоді, як сіла в машину й від'їхала подалі! Як ти? Де ти?

— Удома, у мами, приходжу до тями після «заміжжя», наступного тижня почну шукати роботу, — розповіла Ореста. — Віриш чи ні, у мене таке враження, що потрапила з пекла в рай!

— Я рада за вас! Джоні не турбує?

— Я змінила номер телефону, тож він не знає його, і тебе попрошу: не давай йому моїх контактів, якщо навіть проситиме, — попрохала Ореста.

— Не турбуйся! Головне, що ти на волі!

— Це ти точно підмітила — я тепер на волі! І не так важливо, що сьогодні на столі, якщо згадувати пекло, в якому жила! — сказала Ореста.

Марусина попрощалась із сестрою й подумала, що та, попри все, залишилася сильною жінкою, яка змогла розірвати пута.

Розділ 58

Микола нібито заспокоївся і змирився з тим, що час від часу Марусина їздила на зйомки. Його влаштовувало те, що дружина не так часто була на фотосесіях, але Марусині цього було мало. Хотілося досягти більшого, і вона багато вільного часу витрачала на пошук в інтернеті оголошень про зйомки. Іноді траплялося, що її саму знаходили — і від того вона раділа, як дитина.

Марусина сподівалася, що зможе разом з чоловіком узяти відпустку на Різдво і поїхати на Батьківщину, але Микола заявив, що матиме змогу поїхати додому лише навесні, а Марусині випадала така нагода на початку грудня.

— Може, не поїдеш додому? — запитав її чоловік.

— Я дуже сумую за батьками, скучила за ними неймовірно! — зізналася дівчина. — Хотілося б побувати вдома на Різдво, але що поробиш?

— Я буду сумувати за тобою!

— Але ж відпустка зовсім коротка — лише вісім днів!

— Цілих вісім днів! — зауважив він. — Без тебе кожен день — як рік!

— Не встигнеш і оком змигнути, як я повернуся, — усміхнулась Марусина й поцілувала чоловіка.

Коли приїхала в рідну Березівку, то серце зашаленіло від щастя і ладне було вискочити з грудей. Якими ж милими, до болю близькими були рідні вулиці, будинки, школа, стадіон за нею й навіть старезні дерева біля клубу! Не йшла — летіла

Марусина до рідної батьківської хати, знаючи, що там її завжди чекають, їй там раді і люблять.

Снігу було вдосталь, і на гірку висипало чимало дітлахів із санчатами. Вони верещали, коли спускалися вниз і перекидались із санками, підводилися, рожевощокі, розчервонілі, і знову бігли нагору. Марусина на мить зупинилася, задивившись на метушню дітвори, і згадала своє дитинство, загублену рукавичку й Ростика. Защеміло у грудях, і вона пішла далі.

Ось уже бачить будинок батьків — місце, де залишилося її безтурботне дитинство. Зараз усі дитячі тривоги здалися їй такими мізерними й незначними порівняно з дорослим життям, що Марусина мимоволі всміхнулася. За вікнами батьківської оселі завжди тепло і затишно. Вона уявила, як мама клопочеться на кухні, очікуючи приїзду доньки, дає команди татові, а він, великий, вусатий і трохи незграбний, намагається допомогти їй, допоки щось не перекине або розіб'є, і мама накаже йому йти краще протерти пил з меблів.

— Там я вже вчора пропилососив і все протер, — зауважить батько.

— То було вчора, — скаже мама, — іди протри сьогодні.

Знайомо скрипнула хвіртка — і Марусина за мить уже на порозі. У хаті пахне чимось смачним, там тепло, чисто й затишно. Мама зі сльозами на очах обіймає доньку, батько тупочеться на місці, аж поки Марусина не кидається в його обійми й не пригортається до великого теплого тіла.

— Романе, досить телячих ніжностей, дай доньці роздягнутися, напевно, голодна з дороги, — незле говорить жінка.

«Мама завжди вважає, що я голодна», — думає Марусина і йде до своєї кімнати.

Вона знаходить у шафі свій старенький, вицвілий від сонця та прання улюблений халатик, швиденько перевдягається, відчуваючи повернення в минуле, і поспішає на кухню. На столі повно наїдків, але Марусина шукає очима улюблену страву — смажену картоплю. Скільки б вона не купувала в супермаркетах чи на ринках картоплю, щоб посмажити, ніколи не куштувала такої смачної, як удома. Мама запрошує з'їсти курятини, але Марусина неспішно смакує домашньою картоплею, і той смак самого дитинства здається найсолодшим у світі! Батько запитує, як там у Данії, мама — чи не важко працювати, а Марусина каже, що все добре, і щиро усміхається.

«Як іноді мало потрібно людині для щастя», — думає Марусина й розповідає про далеку і таку вже близьку їй Данію...

Розділ 59

— Розумію, Марусинко, що ти приїхала додому на кілька днів, але без тебе я не впораюся, — сказала дівчині Любаня.

— Що потрібно зробити? Для тебе — що завгодно! — усміхнулася Марусина.

— Хочу попросити твою маму побавити Максимчика, а тебе — поїхати зі мною до матері, якщо вона все ще проживає за старою адресою, — пояснила Любаня.

— А сама чому не хочеш?

— Я говоритиму з нею віч-на-віч, але мені потрібна підтримка: я не можу сама наважитися поїхати на зустріч, — сказала жінка. — Мені дуже важливо, щоб хтось був поруч, як щось піде не так.

— Ти готова до того, що жінка може бути, наприклад, алкоголічкою чи безхатьком? Добре, якщо твоя мати виявиться порядною людиною, але ж можливо всяке, — припустила Марусина.

— Я готова до будь-якого розвитку подій! — упевнено заявила Любаня. — Мені останнім часом сниться незнайома жінка — така гарна і близька! Гадаю, це не просто так. Відчуваю, що моя мати шкодує, що покинула мене в пологовому, і, можливо, шукає доньку.

— І ти готова їй усе пробачити?

— Уже пробачила, тепер для мене головне — її знайти.

Марусина погодилася допомогти подрузі, хоча в душі дійсно шкодувала витрачати дорогоцінний час, коли можна побути вдома.

Трясучись у холодній маршрутці, Любаня повідомила подрузі новину: Моніка вагітна другою дитиною і має навесні народжувати.

— Шкода, що не можу привітати щасливого татуся! — сказала на те Марусина.

— Місяць тому Ростик приїздив до батьків на кілька днів, — сказала Любаня.

— Чому лише на кілька днів?

— Люди в селі патякають, що Феодал мав намір розлучитися з дружиною, то син приїжджав нібито їх мирити, — пояснила Любаня. — Як сусідка, знаю, що в їхній родині не так усе гладко. Василь Петрович удома буває не більше двох разів на тиждень, а бідна Ірина Гнатівна сама. Якось чула, як вона тужила — так плакала у дворі, що мороз ішов по шкірі.

— Виходить, правду кажуть, що Феодал зраджує дружині з молодухою?

— Напевно, так!

Приватний добротний будинок, де мала мешкати мати Любані, вони знайшли швидко. Марусина запропонувала викликати таксі, але Любаня заперечила, мовляв, це дорого, тож сусідка сама розрахувалася з таксистом. Вона бачила, як хвилюється подруга, обняла її, сказала, що гірше, ніж є, не буде, а будь-яка правда краща за невідомість.

— Чекай мене тут, я піду сама, — сказала Любаня й непевними кроками рушила вперед.

Марусина стояла віддалік і спостерігала. Бачила, як подруга натиснула на кнопку виклику, як до неї вийшла висока статна жінка. Розмови чути не було, але вона тривала не більше десяти хвилин. Жінка повернулась у двір, а Любаня побігла до Марусини.

— Ходімо звідси! — промовила вкрай збуджено.

Вона схопила Марусину за руку й потягла за собою так швидко, що дівчина ледь за нею встигала. Жінки зупинилися, коли звернули на іншу вулицю, і за рогом будинку сіли на лавку, змівши з неї сніг рукавичками.

— То була не твоя мати? — запитала Марусина, коли відхекалася і дихання стало рівним.

— То була вона, — на одному подиху випалила Любаня. — Ти її бачила?

— Бачила. Розповідай усе по порядку, — попросила Марусина. — Тільки, будь ласка, не хвилюйся!

— Вона вийшла, і я запитала, чи вона Володарська Світлана Максимівна. Жінка сказала, що то її дівоче прізвище. Я представилася, — схвильовано розказувала Любаня. — Схоже, вона одразу здогадалася, що я її донька. Вона не виправдовувалася, не заперечувала, що в пологовому написала відмову від своєї дитини.

— Як вона це пояснила? — запитала Марусина.

Любаня провадила:

— Мати пояснила, що тоді мала лише сімнадцять років, була незаміжня, і батьки наказали не повертатися додому з малям, тож їй довелося написати відмову. Вона сказала, що не могла ослухатися батьків, тому так вчинила, — на одному подиху видавала Любаня. — Коли я спитала, чому пізніше не шукала мене, то чекала... Я чекала іншої відповіді! Але вона сказала, що мала отримати вищу освіту і влаштувати особисте життя, а якби в неї була я, то мала б зв'язані руки. Уяви: дитина для неї — це пута!

— Заспокойся, усе вже позаду, — Марусина поклала свою долоню на руку подруги і запитала про батька.

— Вона сказала, що звати його Андрій, прізвище вже забула, але мені здалося, що вона просто не хоче згадувати. Розповіла, що має чоловіка й дорослого сина, у неї свій бізнес, і вона не залежить ні від кого, навіть від свого чоловіка, — продовжила оповідь Любаня.

— Чому навіть до будинку не запросила?

— Навіть не приховувала, що не хоче, аби її родина знала про мене, сказала, що може винести грошей, щоб я більше не приїжджала, — сказала Любаня, і її голос при тому тремтів. — Як так? Невже б я колись змогла сказати своєму синові, щоб він не з'являвся більше мені на очі?! Та навіть якби він був наркоманом чи пияком, я б боролася за нього до останнього!

Марусина теж була шокована такими заявами матері подруги. Дівчина хотіла втішити Любаню, але не знаходила потрібних слів і мовчала.

— А ще вона похвалилася, що великий будинок звела за власні кошти на місці батьківської халупи, — сказала Любаня.

— І як їй там жилося, коли знала, що донька десь в інтернаті?

— Напевно, спокійно і в достатку, — промовила тихо Любаня й зітхнула.

— А мені здається, що навіть у великому будинку і статках не завжди спокійно й затишно, навіть сам будинок якийсь похмурий, — зауважила Марусина. — Чи то мені так здалося?

— Я дивилася не на будинок, а на жінку, яка мене народила. Вона красива!

— Але бездушна! Коли в душі порожнеча, краса нічого не варта!

— Ти знаєш, як мені зараз боляче! — сердито промовила жінка.

— Вірю, моя хороша, вірю!

— Вона запитала, де, як і з ким я живу, — продовжила розповідь Любаня. — Я відверто все розповіла, навіть запросила до себе в гості, щоб вона на власні очі побачила моє життя, познайомилася зі своїм онуком.

— І що вона на те?

— Це мене просто різонуло по живому, — промовила глухим голосом Любаня. — Вона сказала: «Коли досягнеш чогось у житті, як я, тоді дай знати, і я приїду до тебе. Наразі мені нема чого в тебе дивитися. Я взагалі ненавиджу пияків!»

— Так і сказала: «Коли досягнеш чогось у житті, як я»?!

— Ага! — кивнула головою подруга. — А потім заявила, щоб я зачекала — винесе мені кілька сотень доларів, то я не стала чекати під парканом, мов жебрачка, і побігла звідти.

— Правильно зробила! Нехай вона ними подавиться!

Усю дорогу додому Любаня мовчала. Вона дивилась у вікно, але Марусина розуміла, що її думки не тут, а десь далеко. Бідолашна сусідка застигла в одній позі й лише іноді тяжко зітхала.

Розділ 60

До Марусини приїхала Ореста разом з донькою та мамою. Увечері Любаня покликала Марусину й Оресту на дівчачі посиденьки. Вони купили пляшку червоного вина й вирішили посидіти, поділитися секретами й трішки попліткувати. Дітей залишили на Марусininих батьків, Толику Любаня дала грошей на кілька келихів пива, і той миттю помчав з хати. Господиня натопила, і в її будинку було скромно, але тепло й чисто. Вони витягнули стіл на середину маленької кімнати, насмажили картоплі, порізали солоного сала, Марусина принесла коробку цукерок, відкоркували пляшку вина.

— Яка благодать! — промовила Ореста. — Ніяких чоловіків, і ми можемо говорити про них усе, що заманеться!

— Ти маєш гарний вигляд, — сказала їй Марусина. — Ніби розквітла, посвіжіла й уже не схожа на суху тараньку!

— Так і є! За стільки років відчула себе людиною, коли можна вільно дихати й жити! Щоб іще колись пішла заміж? Та ніколи!

— Не зарікайся, — заперечила їй Любаня. — Кохання не питає нас, коли прийти.

— Я вже не вірю в кохання, — відповіла Ореста. — Якщо воно і є, то не для мене. Що в мені залишилося від того кохання? Лише жахливі спогади!

— А я, дівчатка, лише зараз задумалася: і що я знайшла у своєму Толику? Адже Василько був і симпатичніший, і розумніший, а я закохалася в іншого, — зізналася Любаня. — Зараз розумію, що моє життя могло скластися інакше, але ж серцю не накажеш.

— А якби зараз була незаміжня і зустріла Василька? — запитала Марусина.

— Не вагаючись, залишилася б із ним, якби він захотів, — сказала Любаня.

Марусині також було чим поділитися. Вона відчувала, що в її сім'ї щось іде не так, але що саме — ніяк не могла розібратися. Микола не поділяв її захоплення, не розумів мети стати професійною моделлю, але, напевно, це її турбувало не так сильно, як безкінечні дзвінки на мобільний чоловіка.

— Пояснює, що телефонують з роботи, але чому не вирішує питання одразу? Лише однослівні відповіді: «Так», «Буду», «Зрозумів» — і щось подібне, — ділилася Марусина. — Іноді уточнює, о котрій годині. Коли питаю, про що він, відповідає: про якусь поломку на роботі.

— Буває таке, що після дзвінків іде з дому? — запитала Любаня.

— Таке часто трапляється, — відповіла Марусина, — але ж не стежити мені за ним?

— Ти йому довіряєш? — поцікавилась Ореста.

— Так, довіряю. Ми домовились, що маємо повністю довіряти одне одному, але відчуття в мене якесь недобре.

— Не спійманий — не злодій, — сказала Любаня. — Не накручуй себе зайвий раз.

— Так і Микола каже, — зітхнула Марусина.

— Дівчатка, у мене є до вас прохання, — звернулася Любаня, наповнивши три келихи.

— Яке? — запитала Марусина, зробивши кілька ковтків вина.

— Я проаналізувала розмову зі своєю матір'ю і вирішила довести їй, що також можу бути самодостатньою й успішною, — сказала жінка. — Можливо, не такою успішною, як вона, але щоб можна було поїхати до неї, забрати, привезти до себе додому і сказати, що все, що я маю, заробила самотужки. Але для досягнення такої мети мені потрібна ваша допомога.

Жінки уважно дивилися на подругу, намагаючись зрозуміти, як Любаня хоче стати самотужки на ноги.

— Я зібрала п'ять тисяч гривень, щоб закодувати Толика. Це перший крок, — витримавши паузу, сказала Любаня.

— Ти хочеш сказати, що він згоден закодуватися від алкоголізму? — запитала Ореста.

— Саме так! Толик і сам страждає від своєї згубної звички. Гадаєте, він не хоче бути зразковим батьком? Ще й як хоче! Але оковита заважає, і я допоможу йому позбутися такої залежності! — запевнила Любаня.

— Крок другий? — Марусина подивилася на подругу.

— Я хочу поїхати на заробітки в Данію! — випалила сусідка. — Але мені потрібні кошти, яких у мене немає. Тому хочу просити вас дати мені в борг, а я буду відробляти й віддавати вам частинами. Ви ж мене знаєте! Я працюватиму як проклята! Гаруватиму день і ніч, щоб з вами розрахуватися! Толик залишиться з Максимчиком, не пиячитиме, доглядатиме за ним. Він коли тверезий, то такий турботливий батько! — говорила вона швидко і збуджено. — Тільки не поспішайте мені відмовляти, подумайте добре! У мене, окрім вас, нікого немає!

— Що ти хочеш довести матері? — запитала Ореста.

— Я зароблю грошей, відремонтую дім, літню веранду добудуємо, вікна пластикові поставлю, проведу в будинок газ і воду, замовлю нові меблі, паркан поставлю, щоб було все, як у людей! І тоді привезу матір, покажу все, похвалюся родиною і всім, що сама заробила! Нехай тоді пожалкує, що таку кмітливу та роботящу доньку викинула зі свого життя!

Марусина й Ореста мовчали, на них з надією дивилася розчервоніла чи то від випитого вина, чи від збудження Любаня.

— Я допоможу тобі, — промовила Ореста, — у мене є деякі заощадження. Але чи варто працювати заради того, щоб тій жінці щось доводити?

— Та хіба тільки заради неї? Я хочу, щоб моя дитина жила сито, щоб у неї був одяг, не гірший, ніж в інших діточок, щоб іграшки та книжечки були. До речі, ви знаєте, як Максимчик любить слухати казки? — говорила Любаня.

— Я також допоможу з коштами, але тільки так, щоб вони не потрапили до рук твого Толика, — сказала Марусина.

— Дівчатка! Мої хороші! Мої найкращі у світі подружки! Я ніколи не забуду вашої доброти! — розчулено промовила Любаня й поцілувала кожну з них по черзі.

Розділ 61

Наприкінці січня новина від Орести шокувала Марусину.

— Джоні викрав доньку, — подавленим голосом сповістила вона по телефону.

— Як викрав?! Де це сталося? — стривожилася дівчина.

— Я була на роботі, мама вивела Івгу на прогулянку. Вони гуляли в нашому дворі на дитячому майданчику, коли з машини вискочили два чоловіки, схопили донечку й поїхали, — пояснила Ореста.

Марусина запитала, чи впевнена вона, що то був Джоні з кимось, чи, може, хтось інший.

— Я одразу звернулась до поліції, вони опитали свідків — і, за їхнім описом, то був він.

— Поліція щось робить? — запитала Марусина.

— Та нічого вони не роблять, кажуть, що самі вирішуйте, як ділити дитину — не хтось чужий викрав, а батько, —

розповіла Ореста. — Кажу їм, що треба впевнитися, що то був саме Джоні, і лише тоді вони переглянули запис камери спостереження. Я підтвердила, що Івгу викрав мій чоловік.

— І що ж тепер робити?

— Я підняла на ноги місцевих журналістів, і одна дівчина через свої канали дізналася, що Джоні не покидав межі України, тож він з дитиною ще десь тут переховується. Та журналістка пройнялася моєю проблемою, як своєю, і порадила їхати в Київ і там добиватися повернення дитини, поки не пізно. Там зі мною зустрінеться її знайомий столичний журналіст, зроблять репортаж, і так є надія повернути Івгу, — пояснила Ореста.

— Ти де зараз?

Сестра сказала, що вже на під'їзді до столиці, тож Марусина попросила тримати її в курсі й телефонувати в будь-який час доби. Наступного дня Ореста повідомила, що стоїть із самого ранку під будівлею Верховної Ради, тримає плакат з написом «Допоможіть повернути мою доньку!»

— Журналіст уже зробив репортаж? — запитала її Марусина.

— Ще ні, мені телефонувала знайома журналістка і перепросила за те, що її колега терміново поїхав у відрядження і буде в Києві за кілька днів, — розповіла Ореста.

— Та невже там нема інших репортерів?

— Напевно, десь є, — промовила із сумом жінка. — Та хіба я тут одна? Сюди йдуть люди зневірені, часом безпорадні, з останньою надією. Тут чимало тих, які втратили останню краплю довіри до правоохоронних органів та продажних судів. Кажуть, часом до адмінбудівлі приходять проплачені молодики, але поки я їх не бачила, здебільшого стоять такі, як і я, чекаючи на допомогу.

— Як я тебе розумію! Сестричко, якби я мала змогу, то приїхала б тебе підтримати, — сказала Марусина.

— Я справлюсь сама, — мовила Ореста. — Кияни — дуже чуйні люди. Підходять, розпитують, підтримують хто добрим словом, хто каву чи чай гарячий принесе, хто перекусити щось. Гадала, треба шукати десь ночівлю, так мене одна жіночка запросила до себе переночувати.

— У важких ситуаціях навіть сильні духом потребують підтримки. Як добре, що є небайдужі люди!

Марусина не знаходила собі місця. Вона так перейнялася бідою сестри, що не хотіла ані їсти, ані пити. Коли лягла в ліжко, Микола почав до неї підлещуватися й цілувати.

— Не зараз, Колю! — попросила вона. — Ти бачиш, у якому я стані?

— Не в тебе ж горе, а в сестри, — зауважив він.

— Якби навіть Ореста була б мені чужою, то я все одно б за неї хвилювалася! Невже ти не розумієш, як це — втратити дитину?! — спалахнула Марусина.

— Вона ж її не втратила — не розумію, чому здійнявся весь цей галас? Дитина в рідного батька, і він має такі самі права на неї, як і мати!

— Але ж не таким підлим способом!

— А Ореста вчинила чесно, забравши Івгу і таємно покинувши країну?

— Вона мала й надалі жити в повсякденному приниженні та знущаннях?! І все це на очах дитини! Ще не відомо, що Джоні зробить з дівчинкою!

— Не перекручуй! Він — батько, який, до речі, любить свою доньку, інакше б не приїхав в Україну і не вкрав Івгу!

— Тобі ніколи не зрозуміти Орести, бо ти — черствий! — психанула Марусина й відвернулася від чоловіка обличчям до стіни.

Розділ 62

На третій день стояння під будівлею Верховної Ради Ореста повідомила Марусині, що незнайомий чоловік передав їй конверт і швидко зник.

— У конверті були світлини, де моя мама сидить на лавці біля дитячого майданчика, а Івга спускається з гірки, — розповіла Ореста. — На іншій біля мами сидить безхатько. Між ним та мамою на лавці стоїть склянка та пляшка горілки, на третій — бомж простягає мамі склянку з горілкою.

— Твоя мама не питуща, — сказала Марусина, — вона ж на ліках живе. І звідки ці фото?

— Упевнена, що Джоні стежив за ними і зробив ці компрометуючі світлини. Мама навіть у свята нічого не п'є, тому я вирішила зателефонувати їй і все з'ясувати, але зробила ще гірше, — розповіла Ореста. — Мама розказала, що й справді до неї підійшов безхатько, запропонував випити, вона відмовилася, і він пішов. Саме після цього викрали Івгу. Можу припустити, що Джоні міг його підкупити, щоб зробити потрібні світлини.

— Навіщо? — здивувалася Марусина.

— Щоб показати, мовляв, бабуся бухає з бомжами, а в цей час дитина покинута напризволяще, — пояснила Ореста. — Тобто він хоче довести, що не крав, а рятував дитину від п'яної бабусі.

— Як це ницо з його боку! Він гадає, що це його врятує?! Підлість ще нікого не звеличила й не зробила щасливим.

— Не знаю, чи Джоні ця підлість допоможе, але мамі я зробила гірше — після моєї розповіді її ушпиталили з гіпертонічним кризом. Тепер мені ще важче.

— Тримайся! І вір, що все буде добре, — сказала їй Марусина. — Я далеко від тебе, але подумки поруч.

Наступного дня Ореста повідомила, що дівчина-журналістка підняла своїх знайомих із столиці і вдалося з'ясувати, що Івгу Джоні утримує у приміщенні посольства Данії в Україні.

— Тож я їду туди, — сказала Ореста.

Уже ввечері того ж дня Марусина, передивляючись новини на українських сайтах, побачила світлину сестри з плакатом у руках. «Дитину забрав колишній чоловік і сховав в адмінустанові» — таким був заголовок. У статті писали, що українка влаштувала акцію протесту під посольством Данії в Києві, стверджуючи, що її колишній чоловік викрав доньку. Зранку вже було викладене інтерв'ю з Орестою, де жінка розказувала свою історію, заявляючи, що не знає, який стан здоров'я її дитини, і висловлювала побоювання, що чоловік може вивезти дитину за межі України. «Мені стало відомо, що Джоні подав документи на розлучення, — розповідала Ореста, — але я не впевнена, що фізичний і моральний стан доньки задовільний, тому найперше вимагатиму побачення з дочкою та огляду дитини в моїй присутності!»

Незважаючи на те, що Ореста була схвильована і морально розбита, вона не виказувала зневіри і була налаштована рішуче, як справжня і сильна жінка-мати.

— Мені знову знайома журналістка допомогла, — сповістила Ореста телефоном сестрі. — Їй вдалося дістати відео з магазинчика навпроти дитячого майданчика. Усе, як я і припускала. На відео видно Джоні, який розмовляє з безхатьком і дає йому пляшку горілки та гроші. Після цього бомж підходить до мами, і видно, як Джоні їх фотографує.

— Як краде дитину також є на записі? — запитала Марусина.

— Є — і це головне! Тепер слід дочекатися реакції з боку данського посольства.

— Сподіваюся, що вона не забариться і тобі вдасться забрати Івгу.

— Хочеться вірити, — сказала Ореста. — Щодня приходять небайдужі люди й не лише співчувають і зігрівають мене, а й влаштовують протестні мітинги.

— Як мені хочеться бути поруч і підтримати тебе! — промовила Марусина.

— Я відчуваю твою підтримку на відстані, тож не переймайся, сестричко! — запевнила Ореста.

Марусина стежила за всіма новинами з Києва. Їх було чимало, бо викрадення дитини в матері привернуло неабияку увагу журналістів, тож майже у всіх новинах висвітлювалася ця подія, але минуло ще три дні — і нічого не змінювалося: Ореста, як і раніше, вимушена була цілодобово стояти під будівлею посольства, щоб ексчоловік не вивіз звідти Івгу. Лише на четвертий день з'явилося повідомлення про те, що на цю складну ситуацію відреагував міністр закордонних справ України, який мав розмову з данським колегою й отримав запевнення, що справа буде залагоджена. І справді, наступного дня Посольство Данії прийняло відеозапис від Орести й після цього дозволило допустити до дитини медиків та матір. Уже ввечері Ореста зателефонувала і з радістю сповістила Марусині, що їй передали доньку й порадили обом сторонам конфлікту звернутися до суду й у законному порядку вирішити питання, з ким залишиться дитина після розлучення.

— Ми їдемо додому! — радісно сказала жінка. — Попереду довгий і складний судовий процес, але я вже знайшла в Києві досвідченого адвоката, який пройнявся моєю проблемою й обіцяв допомогти вирішити питання в суді на мою користь!

— Напевно, його послуги не дешеві? — запитала Марусина. — Чи вистачить у тебе коштів, бо чималу суму віддала Любані?

— Вистачить! — відповіла сестра. — Адвокат згодився допомагати за геть символічну суму. До речі, як там Любаня?

— За місяць має вже отримати на руки всі папери та приїхати в Данію, — відповіла Марусина.

Розділ 63

На початку травня Любаня приїхала в Данію. Марусина зустріла її з маршрутки і повезла до місця роботи. Жінка мала працювати на фермі за шістдесят кілометрів від Марусини, тож було зрозуміло, що бачитимуться подруги нечасто.

— Я не буду брати вихідних, щоб якнайшвидше повернути борги, — збуджено говорила подруга. — Знаю, що буде важко, але я звикла до труднощів і все витримаю.

— Ні, відпочивати потрібно, бо з ніг швидко звалишся, — зауважила Марусина і запитала, як там Любанин чоловік.

— Я дала йому п'ять тисяч гривень і відправила на кодування в місто, тож усе гаразд, тепер він не буде пиячити і добре глядітиме дитину, — розповідала дорогою жінка. — Залишила Толику картку, на яку надходять виплати на дитину — хоча й невеликі суми, але все ж таки хоча б щось. Картоплю встигла посадити, тож Толик збере врожай і матиме що взимку їсти. Насіння на розсаду посіяла — буде своя, а це значить, що помідори та огірочки будуть. Не пропадуть мої чоловіки!

— Що нового в селі? — поцікавилась Марусина.

— У Ростика син народився, — сказала Любаня. — Ой! Може, не треба було це тобі говорити?

— Чому ж? У нього своє життя, у мене своє, — відповіла Марусина. — Сестра Віра також має народити ось-ось. Феодали все ще лаються?

— Мені шкода Ірину Гнатівну. Хоча ми ніколи особливо й не товаришували, але вона добра жіночка, при зустрічі завжди запитає, як справи, чимось допоможе, а ось з чоловіком їй не пощастило, — сказала Любаня.

— Якби ж ми, жінки, знали наперед, кого вибираємо! — промовила Марусина.

Дівчина відвезла Любаню до місця роботи, почекала з нею хазяйку, яка провела її до кімнати проживання.

— Як і я, почнеш працювати на фермі з корівками, — сказала Марусина й дала подрузі деякі корисні поради, керуючись своїм досвідом такої роботи.

Попрощавшись, Марусина поїхала до себе. Микола був удома, лежав на ліжку й дивився телевізор.

— Зустріла? — запитав він, не відриваючись від перегляду фільму.

— Так, зустріла й відвезла до місця роботи, — відповіла Марусина.

Микола відірвав погляд від екрана телевізора, подивився на дружину. Та сиділа навпроти нього, склавши руки на грудях.

— А ти чому така похмура? — запитав він. — Щось із Любанею не так?

— Та ні, все добре. Думаю, як там її синок із батьком? Шкода малого.

— І тому ти така замислена?

— У мене затримка.

— Що за затримка?

— Та затримка, яка буває в жінок у певній ситуації.

— На скільки днів?

— Шість.

— Треба купити тест на вагітність.

— Треба. А якщо я завагітніла?

— Що-о-о?! Яка вагітність?!

— Іноді діти можуть з'являтися не тоді, коли ми плануємо, — промовила Марусина й усміхнулася. — Ми ж, Колю, мріяли про діточок. Пам'ятаєш? Хлопчик і дівчинка або дівчинка й хлопчик!

Миколу мов варом обдали від її слів. Він підхопився з місця, як скажений, вирячив очі на дружину й заволав:

— Ти що?! Зовсім здуріла? Які діти?! Ти своєю головою подумала?!

Марусина сторопіла від почутого й дивилася на чоловіка широко розплющеними очима. Микола метався з кутка в куток, кричав, бризкав слиною й розмахував руками. Він звинувачував Марусину в тому, що погано запобігала вагітності, що діти зараз не бажані, бо можуть їх зв'язати. У неї ніби щось завмерло всередині, коли таким побачила свого чоловіка. Вона не шукала слів виправдання, не заперечувала Миколі — лише розуміла, що так не повинно бути. Марусина подумала про те, що якщо й справді завагітніла, то колись народить дитину і ніколи не зможе розповісти їй, яка була перша реакція батька, коли той дізнався про неї.

— Що скажеш? Чому мовчиш? — запитав Микола, зупинившись навпроти дружини.

Марусина повільно підвелася, мовчки докірливо подивилася йому в очі. Гадала, що не витримає він того погляду, але ж ні — Микола боляче схопив її за плечі, повторив своє питання.

— Що я маю сказати? Якщо вагітна, то буду народжувати, з тобою або без тебе, — промовила спокійно.

І знову почалося! Микола волав про те, що ніякі діти йому не потрібні, він ще занадто молодий, щоб не спати ночами й міняти підгузки, а Марусина мовчки пішла до ванної кімнати й зачинила за собою двері. Вона довго стояла під струменями теплої води, які заспокоювали, пестили її, стікаючи по тілу вниз. Коли вимкнула воду, за дверима було тихо. Вона витерла тіло м'яким рушником, вдягла піжаму і вийшла. Микола сидів і щось дивився в телефоні. Марусина мовчки лягла на ліжко, чоловік поклав руку на її плече.

— Мала, вибач, я скипів, коли таке почув, — сказав він уже спокійно, — але подумай: нащо нам зараз дитина? Ми ж хотіли з тобою спочатку побачити світ, пожити для себе, а потім, коли буде дах над головою, подумати про дітей.

— Можеш бути спокійний: я не вагітна, — промовила вона тихо, не дивлячись на нього. — Я помилилась.

Розділ 64

За тиждень стосунки між Марусиною та чоловіком увійшли в спокійне русло, але на душі в дівчини залишився неприємний осад. У неї був вихідний, Микола вже повернувся з роботи, коли йому хтось подзвонив на мобільний. Чоловік, як завжди, відповів коротко: «Добре. Я зрозумів. Домовились», — і надіслав повідомлення. Поклав телефон і пояснив:

— Я в душ, освіжусь і поїду на роботу, там якісь проблеми.

Коли Микола зачинив за собою двері, на його мобільний надійшло повідомлення. Марусина жодного разу не брала чоловіків телефон, але цього разу ніби її щось підштовхувало зсередини, щоб переглянути повідомлення. Вона вагалася кілька хвилин, але цікавість перемогла, і дівчина взяла мобільник у руки. «Буду за годину. Я в душ!» — прочитала повідомлення, надіслане Миколою на непозначений номер. Вона відкрила отримане й остовпіла: там була світлина оголеного чоловіка в душі, і, хоча він стояв спиною, було зрозуміло, що то її чоловік. Земля почала хитатися у неї під ногами, коли зрозуміла, що ту світлину зробила коханка. Марусина з мобільним телефоном у руках безсило опустилася на стілець, завмерла, скам'яніла, мов статуя. У голові не лишилося думок, окрім однієї: її зрадили. Коли Микола вийшов з ванної, то одразу звернув увагу на те, що його мобільник у руках дружини, і все зрозумів. Чоловік лише на коротку мить завмер, потім швидко зорієнтувався в ситуації і зовсім спокійно, ніби нічого не трапилося, сказав:

— Мені сподобався той шампунь, що ми з тобою купили.

Марусина сиділа не ворухнувшись і дивилася на чоловіка великими очима. Він не витримав її погляду, сів поруч, запитав:

— Що трапилося, люба?

Вона поглядом вказала на мобільник.

— Не зрозумів. Щось не так? — запитав він.

— Подивися сам, — глухим голосом промовила Марусина.

Чоловік узяв телефон, відкрив повідомлення, зробив здивований вираз обличчя.

— Не зрозумів. Що це?

— Це ти, Колю, у душі, і, до речі, не в нашому.

— Якась дурня! Це не я!

— Не клей дурня. І ти, і я розуміємо, що це ти і тебе сфотографувала коханка.

— Та не я це! Не я! Звідки ти взяла, що це я? Якийсь чоловік стоїть спиною під струменями води. Це може бути будь-хто!

— А родимка на правій лопатці? Вона також не твоя?

— Та таких родимок можна сотню намалювати на компі! Це якась підстава! А ти, як дурепа, повелася! — роздратовано говорив він. — Ніяка нормальна жінка не повірила б, а ти ведешся!

Микола попив води, заспокоївся, сів біля дружини. Він хотів обняти її за плечі, але Марусині стало так бридко, що вона здригнулася від його дотику, як від холодної жаби.

— Ті нескінченні дзвінки тобі... — почала жінка, але Микола перервав її і вкотре повторив, що телефонують йому лише з роботи.

— Ти мені віриш, Марусинко?

— Я не вірю тобі. Я тобі не вірю, — промовила вона, розхитуючись тілом. — На фото чітко видно, що то ти, але ти сам не зізнаєшся, заперечуєш. Ти мені брешеш, Колю! Дивишся в очі й плетеш нісенітниці.

— Я ніколи тобі не зраджував! І будеш останньою дурепою, якщо повіриш тому, хто хоче нас розсварити! — сказав він і швидко одягнувся. — Піду заспокоюсь, бо від твоїх безпідставних ревнощів у мене дах зірве!

Марусина лягла на ліжко, згорнулася клубочком. Хотілося забути все, заснути, щоб, прокинувшись, зрозуміти, що то був лише дурний сон і в них із Миколою все добре, як і раніше. Їй хотілося вірити, що те надіслане фото — чийсь злий жарт, але не виходило. «У нього є коханка», — цвяхом сиділо в голові й заважало думати, перемкнутися на щось позитивне.

Згадувалося те хороше, що було між ними: спільні подорожі та мрії, плани на майбутнє, — але одразу все це затьмарювала одна нав'язлива думка: «У нього є коханка!»

Марусина не знала, що їй робити і як діяти далі. Хотілося плакати, але сльози ніби замерзли, скрижаніли в очах. Холодно було й на душі.

Телефонний дзвінок відволік Марусину від сумних думок. Вона не одразу відповіла — подумала, що то телефонує Микола, а його не хотіла наразі ні чути, ні бачити, але мобільник був наполегливим. Марусина взяла його в руки й побачила, що дзвінок від матері.

— Мамо, привіт! — сказала вона якомога спокійніше. — Вибач, не одразу почула дзвінок. Як ви там?

— У нас хороша новина! Віра сьогодні народила донечку! — радісно сповістила жінка. — Сорок дев'ять сантиметрів і три кілограми справжнього щастя!

— Предавай Вірі мої вітання, — сказала Марусина.

— Доню, що трапилося? Ти не рада такій новині?

— Ні-ні! У мене все добре, — поспішно запевнила маму. — Я справді рада за Віру.

— А ми з батьком які раді! А от у тебе ще немає дітей. У Віри все добре складається, є чоловік, уже двоє діток, своє житло і машина, а за тебе в нас болить душа. Їздиш по світах — і що з того? Не вдома, у чужій країні, ні кола ні двора, лише якісь нездійсненні мрії, — говорила мати, а в Марусини закололо у серці від почутого.

Жінка говорила доньці про те, що потрібно повернутися на Батьківщину, а в Марусини не вистачало сил навіть заперечити і сказати, що Данія для неї вже не чужа країна і хоч Україна завжди житиме в її серці, але й Данію вже встигла полюбити. Мама знову ставила за приклад сестру, і Марусині було боляче від того, що її ніхто не розуміє. Їй дуже хотілося поділитися своїм болем з кимось із рідних людей, але розуміла: поскаржитися матері не зможе, бо соромилася зізнатися, що її зрадили, і боялася, що не зрозуміють. Вона вислухала маму, попрощалась і відімкнула телефон, щоб не чути дзвінка від Миколи.

Розділ 65

Аж тиждень Микола запевняв Марусину, що то не він на світлині, умовляв заспокоїтися й забути.

— Я ж кохаю тебе, моя дурненька! Нам було добре разом, то не даймо шансу будь-кому зруйнувати нашу родину. Хочеш, помріємо про майбутнє? — говорив він дівчині.

Але їй не хотілося нічого — ані пити, ані їсти, усе валилося з рук, чого ніколи раніше з нею не траплялося. Іноді дівчині здавалося, що вона помиляється, що своїми руками руйнує родину, але знову і знову перед очима бачила ту світлину в телефоні. Марусина не підпускала до себе Миколу, просила зачекати і дати їй час. Дівчина сподівалася, що згодом заспокоїться і все буде, як раніше, але нічого не змінювалося: холод, що заліз у її душу, не покидав. Марусина не хотіла й не могла ні з ким поділитися своїми сумнівами, бо було соромно.

Одного дня, коли вона вже трохи заспокоїла себе думкою про те, що, може, і справді то був злий жарт недоброзичливця, і вони збиралися з Миколою вечеряти, чоловікові надійшло повідомлення. Від того звуку Марусину аж підкинуло на місці. Вона встигла схопити мобільник раніше, відкрила повідомлення, прочитала: «Коханий, ти пам'ятаєш?» — і, як доказ, далі була світлина. На ній — Микола в ліжку з оголеною дівчиною, яка робить селфі. Марусину кинуло в жар, у голові зашуміло й загуло.

— І це не ти?! Знову доводитимеш, що це не ти?! — скрикнула дівчина.

Микола взяв телефон, подивився світлину.

— Це не я! Фотошоп! — сказав він.

— І повідомлення не від коханки?!

— Ні. Це хтось хотів мені насолити.

— Як?! Як ти можеш?! Дивишся мені в очі й брешеш! Я тобі так вірила! — сердито кинула йому Марусина, і сльози вмить бризнули з очей.

— Ти маєш мені вірити!

— Після того, як уже точно знаю, що ти мені зраджуєш?! — плачучи, промовила вона.

— Я кохаю лише тебе!

— А спиш з іншою?! Ні, таким кохання не буває! Ось тепер зрозуміло, чого ти так збісився, коли я сказала, що, можливо, вагітна! — крізь сльози говорила Марусина. — А я майже повірила тобі після першого разу! Яка ж я наївна!

Марусина впала на ліжко, уткнулася обличчям у подушку й розридалася. Усе, про що мріяли, вмить провалилося в бездонну прірву, з якої вже не вибратися. Вона чула, як Микола психонув і пішов, грюкнувши дверима. Думка про те, що він побіг до коханки по втіху, зводила Марусину з розуму, і вона плакала, голосила і вила з відчаю.

Коли сльози були вилиті, дівчина відчула повне спустошення і безпорадність. Нестримно хотілося зателефонувати мамі, все розповісти, пожалітися, почути її заспокійливий голос, але зробити дзвінок не могла. «Батьки живуть у селі, одразу всі дізнаються про зраду мого чоловіка — і не кожен зрозуміє, не всі поспівчувають, навпаки, осудять, скажуть, що я була поганою дружиною, — розмірковувала вона. — Батьки — вчителі, тож підуть розмови, що одна донька нормальна, має родину, двох дітей, а інша — бродить по світах, чоловіка — і того не змогла втримати. Ні, мамі не можна зізнаватися в жодному разі!»

Марусина почала думати, як їй діяти далі, куди йти і що робити, але знала напевне, що так жити далі не зможе — їм потрібно розлучитися.

— Як боляче! Якби хтось знав, як мені боляче! — промовила стиха й огляділася, чи ніхто не чув її слів.

Ніде нікого. Лише вітер розгулявся за вікном, безжально розхитував дерева, бігав по даху будинку, і йому було байдуже до згорьованої жінки, вбитої зрадою того, кого любила, якому безмежно довіряла й від якого хотіла мати дітей.

По даху забарабанили перші нетерплячі краплі дощу, і за мить за вікном зашуміла злива. У таку негоду Марусині завжди було незатишно й хотілося, щоб хтось був поруч. Раніше в такі сірі дні вона чекала повернення додому чоловіка, але наразі не хотіла його бачити. Мала побути на самоті і вирішити, що робити далі. Хотілося напитися до непритомності, щоб не пам'ятати про те, що зраджують ті, кого любиш, але дівчина знала, що завтра вранці має бути на роботі, тож потрібно триматися. «Я втратила чоловіка, але не можу втратити роботи», — подумала вона.

Марусина відчувала таке фізичне знесилення, ніби її побили, але рішення про своє майбутнє мала прийняти самостійно й негайно. Перед весіллям вони з Миколою вирішили, що вона буде працювати на фермі і перейде на сімейну візу. Місцеві називають це «візою для возз'єднання». Вони зробили такий документ за згодою, бо тоді Марусина навіть подумати не могла, що колись переживатиме зраду.

«Якщо Микола подасть на розлучення, то прийде відмова у візі і я муситиму в чотирнадцятиденний термін покинути країну, а це неможливо, — розмірковувала дівчина. — Умить утратити все, чого досягла, і повернутися додому? Ні, так не хочу!»

До самого ранку Марусина роздумувала, але так і не вирішила, що робити. Микола ночувати додому не прийшов.

Розділ 66

Кілька днів поспіль Микола не психував, був спокійним і намагався вмовити Марусину одуматися й не робити кроків, про які потім шкодуватиме. Він приносив їй квіти, але ті залишалися лежати на столі. Марусина перебувала мов уві сні: мовчки щось робила по дому, милася, прала, ходила на роботу. Щасливе життя було зруйновано, і її охопила депресія. Марусина не бачила виходу, їй здавалося, що загнана в глухий кут, а як звідти вибратися — не знала: куди не піди, усюди бетонна стіна.

— Довго гратимеш у мовчанку? — запитав її чоловік.

— Що ти хочеш почути? — промовила без жодної емоції в голосі.

— Що все в нас буде добре.

— Було добре, але ти сам усе зруйнував, розвалив тими руками, які мене обіймали.

— То ти збираєшся зі мною жити чи ні? — сказав якось Микола.

— Не знаю.

— Прийшов час визначитися.

— Не знаю... Я втомлена, як ніколи.

— Я не маю наміру чекати, поки ти надумаєшся.

— Я не буду з тобою жити, — промовила вона, чітко карбуючи кожне слово. — Ти мені зрадив — і це кінець.

— Так! Зрадив! — погодився чоловік. — Хто не помиляється?

— І скільки часу ти так помиляєшся?

— Не більше року! Але обіцяю, що я її покину!

— Я не хочу з тобою жити! — повторила Марусина. — Я чітко висловилася?

— Навіть дуже! — закричав він. — Гаразд! Я тобі дозволю пожити тут, поки ти не знайдеш собі нове житло.

— Дякую, — промовила дівчина.

Минув тиждень — тяжкий, виснажливий. Марусина не те що підшукати нове житло — узагалі нічого не могла робити. Вона погано харчувалася, багато працювала і була настільки виснажена і зламана зсередини, що, здавалося, цьому не буде кінця.

— Я бачу, що ти не збираєшся звідси з'їжджати, — зауважив Микола, коли зрозумів, що Марусина не пробачить йому зради.

— Мені нема куди йти, — стомлено і байдуже сказала вона.

— Це вже твій клопіт, а не мій!

— Можеш трохи зачекати? — запитала жінка, хоча розуміла, що нічого найближчим часом не зміниться.

— Не можу і не хочу! — закричав він. — Вимітайся з мого житла негайно!

— Завтра.

— Ні! Сьогодні! До речі, я тобі закрию візу, і ти поїдеш з Данії у своє сране село! Обіцяю, що перекрию тобі кисень — і це не пусті слова, я знаю, як це зробити! Якщо навіть залишишся у країні, то я все одно тебе знайду й викурю звідси! І будеш ти у своєму селі фотомоделлю працювати!

Микола розсміявся їй у вічі неприємно, гидко й образливо. Марусинине терпіння луснуло, і вона вдяглася, схопила сумочку й вибігла надвір. У лице дихнув вітер, освіжив палаюче від гніву та сорому обличчя. Вона сіла в автівку і виїхала на трасу. Сльози застилали очі, і все навколо було схоже на картину аквареллю, на яку хлюпнули склянку води. Марусина не знала, куди і нащо їде — хотілося лише одного: швидше віддалитися від того місця й людини, яка її зрадила та зробила нещасною...

Розділ 67

Марусина їхала кудись без визначеної мети, не задумуючись, куди мчить і навіщо. Здавалося, вона хоче втекти від самої себе, від помилок, які наробила. Жінка не могла усвідомити і зрозуміти, що з нею не так і де помилялася, що привело до зради уже другого коханого. З обома чоловіками вона була відверта, не лукавила, не обманювала, про зраду навіть думки не було, чекала на кожного з них і могла піти у вогонь і воду, аби лише бути з ними. Її зрадив той, кому віддала свою дівочу честь, аби повірив у її щирі почуття, і, здавалося, вдруге такого не мало повторитися, але ж сталося! І коли? Тоді, коли обоє вирішили почати сімейне життя, одружилися й обіцяли бути разом усе життя.

«Куди поділися Миколині обіцянки? Де і коли він зрадив спільним мріям про мандрівки, про діточок, про окреме власне житло? — думала Марусина, і сльози самі котилися обличчям. — Чому все в моєму житті повторюється? Як жити після цього, коли нема віри, а кохання розтоптане черевиками і змішане з брудом?»

Навколо неї все сіре й незатишне, як і в душі. І нема світла попереду: як не напружуй очі — усе в сивому тумані, навіть мета стати моделлю розчинилась у ньому. Було відчуття, що без кохання і мрії вона не зможе жити — лише напівіснувати, і від таких думок дівчина щосекунди вмирала всередині.

— Не можу! Я так більше не можу! — чи то насправді промовила Марусина, чи прокричала її зболена душа.

Дівчина була на межі нервового зриву. Вона намагалася привести думки у певний порядок, але липкий клубок минулого неможливо було розплутати, коли здавалося, що два її кохані чоловіки витягли душу.

У Марусини в роті так пересохло, що здавалося, ніби язик прилип до піднебіння. Вона перевірила, чи не лишилась у пляшці бодай крапля води — порожньо. «Та що ж мені так "таланить"?! — подумала вона. — Навіть води немає, щоб попити!»

Дівчині так нестерпно хотілося пити, що вирішила десь зупинитися і купити води, але помітила, що населений пункт уже закінчується, а терпіти до наступного, де є крамниця, не було сил. Марусина зупинила автівку неподалік одного з крайніх будинків, відчинила дверцята, ступила на землю і відчула, як ноги одразу підкосилися. У голові паморочилося, усе навколо хиталося, але Марусина зібралася з силами і непевною ходою попрямувала до будинку. Короткий шлях здавався їй нескінченим, і вона відчула, що зможе впасти й не дійти.

— Ще трішки! Ще кілька кроків, — шепотіли її пересушені спрагою вуста.

Уже нічого перед собою не бачачи, навпомацки знайшла дзвінок і натиснула на нього. Коли перед нею з'явилася молода жінка, Марусина зрозуміла, що врятована.

— Допоможіть! Пити! — тихо промовила дівчина данською.

— Вам недобре? Я зараз допоможу! — почула вона українську мову.

Марусина погано пам'ятала, як опинилася на дивані в будинку незнайомих людей. Над нею схилялись то обличчя жінки, то чоловіка, але було байдуже.

— Як вас звати? — запитав чоловік данською.

— Марусина, — прошепотіли її потріскані від спраги вуста. — Я українка.

— Викликати лікаря? — запитала жінка.

— Ні, не треба. Я лише трохи відпочину й поїду, лише кілька хвилин... — промовила Марусина і заплющила очі.

Останні сили покинули її, і дівчина провалилася чи то в сон, чи в забуття...

Розділ 68

Маленькими кроками Марусина відходила від стресу й поверталася до життя. Як з'ясувалося, вона потрапила до родини Ольги — українки, одруженої з данцем. У сім'ї було двоє дітей, яких чоловік відвіз до батьків на кілька днів, щоб Марусина змогла спокійно одужувати й набиратися сил. Дівчині не хотілося нічого їсти, тож Ользі доводилося чи не з ложечки її годувати, умовляючи, як дитину. Вона бачила, у якому стані перебуває Марусина, і ненав'язливо, делікатно й турботливо намагалася повернути незнайомку до нормального стану. Ольга зателефонувала на роботу Марусини, попередила про те, що дівчина захворіла і не зможе кілька днів працювати. Жінка дала їй свій одяг — добре, що вони були майже однакової статури, — і завжди залишалася поруч. Марусина все ще була слабка. Вона майже постійно лежала і часто просила Ольгу посидіти поруч. Марусина брала її за руку, відчувала людське тепло, і від того їй ставало спокійніше на душі. Вона незчулася, як розповіла Ользі про своє життя.

— Усі вважали мене сильною жінкою, а я зламалася, — сказала Марусина.

— А я й зараз знаю, що ти сильна жінка, — сказала їй Ольга.

— То чому в мені зламався той стержень, що тримав мене в будь-яких ситуаціях?

— Ніхто не замислюється, як важко бути сильною жінкою. Таким набагато складніше, ніж тим, хто сходить зі шляху за перших же труднощів. Сильні йдуть уперед до своєї мети, як би важко їм не було. Вони витрачають на свій тернистий шлях багато життєвих сил, морально виснажуються, а стороннім здається, що їм усе дається легко. Такі жінки не люблять скаржитися на життя, не розповідають, як їм іноді тяжко, що вони також плачуть, але тільки в душі. Іноді вони беруть на себе занадто великі навантаження, ставлять для подолання високі планки й не завжди розраховують сили. Тоді їх покидають життєві сили, але не для того, щоб зламати, а дати можливість перепочити й набратися сил, щоб знову йти вперед до своєї мрії, — сказала їй Ольга.

— Ти маєш рацію, — промовила Марусина після паузи. — Я справді стомлена і виснажена — і морально, і фізично.

— Ти маєш відпочити, а я буду поруч, — пообіцяла жінка.

Щойно Ольга залишала Марусину на самоті, думки про життєві негаразди поверталися до дівчини, цвяхом впивалися в душу. Нестерпно боліло зранене нещодавніми подіями та спогадами серце, і вкотре вона провалювалась у прірву безнадії. Але Ольга знову підходила до Марусини, годувала і поїла з ложечки й багато розмовляла, намагаючись відволікати її від спогадів.

— Минуле не може повернутися, але тобі потрібно навчитися знаходити втіху в теперішньому житті, — сказала їй Ольга.

— Як, Олю? Як це зробити, коли кохані, найрідніші люди зраджують? Хіба можна після цього комусь вірити?

— Світ клином не зійшовся на двох чоловіках. Знаю, що важко, але тобі потрібно викреслити їх обох зі свого життя.

— Але ж є пам'ять — з неї нічого не викреслиш, як на папері.

— Я не казала, що потрібно викреслити з пам'яті, — зауважила жінка, — але з життя можливо. Ти така гарна! І мета в тебе красива — стати моделлю, тож чи варті чоловіки-зрадники такої красуні?

— Я просто хотіла бути поруч із ними щасливою.

— Не змогли вони тебе ощасливити, значить, не були твоєю половинкою. Твоя десь тебе ще шукає! Ти ж не одна помилилася і зупинила свій вибір зовсім не на тій людині, яка тобі послана згори, щоби жити з нею і в горі, і в радості. Я також одного разу помилилася.

— Ти?! — здивувалася Марусина. — Мені здається, що ти така розумна й розсудлива.

— Напевно, кохання затьмарює розум, — усміхнулась Ольга. — Була молода і нерозумна, коли закохалася в одного хлопця із сусіднього села. Він такі гарні слова говорив! Красиво залицявся, дарував подарунки, тож у свої вісімнадцять я, засліплена коханням, вискочила заміж і майже одразу завагітніла. Мої батьки загинули в автотрощі, коли мені було чотирнадцять, тож не мала з ким порадитися, нікому було зняти з мене рожеві окуляри.

Ольга замовкла. Марусина її розуміла, як ніхто, здогадуючись про розплату за кохання. Жінка помовчала, зробила глибокий вдих і продовжила:

— Він убив моє кохання своїми побоями ще тоді, коли чекала дитину.

— Бив тебе вагітну?!

— Так. Пиячив, а потім у нього ставалися напади агресії — і він мене бив. І не лише мене. Той чоловік убив нашу дитину.

— Як?! — із завмиранням серця запитала Марусина.

— Дівчинка народилася передчасно і дуже слабкою, лікарі тиждень намагалися врятувати життя нашої крихітки, але не змогли.

— Олю, люба, як шкода!

— Тоді я збайдужіла до всього — ніби померла. Є смерть фізична, а є душевна, — продовжила жінка. — Разом зі своєю дівчинкою я поховала своє минуле, майбутнього не бачила, але в мене було теперішнє, і я мала якось жити. Ти втікала з дому, від чоловіка, який зруйнував твоє щасливе життя, а я поїхала світ за очі, як тоді мені здавалося, хоча насправді — назустріч своєму щастю.

Ольга розповіла, що вирішила їхати на заробітки, бо сирота, роботи в селі не було, «потрібно було роботою заповнити порожнечу душі». Так вона опинилася на одній із ферм у Данії, де зустріла свого чоловіка.

— Ось бачиш, як трапляється: тікаєш від себе, від власного минулого й не знаєш, що мчиш назустріч новому коханню, — сказала Ольга. — Тепер у нас двоє діточок, і ми щасливі! І в тебе так буде! Ось побачиш: мине трохи часу, і ти будеш радіти зраді чоловіка, бо якби цього не сталося, ти б не зустріла того, хто має бути поруч із тобою до скону. Твій чоловік міг би й надалі зустрічатися зі своєю коханкою, ти б довіряла йому, у вас були б діти; коли весь його бруд сплив би назовні й ти дізналася про зради, кращі роки життя залишилися б уже позаду.

— Ти ж не одразу познайомилася зі своїм чоловіком? Як тобі вдалося відірватися від минулого? — запитала Марусина.

— По-перше, я багато й тяжко працювала, — сказала жінка. — По-друге, я познайомилась тут з українкою, яка була волонтером і допомагала хворим діткам, я приєдналася до неї і займаюся доброчинністю до цього часу.

— Діточкам з України? — запитала Марусина.

— Не лише, — мовила Ольга, — хоча більшість звернень саме з України. Були випадки, коли в нас просили допомоги з Грузії, Вірменії та Казахстану. Ми допомагаємо відправляти дітей на лікування в країни Євросоюзу, здебільшого в Данію, Бельгію, Німеччину, в окремих випадках переводили дітей у Білорусь і Туреччину.

— Добру справу робите!

— Розумієш, Марусино, я постійно відчуваю провину за смерть донечки, тому, коли допомагаю врятувати життя хворої дитини, стає трохи спокійніше. Ніби спокутую вину перед своїм янголятком.

— Олю, ти не винна.

— Я знаю, бо мені не було куди йти, але я мала б щось робити, а не терпіти його побої — і в цьому моя невиправна помилка.

— Як ти займаєшся благодійністю? — поцікавилася Марусина.

Ольга розповіла, що волонтери створили сайт, на якому розміщують відомості про дитину, котра потребує медичної допомоги чи хірургічного втручання, але батькам не вистачає коштів, і тоді небайдужі люди перераховують гроші.

— Часто влаштовуємо торги, виставляючи лоти з різними речами, а кошти передаємо на лікування дітей, — розповіла жінка. — Буває, що допомагаємо шукати потрібні клініки в Данії або в інших країнах.

— Добру справу робите! — повторила Марусина.

— Долучишся до нас?

— Обов'язково! — впевнено промовила дівчина. — Ось тільки наберуся сил.

— Спочатку тобі потрібно владнати свої справи з розлученням та візою, — нагадала Ольга.

За кілька днів Марусина обмінялася з Ольгою телефонами, подякувала і зібралася повертатися.

— Олю, я тобі така вдячна! Не знаю, що було б зі мною, якби я не зупинилася біля твого будинку! — сказала Марусина.

— У житті не буває випадковостей, — промовила жінка. — Ти мала зупинитися саме тут, щоб ми зустрілися.

— Ти стала для мене захисним щитом!

— Скажеш таке! — Ольга всміхнулася. — Обіцяй, що впораєшся з усіма труднощами!

— Я буду щасливою! — пообіцяла Марусина.

ЧАСТИНА ЧЕТВЕРТА

I все на світі треба пережити,
I кожен фініш — це, по суті, старт,
I наперед не треба ворожити,
I за минулим плакати не варт.

Ліна Костенко

Розділ 69

Нелегко було Марусині звільнитися від старого болю й відірватися від минулого — воно ще довго чіплялося за плечі й волочилося за нею, але допомогла Ольга, яка її підтримувала, залучала до благодійної роботи. Займаючись волонтерством, Марусина відволікалася від своєї проблеми, бо переймалася чужими, більш важливими, коли від невеликого кроку, від внеску кожної людини залежало дитяче життя. Відходили на другий план її особисті проблеми та образи, коли бачила світлину або відео хворої дитини, її очі. Вони хотіли жити, і Марусина усвідомлювала, що зуміє допомогти, і робила все можливе.

Про зйомки дівчина поки не думала, відклала їх на кілька місяців. Не тому, що її мрію поглинули негаразди, а тому, що потрібний був час, щоб увійти в життєву рівновагу. Вона змогла відкрити собі нову візу, змінити роботу. І дарма що довелося знову повернутися на роботу в корівник і житло її було на горищі, де місце — лише для ліжка та столика. Марусина пережила всі негаразди й готова була пристати на пропозицію Інги зробити фотозйомки для весняного каталогу верхнього жіночого одягу.

— Усе зробимо, — пообіцяла дівчина. — У нас є час?

— Кілька тижнів є.

— Тоді потерпи, поки я з’їжджу додому й повернуся повністю оновленою, — пообіцяла Марусина.

Ніч перед польотом дівчина майже не спала. Заважало приємне збудження та хвилювання, а ще боялася проспати. Відпустка була на тиждень, тож цілих сім днів вона зможе побути з батьками. Про розлучення не хотіла їм розповідати, вирішила, що зробить це, коли все владнає і стане знову на ноги, але Микола про все розказав своїм батькам, а ті, своєю чергою, подзвонили сватам. Коли мама запитала Марусину, у чому причина, та спокійним голосом сказала:

— Просто він мені зрадив, і ми вирішили, що далі разом жити не зможемо.

— Доню, може, не треба поспішати і все ще владнається? — схвильовано говорила їй мати.

— Ні, мамо, ми вирішили, що обом так буде краще: у кожного з нас своя дорога, яка веде в різні боки, і наші шляхи не перетинаються.

Про те, як їй було тяжко пережити зраду, як рятувала її Ольга, а також про не одне відро помиїв, які вилив на неї колись коханий чоловік, вона не розповіла батькам. «Від того, що вони знатимуть правду, нічого не зміниться, лише їм важко буде», — вирішила тоді Марусина, а зараз ще раз упевнилася, що вчинила правильно.

...Марусина угледіла вільне місце в лаунж-зоні аеропорту Копенгагена, сіла так, щоб видно було злітну смугу, поглянула на електронний годинник на стіні: до вильоту її літака в Бориспіль залишалося три години. Дівчина могла б приїхати в аеропорт пізніше, але навмисно прибула заздалегідь, бо залишатися вдома вже не мала сил. Сама згадка про те, що за кілька годин буде вже в Україні, ступить на рідну землю, побачить маму й тата, змушувала тріпотіти кожну клітинку тіла, а серце наповнювала приємним щемом.

«Як же я скучила за Батьківщиною, за рідними людьми, за своїм селом!» — подумала вона й зітхнула.

Марусина знала, що надвечір уже буде в рідній Березівці, сидітиме за столом на своєму улюбленому місці — біля вікна навпроти батька, — а мама метушитиметься, накриваючи на стіл. Батько всміхатиметься у вуса і запитуватиме, як жилося доньці в Данії, хоча все вже чув із телефонних розмов, а мама незле дорікатиме йому: «Відчепися від дитини! Не бачиш, що вона з дороги, стомлена й голодна!» І марно їй казати, що не хоче їсти: мамі завжди здається, що донька голодна — «Бач, яка худюща! Одні очі світяться!» Тато зауважить, що Марусина зовсім не худенька, навпаки, струнка і гарна, але сперечатися з мамою не буде, бо його дружина — справжній командир у спідниці, хоча й зростом ледь сягає йому до плеча. Приємні спогади про рідних теплом розливалися по тілу, і Марусина всміхнулася кутиками вуст.

Спогади понесли дівчину до рідної Березівки, звідки Марусина вирушила в далеку незнайому країну в пошуках щастя. Вона спостерігала, як на злітній смузі велетенські небесні птахи брали розгін, щоб піднятися в небо, несучи на собі людей у різні краї. Марусина думала про те, що люди давно навчилися літати швидше і вище за птахів, але й досі не знають, де на них чекає щастя. Де воно живе? У рідному краї чи в іншій крані? Яке воно насправді і чи кожному дано? Але для будь-якої людини воно омріяне й бажане. Зазвичай у жінок багата уява, і саме вона вбирає жіноче щастя в яскраві барви, вимальовуючи портрет того єдиного, найкращого у світі. Схожість жіночих фантазій лише в одному: поруч має бути надійний чоловік, з ним — спільні діти, затишок у домі й на душі. Повноту щастя можна відчути лише тоді, коли впевнено йтимеш по життю, знаючи, що є місце, де тебе завжди чекають, де тобі будуть раді.

Часом щастя жінки в тому, що вона в будь-яку хвилину може зірватися з місця й стрімголов кинутися на його пошуки. Жінка готова гризти землю, дертися на скелю, зриваючи нігті та збиваючи ноги до крові, розчаровуватися, помилятися, ображатися, плакати, падати ниць на землю лише для того, щоб передихнути й знову шукати щастя. Хтось урешті здобуде тиху сімейну гавань поруч із коханим, а хтось піде далі, спотикаючись і змиваючи сльозами бруд зі своєї дороги.

Здається, зовсім недавно Марусина, як і її подруги, вирушила в мандри, шукаючи своє жіноче щастя, а скільки часу спливло! Великі амбітні плани, надії, сподівання... Але доля до одних виявляла прихильність, а над іншими ніби знущалася. Попри все, у кожної з них було своє сафарі на щастя...

Розділ 70

Того року весна була рання, і сади зацвіли буйним цвітом у середині квітня. Марусина йшла рідним селом, милуючись садками біля хат, де плодові дерева обліплені білосніжними та рожевими квітами так, що не видно було й листочка. Часом легенький пустун-вітерець дмухав на них, і тоді сніжило пелюстками. Запах квітів, змішаний з річковою свіжістю та запахом зораної та скопаної землі, що вже прокинулася з весною і готова була до вирощування нового врожаю, — усе було Марусині миле і знайоме до щему в серці.

Нарешті вона вдома! І все, як і уявляла дівчина: мама зауважує, що донька занадто худенька, накриває стіл і дає вказівки батькові, що принести і куди поставити, а чоловік намагається поговорити з донькою, дізнатися, як там людям живеться в далекій незнайомій Данії. «Як добре бути вдома!» — подумала Марусина.

За столом мати обережно запитала доньку про розлучення.

— Що розповідати? Я не змогла пробачити зради, — сказала вона.

— Мариночко, не лізь дитині в душу, — озвався батько. — Дай їй поїсти з дороги!

— Як поживає Любаня? — поцікавилася жінка.

— Ми рідко бачимося, — сказала Марусина, — у неї має бути восени відпустка, тож приїде додому і все сама розповість. Як її чоловік? Як Максимчик?

— Як тобі сказати, доню, — зам'ялася жінка.

— Що там приховувати? — промовив батько. — Кажи вже, як є.

— Спочатку Толик не пиячив, дбав про дитину, навіть картоплю восени викопав, маринував огірки, помідори — усе, як треба було, а це після Нового року здибався з Танькою Пилипчук — ти, напевно, її знаєш.

Марусина трохи пам'ятала цю жінку, яку можна було часто побачити біля магазину, коли та або канючила в чоловіків цигарку, або збирала пляшки, які залишали з-під пива. Ходили чутки, що жінка дуже падка на оковиту й у неї живе то один п'яничка, то інший. За що вона існувала, було невідомо: Танька ніде не працювала, але завжди знаходила собі, за що випити й похмелитися. Кілька разів селяни її ловили на крадіжках: то курку вкраде, то гуску, що відстала від стада, то на городах зранку побачать викопану латку картоплі. Її кілька разів били, писали заяви до сільради, але до поліції справа не доходила.

— Ця Танька зараз сама живе? — запитала Марусина.

— Так. Узимку її співмешканця знайшли побитим і мертвим — кажуть, напевно, хтось піймав на крадіжці, добре нам'яв боки, а був мороз, то він уночі Богу душу й віддав, — пояснив чоловік.

— Так вона тепер Толика знайшла, безсоромниця! Знає, що чоловік одружений, що жінка вимушена була поїхати на заробітки, що дитина є. І, до речі, Танька старша за Толика років на п'ятнадцять! — розповіла жінка.

— Тепер Толик частенько заглядає до неї, і його вже не раз бачили напідпитку, — додав батько.

— Любаня передала дещо дитині та гроші, тож піду віднесу ввечері, — сказала Марусина.

Надвечір дівчина пішла до Толика. У вікні побачила тьмяне світло й подумала, що, може, вони вже полягали спати. Постукала у двері, чоловік відчинив їх, дихнув перегаром.

— А! Це ти? Заходь! — запросив до хати.

На столі стояла запалена свічка, і дівчина запитала, чому нема електрики.

— Відімкнули, гади! — відповів Толик, ховаючи під стіл пляшку з горілкою.

— Чому?

— Чому? Чому? За несплату! Ти проходь, сідай! — сказав він.

— Тобі ж Любаня щомісяця посилає кошти, — нагадала дівчина.

— Виходить, що недостатньо! Напевно, на своїх хахалів витрачає!

— Не мели дурниць! Ти ж знаєш, що вона тебе любить. А де це наш хлопчик?

— Максе! А йди-но сюди! У нас гостя! — погукав чоловік.

З іншої кімнати виглянув хлопчина, боязко подивився на Марусину.

— Сонечко, ти мене не впізнав? — запитала Марусина. — Ходи до мене, я тобі подарунки від мами привезла!

Хлопчик маленькими невпевненими кроками підійшов до Марусини, вона обняла його й відчула неприємний запах: було схоже, що дитину давно не купали й не перевдягали. Вона дістала із сумки іграшки та одяг, віддала хлопчикові. Дитина одразу розквітла від радощів, сказала «дякую!» і запитала, чи все це йому.

— Так! Це від мами подаруночки для її синочка Максимчика! — сказала йому Марусина.

— Мама скоро приїде? — запитав він, притискаючи до грудей подарунки.

— Скоро! Ти тільки чекай на неї! Добре?

— Тато каже, що вона мене покинула, — випалило хлоп'я.

— Ти що, маленький?! Мама тебе дуже-дуже любить! І скоро приїде і привезе ще більше подарунків!

— Я буду її чекати, — промовив хлопчик і всміхнувся.

Марусина попросила Толика відпустити дитину, щоб вона змогла вдома його скупати і перевдягнути.

— Та нехай іде! — сказав чоловік.

Сусідка привела дитину до ладу, розчесала волоссячко, нагодувала і вклала спати.

— Бідна дитина! — зітхнула Марина Олександрівна. — Доню, ти віддала Толику гроші?

— Ні, не віддала. Спочатку заплачу за світло, щоб підключили, — сказала Марусина.

— І продукти бажано закупити: крупи, гречку, рис, тушонку, — а то всі гроші підуть на одне діло! — сказав батько, торкнувшись долонею горла.

Розділ 71

Батьки Марусини були на роботі, а вона вийшла, щоб позамітати у дворі. Їй здалося, що чує голос Ростика та Ірини Гнатівни, прислухалася — і справді із сусідського подвір'я було чути, як мати з радістю зустрічає свого сина. Щось тьохнуло в грудях, коли до Марусини долинув голос Ростика. Цього разу вона також привезла із собою теку зі світлинами та буклетами, щоб довести йому те, що змогла чогось досягти в житті самостійно. Дівчина подумала, що їй випала хороша нагода, щоб зустрітися з Ростиком і, як планувала, кинути йому в обличчя свої світлини. «Я сама знайду, як з ним поговорити!» — вирішила.

Марусина була рішуче налаштована на зустріч. Вона відчувала приємне збудження, бо саме до цього йшла нелегким шляхом.

«Ростик ніколи не дізнається, як мені було часом важко, як іноді хотілося все кинути, але то були миттєві слабкості, які швидко минали, а він побачить на власні очі результати моїх досягнень, — розмірковувала Марусина, підмітаючи подвір'я. — Ще не здолана остання бажана вершина, але тепер я набралася сил і готова її підкорити!»

Прибравши двір, Марусина пішла до хати й заходилася готувати обід. Вона не почула, як хтось постукав, повернула голову, коли скрипнули вхідні двері — на порозі стояла Ірина Гнатівна.

— Доброго дня, Марусинко! — привіталася жінка.

— Вітаю! Проходьте! — запросила дівчина.

— Та я на хвилинку. Син приїхав, тож хотіла запросити вас, наших сусідів, на вечерю. Хочеться посидіти разом, погомоніти.

— Дякую вам, Ірино Гнатівно, я передам батькам, коли повернуться зі школи.

— І ти приходь, будь ласка.

— Навіть не знаю, — Марусина повела плечима.

— Нащо нам тримати в собі старі образи? Чи не так?

Марусина зупинила погляд на сусідці. Як вона змінилася з того часу, коли Марусина зустрічалася з Ростиком! Від колишньої «майбутньої свекрухи» залишилася лише її тінь, ніби щось невидиме виссало з неї життєві сили. Марусина згадала розповіді Любані про те, що Ірину Гнатівну зраджує чоловік. Напевно, жінка дуже страждала від того, тому так схудла й зблідла, здавалося, від життєлюбної швидкої жінки лишився скелет, обтягнутий жовтою шкірою. Марусина зараз, як ніколи, розуміла Ірину Гнатівну, бо сама нещодавно побувала в такій шкірі, але на її життєвому шляху трапилась Ольга, котра підтримала і витягла з жахливого стану. Ірина Гнатівна жила в селі й, окрім шушукання за спиною та осуду, нічого хорошого не чула, не мала підтримки й чахнула день за днем. Марусині по-людськи було шкода жінку, з якою вони колись так товаришували, хотілося, як раніше, обійняти, заспокоїти і сказати: «Женіть геть свого Феодала!», — але щось її стримувало. «Можливо, все ще стара образа?» — майнула думка.

— Приходь до нас, ми чекатимемо, — повторила жінка.

— Я прийду! — пообіцяла Марусина.

Коли повернулися додому батьки, Марусина запитала їх, чи спілкуються вони з сусідами.

— Звичайно! Що нам ділити? Це ж село, то нащо зайві пересуди? — сказала мама.

— Ірина Гнатівна запросила нас на вечерю, Ростик приїхав, — сказала дівчина. — Я обіцяла, що прийдемо.

— І правильно зробила! — сказав батько.

Увечері родина Бойченків пішла до сусідів. У Марусини підкошувалися ноги від хвилювання, коли переступила поріг. Скільки спогадів одразу звалилося на неї! У цьому будинку вона бувала із самого дитинства, і підлітком, і тоді, коли вважала себе нареченою Ростика. Ірина Гнатівна провела гостей до столу, який уже ломився від наїдків, а Марусина все ще топталася біля дверей, не наважуючись пройти. Дивилася на велике дзеркало, яке висіло на тому самому місці, як і тоді, коли дівчинкою любила крутитися біля нього. Як їй захотілося підійти й побачити в ньому ту маленьку Марусинку, яка любила наряджатися у різне вбрання і проходжатися, роздивляючись своє відображення! Не стрималася, ступила кілька кроків уперед — не було маленької дівчинки, у дзеркалі побачила гарну струнку жінку.

— Марусина не прийде? — почула голос Ростика.

— Та вона десь тут! — відповіла Марина Олександрівна.

Дівчина почула його кроки — такі знайомі і вже чужі, — як відголос минулого. Перед Марусиною стояв Ростик! Він роздався у плечах, змужнів, але усмішка та ж сама.

— Привіт, Марусинко!

— Доброго вечора, Ростику!

— Радий тебе бачити!

— Навзаєм! Як у тебе справи? — запитала Марусина, торкнувшись рукою сумочки з текою.

— Усе добре! Живу в Америці, як і прагнув, вийшов на міжнародні авіалінії, тож моє життя — це небо. А ти поглядаєш на дзеркало? Пам’ятаєш, як любила милуватися тут собою?

— Було таке.

— Чого ми тут стоїмо? Ходімо до моєї кімнати, там спокійно поговоримо, — запропонував він.

На другому поверсі, у кімнаті Ростика, усе було майже так, як і раніше, хіба що на столику з'явилися світлини Моніки та його двох дітей. Марусина сиділа поряд, скоса поглядаючи на фотографію жінки, на яку її колись проміняв Ростик. «Нема в ній нічого такого особливого, — подумала. — Казали, що гарна, що модель, але не така вже й красуня, як описували».

Ростик розповідав про життя в далекій Америці, порівнював з Україною й не згадував про дружину. Марусина мовчки слухала його, а потім довго дивилася на людину, яку колись кохала. «Дивно, що зараз у душі нічого не ворушиться, нагадуючи про минуле, не шаленіє серце. У ньому лишився тупий біль зради, який час від часу нагадує про себе, але де поділися ті світлі почуття? Чому не виникає ніякого бажання дістати теку й кинути йому в обличчя? Чому не хочеться крикнути, що я — краща за Моніку? Якась порожнеча всередині і трохи болю від зради та приниження», — думала Марусина.

— А ти як поживаєш, Марусинко? — запитав Ростик.

— Нормально! — усміхнулась вона кутиками вуст. — Працюю, живу.

— Я чув, що в тебе був невдалий шлюб. Ти розлучена?

— Так, я помилилась у своєму виборі і, на жаль, не вперше.

— Подейкують, що ти стала моделлю, а я не вірив, що зможеш, — сказав він з усмішкою.

— Ти помилявся, як і я в тобі.

— Марусинко, я побачив тебе, і віриш — усе всередині вмить перевернулося! — сказав він схвильовано. — Ти така... Така гарна! Я лише зараз зрозумів, що ніякі машини та закордонне життя не можуть зробити щасливим, коли нема поруч людини, яку кохаєш! Мені ні з ким не було так добре, як із тобою, ніхто й ніколи мене не розумів, як ти! Я дуже шкодую, що тоді так вчинив із тобою. Вибач, якщо зможеш!

Скільки років Марусина чекала на ці слова, а коли дочекалася, то вони були для неї вже пустим звуком. Ростик розказував, що його сімейне життя не таке вже й щасливе, як здається стороннім, що він розлюбив свою дружину і весь час думає про Марусину, що вона йому сниться чи не щоночі. Дівчина слухала його і не могла зрозуміти, де була та межа, переступивши яку вона збайдужіла до нього.

— Я зрозумів, що кохав і кохаю лише тебе! — збуджено говорив чоловік. — Ти — моє життя, ти призначена мені долею, і ми маємо бути разом!

— Що?!

— Я покину дружину, візьму розлучення, і ми будемо разом, уже назавжди! — промовив він і взяв її за руки.

Марусина повільно вивільнила свої долоні і, дивлячись йому прямо в очі, промовила:

— Ти ладен покинути дружину і двох малих дітей?

— Заради тебе так!

— Ростику, перед тобою не та наївна дівчина, яка віддала тобі дівочу честь заради того, щоб ти повірив у її почуття, а ти плюнув їй у душу. Зрозумій, я вже не та, якою була раніше.

— Нічого не важливе у житті, окрім тебе!

— Ти знаєш, яка вона — зрада? — сказала Марусина з ледь помітною сумною посмішкою на обличчі. — Вона болюча, як незагойна рана, вона вбиває віру і кохання.

— Я ніколи, чуєш, ніколи більше тебе не зраджу! То була моя найбільша помилка!

— У моєму житті ти був найбільшою помилкою. У нас ніколи не буде нічого спільного.

— Як, Марусинко?! Я ж кохаю тебе!

— А я тебе ні. Вибач, але мені час іти!

Марусина підвелася, взяла сумочку, де лежала тека з її світлинами, але чомусь зараз зовсім не було бажання кидати їх в обличчя Ростику.

— Зачекай! — він схопив її за руку. — Скажи відверто: ти мене кохала?

— Було таке.

— Справжньому коханню не стає на заваді розлука і час.

Марусина стояла обличчям до Ростика так близько, що чула запах його тіла. Вона дивилася в його очі, гарні, як і раніше, але серце мовчало.

— Знаєш, Ростику, ми іноді піднімаємось на вершину, спотикаємося, падаємо, знову ліземо вгору, здираючи нігті до крові, розбиваючи коліна, а коли дістаємося цілі, то розуміємо, що марно намагалися здолати гору, дерлися на неї, витрачали свій час і сили. Досягнувши мети, бачимо, що то була не та вершина.

— Ти про що це? — закліпав він.

— Подумай, коли буде вільний час, — сказала йому дівчина й пішла.

— Ти не залишишся на вечерю? — почула вона позаду себе.

— Ні!

Розділ 72

Марусина зателефонувала Оресті й запитала, чи зможе та приїхати, щоб побачитися.

— Вибач, сестричко, але не зможу, хоча дуже хотіла б, — відповіла сестра. — Працюю ще недавно, тож не відпустять.

— Так шкода!

— Може, ти приїдеш до нас?

— Ні, хочу побути з батьками, я так за ними скучаю! До того ж бабуся майже не ходить, мушу їй допомогти хоча б трохи, — пояснила дівчина. — У тебе як справи?

— Пам'ятаєш, я тобі розповідала про адвоката зі столиці, який займався нашим розлученням? Його звати Володимир. Він виграв справу в суді, і тепер Івга житиме зі мною. А поки тривали ці судові засідання, ми зблизилися з Володею. Схоже, я йому дуже подобаюсь! — радісно повідомила Ореста.

— А ти як до нього ставишся?

— Він мені також дуже подобається, але ми мало знайомі, і головне: боюся помилитися вдруге. Зараз Володя запрошує до Києва, хоче показати місто, тож зароблю відгули й поїду на кілька днів, але поспішати не буду, — розповіла Ореста.

Марусина побажала сестрі щастя й попрощалася. Увечері завела розмову з батьками про гроші, які Любаня передала Толику.

— Якщо одразу йому віддати, то проп'є, — сказала мати дівчини, — але й тримати їх у себе не маємо права.

— Завтра підемо до магазину, накупимо харчів, а що залишиться — доведеться йому віддати, — сказав батько.

Наступного дня гуртом пішли до магазину, накупили круп, цукру, консервів, тушонки й понесли до Толика.

— Що це? — запитав чоловік, поглянувши на пакети.

— Дружина передала гроші, тож ми вирішили закупити для тебе з дитиною харчі, — пояснила Марусина.

— Ви вирішили? Та хто вам давав право вирішувати, як розпоряджатися моїми грошима?! — заволав Толик, вирячивши очі.

Від його крику Максимчик затремтів усім тільцем, стиснувся, немов хотів стати непомітним, а потім тихенько, навшпиньки пішов в іншу кімнату.

— Ти знаєш чому, — сказала Марина Олександрівна.

— Бо проп'єш разом із Танькою! — додав Роман Семенович. — Так хоч буде чим дитину годувати.

— Моя дитина! І я сам знаю, що мені з нею робити! Ти диви, які благодетелі! Вони вирішили, що робити з моїми грошима! — психував чоловік.

— Візьми, — жінка подала йому решту коштів.

Толик схопив їх, перерахував, задоволено посміхнувся і сховав у кишеню штанів.

— Не супер, але хоча б щось! — сказав він. — Ще не відомо, чим моя дружина там займається!

— Твоя дружина гарує без вихідних! А ось чим ти тут займаєшся — знають усі! — спалахнула гнівом Марусина. — Ти хоча б знаєш, як ті гроші їй дістаються?! Та звідки тобі знати? Ти — ледар і п'яниця! До того ж зраджуєш Любані!

— А ти свічку тримала? — він скривив рота в неприємному оскалі. — Не піймала — не кажи!

— Чому ти дитину не купаєш? Не переш його одяг? Не водиш у дитсадок, де йому було б краще, ніж з тобою! — не могла вгамуватися Марусина.

— Мені видніше, де краще моєму синові! — огризнувся Толик.

— Наведи лад у хаті і покинь пиячити!

— А то що?

— Втратиш і дружину, і дитину!

— Ти мені погрожуєш? Мені?!

— Тобі! Тобі! — сказала Марусина й пішла з хати.

Її всю аж тіпало після тієї розмови. Вона не уявляла, як про все розповісти Любані і чи варто це робити. Марусина знала, що сусідка любить свого чоловіка, але була впевнена, що дитина в подруги — на першому місці.

— От що, що мені робити? — запитала в матері. — Чи варто все розповісти Любані?

— Навіть не знаю, як краще, — зітхнула жінка. — Спробую частіше до нього навідуватися, буду або змушувати готувати й прати, або сама пратиму одяг дитини. Коли в Любані відпустка?

— Восени вона приїде.

— То, може, якось дотягнемо до осені, а потім нехай сама подивиться, як тут буде, і вирішить, що робити далі.

— Згодна, — сказала Марусина.

Розділ 73

Як не хотілося Марусині покидати рідну країну та розлучатися з батьками, вона мусила повернутися в Данію. Дорогою до Києва думала про те, що, незважаючи на всі проблеми, їй у Данії було непогано. «Життя продовжується, — міркувала вона, — і вся його краса в тому, що воно плине й ніколи не зупиниться, не візьме тайм-аут, не сповільнить свій час. І як би не розривалася душа на шматки, як би не хотілося поставити велику крапку — усе одно доведеться вставати вранці, поспішати на роботу і... жити далі. І будуть попереду нові зустрічі, нові почуття, нові сподівання, стосунки, бажання. Попереду ще ціле життя...»

Був початок вересня, коли Ольга запропонувала Марусині поїхати разом на відпочинок.

— А твої як? — запитала вона.

— Збиралися поїхати кудись разом з чоловіком та дітьми, але в нього не виходить із відпусткою, тож він запропонував відправити на оздоровлення дітей разом із бабусею, а мені їхати деінде самій, — розповіла Ольга. — Я була проти, але мого чоловіка не переконати: він вирішив, що коротку тижневу відпустку я маю провести сама. От я й подумала, що краще буде, коли ми поїдемо з тобою разом, бо самій сумно.

— Я не так давно брала відпустку, коли їздила додому.

— Спробуй випросити ще один тиждень. Ну будь ласочка!

— Я спробую, але нічого не обіцяю.

— Ти ладна відмовитися від відпочинку на Кіпрі?!

— На Кіпрі? Звучить заманливо! — усміхнулася Марусина.

Дівчині таки вдалося взяти коротку відпустку, і вони з подругою вирушили на Кіпр. Удень милувалися неймовірною красою, відпочивали на пляжі, де було тепле море, сонечко і ніяких сумних думок. Надвечір подруги зібралися йти з пляжу, і Марусина подякувала Ользі, що та витягла її на відпочинок.

— Я почуваюся на десятому небі! — промовила захоплено Марусина. — Неймовірний релакс!

— Я ж казала, що тобі сподобається!

— Хотілося б побачити людину, якій би не сподобався відпочинок на Кіпрі! — засміялася Марусина.

Подруги йшли набережною, коли Марусина почула його голос. Він лунав з одного із набережних ресторанів і просто зачарував дівчину. Марусина йшла на нього, втративши зв'язок з реальністю. Чоловічий приємний голос манив її, і, здавалося, мелодійнішого й прекраснішого вона ніколи не чула. Вона зупинилася біля натовпу, що слухав його пісню, і завмерла, мов зачарована. Здавалося, дівчина покинула цю землю й літала разом з чарівним голосом десь високо в небі. У ресторані світилися вогники гірлянд, приємний морський вітерець пестив її тіло, обличчя, бавився волоссям, а Марусина не могла відірвати очей від виконавця пісні — високого, кремезного, привабливого юнака. Їхні погляди зустрілися, і чоловік уже дивився на неї.

Повернув Марусину в реальність легенький поштовх подруги.

— Підемо чи ще послухаємо? — запитала Ольга.

— Так!

— Що так? Ми збиралися десь перекусити й погуляти містом, — нагадала жінка.

Марусина, немов у сні, пішла за Ольгою, а в голові все ще лунала його пісня, чарівний голос виконавця, який тривожив і не відпускав. Подруги вечеряли, і Ольга бачила, що дівчина все ще літає десь у небесах.

— Хочеш, підемо ввечері до того ресторану? — запропонувала вона.

— Хочу! — відповіла Марусина. — Безмежно хочу!

Розділ 74

Він помітив Марусину одразу, як вона з Ольгою зайшла до ресторану й сіла за столик. Його голос знову заворожував її, полонив з першого звуку. Пісні під гітару видавалися найніжнішою мелодією світу. Кремезний сильний чоловік дивився на Марусину, і той погляд торкався самого серця дівчини, воно то завмирало у грудях, то ладне було вирватися назовні, бо там йому бракувало місця. Марусині здавалося, що його голос звучить лише для неї, і вона не могла відірвати від виконавця погляду.

— Який гарний вечір! — промовила вона, дивлячись на юнака. — Найкращий у моєму житті!

— Бачу, що він тобі сподобався, — сказала Ольга.

— Найніжніший голос у світі! — ствердила Марусина, перебуваючи у стані ейфорії.

Ольга більше не зверталася до подруги, лише мовчки подавала їй у руки безалкогольні охолоджуючі коктейлі та смузі. Марусина втратила лік часу, вона хотіла, щоб цей вечір ніколи не закінчувався, щоб чути голос і бачити очі незнайомця. Коли група закінчила виступ і подякувала присутнім, соліст поклав гітару, і Марусина з жалем подумала, що вже ніколи не почує голосу, який заполонив її серце. Дівчата підвелися й рушили до виходу. Марусина повернула голову, щоб востаннє побачити виконавця, і завмерла на місці: він стояв поруч!

— Мене звати Ной, — представився англійською.

— Я... Я — Марусина, — промовила схвильовано дівчина.

— Пропоную прогулятися берегом, — сказав він. — Такий чудовий вечір!

— Мені терміново потрібно в готель! — спохопилась Ольга. — Я там забула телефон, а має подзвонити чоловік! Ти, якщо потрібно, телефонуй! — сказала вона Марусині, чмокнула її у щоку і швидко пішла.

Марусина зняла босоніжки й ступила на піщаний берег. Її ноги вгрузали в теплий пісок, а хвилі пестили ноги, обдавали піною. Поруч ішов Ной, вони розмовляли.

— Ти знаєш, хто я? — запитав юнак.

— Окрім того, як тебе звати, — нічого про тебе не знаю, — відповіла відверто Марусина.

Хлопець здивувався, але й знаку не подав, лише сказав, що він доволі відомий співак, у нього є свій гурт під назвою «Molli».

— Я родом з Ірландії, там живе моя мама, а ще є два брати, — розповідав про себе чоловік. — Скільки себе пам'ятаю, увесь час грав на гітарі. Одного разу взяв участь у талант-шоу, що проходило в нашій країні, і хоч тоді не переміг, але настільки захопився, що створив свою групу. Тепер виступаю із сольними концертами, рідше — з гуртом, іноді пишемо ірландську музику, робимо кавер-версії на пісні, але гітара — то моє все!

Марусина запитала, чому гурт називається саме «Molli».

— «Моллі Малоун» — популярна ірландська пісня, яка стала одним із неофіційних символів. У ній ідеться про красиву молоду дівчину, яка торгувала на вулицях Дубліна та померла молодою від лихоманки, — пояснив Ной. — Я давно не був у відпустці, мій продюсер добре постарався, тож маю план концертів на наступні п'ять років: влітку найчастіше це Кіпр або Катар, узимку переважно летимо з гуртом до США, осінь — зазвичай у країнах Європи. Про себе я вже розповів, тепер твоя черга!

— Я — українка, живу в Данії й працюю на фермі, доглядаю за корівками.

Ной на мить зупинився, здивовано округлив очі.

— Ти на фермі? — усміхнувся. — Крутий жарт!

— Ною, я не жартую і справді працюю на фермі.

— Так не має бути, — сказав він серйозно. — Тобі потрібно знайти легшу та чистішу роботу.

— Зараз тобі все поясню, — сказала Марусина й зупинилася. — Україна і Данія уклали контракти про те, що українські студенти з аграрних вишів можуть приїжджати в Данію на практику. Тобто мають право жити і працювати в королівстві. Наразі моя віза прив'язана до місця роботи, тому, відповідно, жити і працювати я можу доти, доки маю основну роботу, і це — ферма. Зараз я можу працювати лише за освітою, тобто моя робота має бути пов'язана із сільським господарством, бо за освітою я технолог.

— Невже не можна щось змінити? Не може така тендітна та гарна дівчина працювати на такій важкій роботі!

— У планах отримати перманент — довгострокову візу, тоді можна працювати будь-де або піти на навчання в університет чи відкрити власну справу — будь-що! Тому я зараз активно вивчаю данську мову, потім будуть випускні іспити в мовній школі та основний — данські традиції, історія королівства і таке інше, — розповіла Марусина.

— Не знаю як, але тобі справді потрібно знайти іншу роботу, — сказав він.

— Яку?

— Наприклад, лаборанта.

— Це неможливо! В лабораторіях працюють ті, хто навчався, в основному місцеві.

— А ти пробувала?

— Ні.

— То варто спробувати! Ось побачиш, у тебе все вийде! — з упевненістю сказав Ной.

— Я спробую, — пообіцяла Марусина.

Ці двоє гуляли довго, але час спливав дуже швидко. Марусині здавалося, що вони вже давно знають одне одного. З Ноєм їй було просто і спокійно. Вони зустрічали сонце, яке виринало з моря, і розсталися біля готелю, де зупинилася дівчина, коли вже ожив ранок.

— Ти прийдеш завтра на мій концерт? — запитав юнак.

— Прийду!

— Тоді до вечора! — сказав Ной і подарував на прощання чарівну теплу усмішку.

...Марусина прокинулась майже по обіді. Ольги в номері не було, напевно, пішла вже на пляж і не схотіла будити подруги.

Розділ 75

Марусина пішла до ресторану, де виступав Ной. Ольга знала, що в молодих людей побачення, тому знайшла привід, щоб не заважати подрузі.

— Голова розболілася, — сказала Ольга.

— Чесно чи відмазка? — усміхнулася Марусина.

— Відмазка! — зітхнула жінка. — Ти так світишся, що можна від тебе сірники запалювати!

— Я не знаю, що зі мною коїться, — зізналася дівчина. — Таке враження, що ось-ось злечу над землею і вже не торкаюсь її ногами. Такий незабутній був вечір!

— То була ніч, Марусинко! — усміхнулась Ольга.

...Після концерту Марусина знову гуляла з Ноєм берегом. Вони зупинилися випити по коктейлю, сіли на лавку-гойдалку, щоб було видно море.

— Скажи мені щось українською, — попросив чоловік.

— Я родом із невеличкого села Березівка, — сказала Марусина. — Мої батьки — вчителі, працюють у школі.

— Яка милозвучна мова! Звучить, як пісня! — промовив Ной захоплено. — Що ти сказала? Переклади, будь ласка!

Марусина переклала, а чоловік просив її говорити ще українською й перекладати. Він вслуховувався у звуки, як у ноти, і не переставав дивуватися красі незнайомої йому мови. Дівчині було надзвичайно приємно, що її рідна мова так сподобалася Ною.

— Ти навчиш мене своєї мови?

— Звичайно! — пообіцяла вона. — Було б твоє бажання!

— Розкажи мені про себе, — попросив він.

Марусина не наважилася при першій зустрічі поділитися своєю мрією стати моделлю, але друге побачення їх швидко зближало. З Ноєм було легко, дівчина відчувала його щирість, тому, нічого не приховуючи, стисло розповіла про свій шлях до мрії.

— Ти обов'язково станеш моделлю, і я прийду на показ високої моди, де ти будеш на подіумі, а я — глядачем і твоїм шанувальником! — емоційно промовив він.

— Не знаю чому, але я зараз тобі повірила, — промовила Марусина і всміхнулася.

— Ти знаєш, яка в тебе гарна усмішка? — сказав він. — Усміхайся частіше — тобі це личить!

— Тобі справді подобається? — зашарілася дівчина. — Тоді всміхатимусь!

Марусина трохи розповіла про своїх батьків і попросила Ноя розказати про своїх.

— Батько пиячив і покинув нашу родину, коли ми з братами були ще малими. Мама нас самотужки піднімала, інколи допомагала бабуся, — розповідав він. — Я був найстаршою дитиною, тому пішов працювати на ферму ще підлітком.

«Ось чому він розуміє, як важко працювати на фермі», — подумала Марусина й запитала, чи спілкується з батьком.

— Він помер від пияцтва. Мама не одразу мені про це сказала, а коли повідомила, то я був далеко за межами Ірландії, — продовжив він розповідь. — Не знаю чому, але я тоді з відчаю заплакав. Мені, як хлопчику, завжди не вистачало чоловічого спілкування, хотілося, щоб поруч був батько, як в інших дітей, але не склалося. Усе життя хотів з ним зустрітися і запитати, чому так усе сталося? Чому він нас покинув і нащо пиячив? Коли зрозумів, що вже не отримаю відповіді на свої питання, настало розчарування. Після історії з батьком я дав собі слово, що ніколи не питиму, і тримаю його. Розумієш, Марусино, я не хочу бути схожим на батька. Кажуть, що діти часто повторюють долю своїх батьків, але це не про мене.

Марусина розповіла про Любаню і її Толика, який пиячить. Ной зізнався, що йому дуже шкода дітей, які страждають від батьків-пияків.

Вони знову разом зустріли схід сонця, і Ной провів її до готелю. Вранці, коли Марусина прокинулася, побачила біля свого ліжка величезний букет білих троянд.

— Прокидайся, спляча красуне! — сказала їй Ольга. — Принц надіслав твої улюблені квіти.

— А-а-а! — протягнула Марусина. — Я обмовилася, що обожнюю білі троянди.

— Він такий уважний?

— Ще не знаю, але мені здається, що Ной — та сама людина, на яку я так довго чекала! — промовила Марусина із захопленням.

— Подружко, я, звичайно, рада за тебе, але чи не боїшся ти...

— Що це просто курортний роман? — перервала її Марусина. — Сказати відверто? Боюся, ще й як! Але якщо у нас не складеться, то я знатиму, що моя душа після всіх розчарувань та зрад не зачерствіла, і наші побачення пам'ятатиму все життя!

Розділ 76

Дні летіли з шаленою швидкістю, настав час розставання — Марусина мала повертатися на роботу. У день відльоту вона домовилась про зустріч з Ноєм за три години, щоб побути разом. Вони гуляли й багато говорили.

— Незабаром я відлітаю на гастролі в США, — сказав юнак.

— Надовго?

— На кілька місяців. Наші зустрічі не можуть закінчитися так швидко. Я ще не встиг набутися з тобою, а вже треба розставатися. Ти прилетиш до мене?

— У мене немає візи до Америки.

— То треба її відкрити.

— Я оформлю візу! — пообіцяла дівчина. — Ми ще побачимося!

— Чому ми зустрілися так пізно?

— Головне, що ми зустрілися.

— Маємо дякувати долі, що це трапилося, — сказав він і обняв дівчину за плечі.

Від його проникливих очей кольору темного шоколаду в Марусини мліло й завмирало серце.

— Я чекатиму тебе, — сказав він. — Ти мені віриш?

— Я тобі вірю, — чітко карбуючи кожне слово, промовила дівчина. — І прилечу до тебе. Обіцяю!

— Подумай про роботу, — нагадав він. — Спробуй знайти іншу — у тебе вийде!

— Спробую!

Коли літак піднявся в небо, Марусина заплющила очі, а в голові все звучав його голос, який зачаровував, манив, кликав за собою...

— Схоже, ти й справді закохалася, — зауважила Ольга.

— Напевно, так! Знаєш, Олю, я нещодавно прочитала про один експеримент. Це було у 1993 році, коли молодим закоханим людям вирішили перевірити мозок на роботу нервової системи. Учені побачили яскраві кольори, які явно вказували, що феномен романтичної любові активізує прилив дофаміну у хвостовому ядрі так само, як це робить кокаїн та нікотин.

— І що це доводить? — запитала Ольга.

— Що кохання — це не емоція, як усі вважають, а скоріше залежність. Коли ці речовини надходять у мозок, це викликає щастя, навіть ейфорію, часом настільки сильну, що закохані не відчувають потреби в їжі або сні. Тобто закоханим добре під впливом кохання, а без нього стає боляче, часом навіть небезпечно, — розповіла Марусина.

— А то я бачу, що ти під впливом кохання розцвіла, — засміялась Ольга.

— Якщо я втретє помилюся, то не зможу пережити розчарування, — стиха промовила Марусина.

— Мама казала так: «Не думай про лихе, то воно й не прийде».

— Мої думки лише про нього!

Ной не обманув Марусини і зателефонував їй. Вони почали спілкуватися часто й подовгу, розмовляли то по телефону, то по скайпу. Ной нагадав дівчині, що вона обіцяла оформити візу в США, і та запевнила, що займеться цим найближчим часом. Передусім потрібно заповнити анкету на сайті, а там було дуже багато питань про роботу за останні п'ять років, про родину й колишнього чоловіка. Зрозумівши, що їй доведеться чи не все життя описати, Марусина звернулася по допомогу до Ноя. Разом вони знаходили вільний час і три дні заповнювали анкету. Залишалося пройти співбесіду і чекати на візу до штатів.

Розділ 77

У середині жовтня Марусині зателефонувала мати і сказала, що потрібно щось вирішувати з родиною Любані.

— Що трапилось? Щось лихе з Максимчиком? — стривожилася Марусина.

— Поки нічого не сталося, але може будь-якої хвилини, — сказала жінка. — Толик зовсім з глузду з'їхав.

— Запив?

— Випадково почула від чоловіків біля магазину, що він узагалі не кодувався від алкоголізму, а ті п'ять тисяч гривень, що йому дала Любаня, притримав, щоб пропити, коли вона поїде з дому. І я вірю, що таке могло бути.

— От свиня! Як він міг?! Вона ж по копійках ці кошти збирала, вірила йому!

— Для п'яниць нема нічого святого, у них цар і бог — оковита. Слухай, доню, далі, я розповім, що він коїть, і ми разом подумаємо, як маємо діяти, — сказала жінка. — Толик щовечора залишає дитину саму вдома, а сам іде до Таньки пиячити. Я перевіряла: пішла до них пізно ввечері, у хаті ледь помітне світло, заглянула у вікно — схоже, що свічка горить. Я постукала, але ніхто мені не відчинив.

— То, може, нікого вдома не було?

— Сусідка Ірина того вечора бачила, як він з тією п'яничкою йшов з дому без сина, тож виходить, що дитина сама вдома, і свічка горить. Так і до біди — один крок! — схвильовано говорила жінка. — Ми тут з батьком хотіли сходити до сільради і написати на нього заяву, але, добре поміркувавши, передумали.

— Чому? — запитала Марусина.

— Із сільради повідомлять про цю родину соціальним працівникам, а ті швиденько вилучать дитину і позбавлять батьківських прав не лише того алкаша, а й Любаню.

— І то правда. Що ж нам робити?

— Ми з батьком гадаємо, що потрібно все розказати Любані, нехай вона швиденько їде додому. А ти як вважаєш?

Марусина замислилася. Любаня і так мала за місяць їхати у відпустку на Батьківщину, але за цей час може трапитися лихо.

— Мамо, напевно, ви правильно вирішили, — сказала дівчина. — Іншого виходу немає. Бідна Любаня!

— Доню, тобі потрібно поїхати до неї і все розповісти віч-на-віч, негоже такі речі повідомляти телефоном. Зможеш?

— Звичайно! Завтра після роботи одразу з'їжджу до неї, — пообіцяла Марусина. — Потрібно якось делікатно все це їй подати.

— Навіть не знаю, як це зробиш, але постарайся легенько, щоб не було шоком.

— Спробую, потрібно її підтримати, — сказала Марусина.

Любаня неймовірно зраділа, побачивши подругу, але з виразу її обличчя одразу зрозуміла, що трапилося лихо.

— Максимчик? — упалим голосом промовила Любаня, миттю зблідла й безсило опустилася на стілець.

— Ні, ні! З ним усе добре! — поспішила заспокоїти Марусина. — Ти сядь, попий водички і спокійно мене вислухай.

— Добре, — кивнула головою подруга. — Я вже зрозуміла, що мені потрібно негайно їхати додому.

— Звідки ти знаєш?

— Раніше я телефонувала Толику і просила дати слухавку синові, але останній місяць його номер недоступний, тож я здогадалася, що Толик запив і мобільник свій проміняв на пляшку самогону.

— Ти майже все правильно зрозуміла, — сказала Марусина й розповіла, що коїть її чоловік.

— Я завтра ж виїду, — сказала Любаня, — тільки попроси своїх батьків не сповіщати мого чоловіка про приїзд. Хочу на власні очі побачити, що він там робить.

— Гаразд, я передам твоє прохання, — пообіцяла Марусина.

Розділ 78

Марусині зателефонував один зі знайомих фотографів і запропонував зйомки для рекламного буклета.

— Що потрібно рекламувати? — одразу запитала дівчина.

— Ти не зможеш відмовитися від такої пропозиції! — сказав чоловік. — Один із відомих брендів випустив нову продукцію — крем для обличчя! Потрібно твоє гарне фото!

— Обличчя крупним планом? Таких знімків у мене ще не було. Навіть не знаю, чи вийде.

— Думай до завтра! Зранку маю отримати відповідь!

Коли Ной зв'язався з Марусиною по скайпу, то вона запитала, як він ставиться до того, що їй подобається моделінг. Дівчина розповіла, що має амбітні плани і до своєї мети йде маленькими, але впевненими кроками. Не стала приховувати й того, що колишній чоловік не розумів і не поділяв її захоплення.

— Я вважаю, що кожна людина має право вибору, — відповів Ной, — і право займатися тим, що їй приносить задоволення. Наше життя не може складатися лише з суцільного щастя, але ми повинні навчитися ловити ті маленькі промінчики щасливих миттєвостей, які посилає доля. Лише так життя може наповнюватися, тобто бути повноцінним.

— То ти вважаєш, що я на правильному шляху?

— Звичайно! Життя — це рух! Камінь, що котиться, ніколи не обросте мохом!

— Як ти гарно висловився!

— Це не я, це життєва мудрість.

Марусина розповіла про пропозицію, яку отримала від фотографа, і поділилася сумнівами щодо того, чи вийде гарна світлина крупним планом.

— Ти маєш бути впевненою, і тоді все вдасться! — підсумував Ной і запитав, чи надіслала вона резюме до лабораторії щодо роботи.

— Поки ні, — зітхнула Марусина.

— Чому?!

— Не впевнена, що вийде, — боюся ще однієї невдачі в житті, — зізналася Марусина.

— Невпевненість у собі — як гальма в автівці. Ти повинна вірити в себе, бути впевненою у своїх учинках. Якщо навіть не вийде в одній лабораторії, то ще є інші, — сказав чоловік. — Щоб досягти мети, іноді потрібно чимось жертвувати. Подивись на мої пальці, — він підніс руку ближче до екрана, — глянь на їхні пучки.

Марусині було добре видно, що вони ніби розділені навпіл, на дві частини.

— Це від струн? — запитала вона.

— Так, я їх постійно затискаю, ті смуги настільки давно, що іноді мені здається, були із самого народження, — пояснив Ной. — Якби я шкодував пальці, мало працював, то не досяг би в житті того, що маю.

— Тобі боляче, коли граєш?

— Я їх не відчуваю, — усміхнувся Ной. — Тож погоджуйся на зйомки без жодних вагань!

— Можна я думатиму про тебе і про наші зустрічі на зйомках? — несміливо запитала дівчина.

— Думай про те, що я з тобою! І обов'язково мені повідом, як пройшли зйомки. І щодо нової роботи не забудь!

Фотограф був задоволений роботою з Марусиною. Дівчина ніби випромінювала світло зсередини, її щира усмішка була непідробною.

— Я ж казав, що нам усе вдасться! — задоволено вигукнув чоловік. — Вітаю, Марусино!

— Чекаю наступних запрошень! — усміхнулась вона.

Окрилена успіхом, Марусина повернулася додому і побачили, що її резюме було розглянуте керівником одного з відділень лабораторії, куди вона відправила документ після розмови з Ноєм.

Її запросили на співбесіду, і дівчина поквапилась туди. Вона дуже хвилювалася, бо то було відділення лабораторії однієї перспективної компанії. Марусина зустрілася з керівником, розмовляла данською, опанувала себе й трималася впевнено. Чоловік уважно її слухав.

— Похвально, що вивчаєте нашу мову й доволі непогано нею володієте, — сказав він задоволено. — Є робітники з інших країн, що по десять років у Данії працюють і навіть не намагаються вивчити данську.

— Я навчаюся в мовній школі, також самотужки вдосконалюю англійську, — сказала Марусина.

— Гаразд. Я візьму вас на роботу, вам усе пояснять, і, сподіваюся, ви впораєтеся! Хоча одразу попереджаю: робота відповідальна й потребує уваги.

— Обіцяю вас не підвести!

Марусині хотілося на радощах розцілувати чоловіка, але вона стримано подякувала, подарувала йому на прощання свою ясну усмішку й поспішила додому, щоб дочекатися дзвінка від Ноя й похвалитися своїми успіхами.

Вона надіслала йому нову світлину, і Ной не забарився з привітаннями.

— Яка ти гарна! — захоплено сказав він, побачивши її рекламне фото. — Усе вдалося!

— Завдяки тобі! — сказала Марусина. — А ще мене беруть на роботу лаборантом!

Розділ 79

Любаня могла б доїхати з райцентру до села останньою маршруткою, але не поїхала. У найближчому м'ясному павільйоні купила курку, зайшла в продуктовий магазин, де придбала для сина банани, і дочекалася, поки стемніє. Лише тоді взяла таксі й поїхала в Березівку.

Водія попросила зупинитися трохи поодаль свого подвір'я, розрахувалася, огляділася, чи ніхто її не бачить, і потягла величезну валізу на коліщатах. Тихенько прочинила хвіртку, пройшлася подвір'ям і сховала валізу за погребом. Сама залізла на «горловину» льоху, звідки було добре видно будинок і вихід з нього. У хаті ледь блискав тьмяний вогник. «Виходить, що світло знову відімкнули за несплату», — подумала вона.

Любаня прислухалася: з хати долинали п'яні голоси чоловіка та жінки. Їй хотілося увірватися туди й розігнати п'яничок, але вона мала все побачити на власні очі і впевнитися, чи правда те, що їй розповіли про чоловіка й Таньку. Особисто не була знайома з цією жінкою, але знала, де та живе. Час минав, а з хати ніхто не виходив, і жінка почала замерзати. Вона вже хотіла злізти й дістати теплішу куртку з валізи, коли скрипнули двері і на порозі з'явився Толик. Він вийшов похитуючись, подав руку жінці, яка ледь трималася на ногах.

— Прошу, моя любове! — сказав він, гигикаючи.

— Ти джентльмен! — жінка неприємно засміялася й гучно гикнула.

У Любані все всередині скипіло, але вона стрималася й дочекалася, поки парочка обнялася і пішла з двору.

«Зачекаю ще хвилин десять, бо можуть повернутися», — подумала жінка.

Минуло хвилин шість-сім, коли вона почула, як до сусіднього дому під'їхала автівка. Їй було видно, як з неї вийшов Василь Петрович, швидко пішов до будинку — там горіло світло. «Бідна Ірина Гнатівна, — подумала Любаня, — чекає свого чоловіка, не лягає спати».

Жінка зачекала ще кілька хвилин і вже збиралася спускатися вниз, коли її увагу привернула сварка сусідів. Ірина Гнатівна вибігла на балкон другого поверху, за нею — чоловік. Вона кричала і звинувачувала чоловіка у зраді. Те, що трапилося далі, шокувало Любаню. Вона почула жіночий крик і глухий удар тіла, яке випало з балкона, потім — крик чоловіка, який побіг униз і за мить був уже у дворі.

— Ні! Ні! Іро! Ні! — промовляв у відчаї Василь Петрович, стоячи на колінах біля тіла дружини.

Любаня ніби скам'яніла. Вона затамувала подих і спостерігала за тим, що відбувається у дворі сусідів. За кілька хвилин чоловік швидко вийшов з двору, озирнувся на всі боки, сів у машину й поїхав геть. «Може, вона ще жива й потребує допомоги?» — подумала Любаня.

Вона швиденько спустилася зі своєї схованки, побігла до сусідського двору. Ірина Гнатівна лежала ниць на асфальтованому подвір'ї в калюжі крові, яка повільно збільшувалася, розтікалася. У Любані тремтіли ноги й руки, коли наблизилася до жінки, нахилилася, прислухалася до дихання — нічого не чути. Тремтячими пальцями торкнулася шиї — пульсу не було.

— Господи! Який жах! — промовила вона пошепки й пішла геть.

Виглянула з двору — нікого, поспішила до свого подвір'я, забрала валізу, підійшла до дверей — вони були незамкнені. Тихенько відчинила їх, зайшла до хати. У ніс одразу вдарив неприємний запах перегару, сечі й калу. Спробувала увімкнути світло — марно, лише у другій кімнаті щось ледь блимало, кидаючи несміливі тіні. Любаня тихенько увійшла до кімнати, одразу поглянула на ліжко сина.

— Хто там? — злякано озвався хлопчик. — Ти Бабай?

Любаня на ходу зняла куртку, кинула її на підлогу, підбігла до ліжка.

— Синочку, це я, твоя мама! — промовила вона з любов'ю.

— Мама? — дитина впізнала матір, простягла до неї рученята.

— Я, моя радість, я! Іди до мене, сонечко!

Любаня хотіла взяти на руки дитину але щось її тримало.

— Ніжка болить! — промовило хлоп'я і скривилося від болю.

Жінка відкинула ковдру, і серце облилося кров'ю: хлопчик був прив'язаний паском з халата за ногу до ліжка.

— Зараз, моє сонечко, я зараз!

Вона відрізала пасок, узяла на руки дитину, розцілувала його щічки, волоссячко, рученята. Максимчик обійняв маму за шию і довго не відпускав. Любаня оглянула ногу дитини й жахнулася: біля обох кісточок ятрилися рани. Було схоже, що дитину часто прив'язували й не купали. Одна нога навіть посиніла, і Любаня взялася її легенько масажувати, обцілувала кожен пальчик.

— Хто це так робить? — запитала вона.

— Тато і тьотя Таня.

— Нащо?

— Щоб я не робив шкоди, коли їх немає вдома.

Любаня побачила на столі свічку в склянці, віск із неї капав на газету. На столі стояла брудна чашка з водою.

— Це водичка, щоб я пив, коли захочу, — пояснив Максимко. — Свічка, щоб не боявся, бо в нас у хаті живе Бабай. Коли я не слухаюся, то він може вилізти і мене забрати.

— Більше не буде ніякого Бабая! — промовила жінка й обняла дитину. — Максимчику, а якщо ти пісяти захочеш, то що маєш робити?

— Сходити в горщик, — він вказав під ліжко, — але я терплю, бо боюся Бабая. Тоді буває, що засну й упісяюся.

— І що тоді?

— Мене щипає тьотя Таня.

— Як це?

— Ось так! — сказав хлопчик і ущипнув пучками себе за ручку. — Мені боляче!

Серце жінки рвалося на шматки, вона пригорнула до себе дитину, змахнула непрохані сльози.

— Зараз пісяти хочеш?

— Так.

Любаня дістала з-під ліжка горщик, відкрила кришку — там було повно сечі та фекалій. Вона швидко винесла його, вилила в помийне відро, сполоснула горщик, подала дитині.

— Ти вечеряв? Їстоньки хочеш?

— Тато хлібчик мені давав.

— Зараз, моє сонечко, зараз я тебе нагодую!

Любаня знайшла свічки, наставила повсюди, щоб було видно в хаті, підкинула в грубку дров.

— Ось бачиш, сонечко, нема ніякого Бабая! Тобі нікого боятися! — приговорювала вона лагідно, а сама порізала курку на шматки, поставила смажитися на пательні, налила води в каструлю грітися. — Зараз ми змінимо постільку, а потім тебе скупаємо!

На ліжку була клейонка, прикрита невеличким клаптиком тканини з її старого халатика. Любаня дістала нову білизну, стару викинула в грубку.

— Дивись, скільки я тобі іграшок привезла! — сказала жінка.

Поки займалася справами, Максимчик роздивлявся подарунки. Коли брав нову іграшку, то радощам не було меж.

Підігрілася вода, Любаня влила її у ванночку, роздягнула дитину й завмерла: все тіло було в синцях!

— Що це, Максимчику?

— Це тьотя Таня щипала! Боляче! — пожалівся він.

Люттю наповнювалася душа Любані, коли бачила скалічене тіло своєї дитини. Вона скупала хлопчика, помила волоссячко дитячим шампунем, обмотала новим м'яким рушничком.

— Так краще?

— Так! — сказав хлопчик. Він усміхнувся, притиснувся всім тільцем до матері. — Моя мама! — промовив. — Я люблю маму!

— І я тебе люблю, моє сонечко!

Жінка дістала новеньку піжамку, вдягнула сина, обдивилася рани на ніжках, знайшла мазь, змастила їх. Коли обрізáла нігтики, розціловувала кожен пальчик. Вона накрила стіл і нагодувала сина. Максимчик їв курячу гомілку так, ніби його довго не годували. Любаня дивилася на нього, і здавалося, що серце не витримає й ось-ось розірветься на шматки.

— А тепер можна їсти банани й цукерки! — сказала вона і виклала ласощі на стіл.

Хлопчик не знав, за яку цукерку взятися, його оченята горіли, він перебирав солодощі, поки нарешті визначився й розгорнув блискучу обгортку.

— Смачно! Солоденько!

— Ти мій солоденький!

Коли дитина награлася іграшками, Любаня вклала його в чисте ліжечко, дала ведмедика.

— Він буде завжди тебе захищати, — сказала жінка. — А тепер заплющуй оченятка й засинай.

— Мамо, ти ляжеш зі мною? — запитав хлопчик і позіхнув.

— Так, моє ластовенятко! — промовила Любаня.

Вона прилягла поруч, поцілувала хлопчика в маківку, щічки, вушко й прошепотіла:

— Спи, моє золотко, спи.

Максимчик, обнявши ведмедика, швидко заснув.

Розділ 80

Любаня вийшла з хати, коли надворі була глуха ніч. На вулиці нікого — хоч голяка бігай, лише іноді обзивався гавкотом чийсь пес — не зі злості, а щоб сумно не було. Жінка пришвидшила крок і перейшла майже на біг. Усередині все клекотіло, пекло, розривало ненавистю груди до того, кого нещодавно безмежно любила. Здавалося, ще мить — і вулкан у її грудях вибухне назовні. Жінка швидко побігла безлюдною вулицею.

Перед хатою, де жила Танька, Любаня зупинилася, перевела подих. Тихо ступила у двір, підійшла до вікна. За столом сиділи її чоловік з жінкою і палили цигарки. Дим стояв, як туман восени над річкою. Танька щось сказала Толику, і він підійшов до вікна. Любаня присіла, почула, як він відчинив кватирку, тож долинула їхня розмова.

— Ну, ще по п'ять крапель — і баста! — прохрипіла жінка.

— Ну, давай! — озвався Толик. — За нас і нашу любов!

Було чути, як дзенькнули чарки, як задоволено крякнув чоловік.

— Ти, Танько, у мене найкраща! — промовив Толик. — Як добре, що ми тепер разом! От тільки малий заважає. Було б добре, якби моя колишня забрала його та пішла геть!

— Тоді б ми продали твою хату і зажили приспівуючи! — сказала жінка. — Ремонт би зробили, газ підвели.

— І не кажи! Малий як більмо в оці! Ще й на Любку схожий! Фу! Гидко дивитися!

— То, може, малого теєчки, а потім скажемо, що кудись пішов і пропав? — запропонувала жінка.

— Та ні! Я на мокруху не підписувався! Наливай ще по сто, а я піду віділлю! — сказав чоловік і підвівся.

Любаня не тямила себе від люті, почувши такі розмови. Вона помітила неподалік колоду, в якій стирчала сокира, схопила її, стала за двері. Коли на поріг вийшов Толик, з розмаху вдарила сокирою по голові. Чоловік коротко зойкнув і звалився, як сніп. Жінка, не тямлячи, що робить, завдавала удар за ударом, а коли вийшла Танька, почала бити її, аж поки та не перестала ворушитися...

Любаня тихенько зайшла у свою хату. Дитина спокійно спала. Жінка зняла із себе закривавлений одяг, кинула у грубку, налила в миску води й довго й ретельно мила руки від крові. Прилягла біля дитини, обняла її, вдихнула такий знайомий і рідний запах м'якого чистого волоссячка. Вона вслухалася в розмірене дихання хлопчика й намагалася надихатися запахом дитячого тільця. Жінка знала, що ця їхня спільна ніч остання і вона вже ніколи не побачить свого ластовенятка. «Мені за подвійне вбивство дадуть пожиттєвий термін, — думала вона, — і цю ніч поруч з Максимчиком — навіть не ніч, а кілька годин — я пам'ятатиму все життя, цей спогад допоможе мені жити далі».

Час невблаганно спливав. Коли за вікном почало сіріти, вона поцілувала дитину, вийшла надвір, піднялася на погріб, побачила, що тіло Ірини Гнатівни все ще лежить у тому ж вигляді. Любаня повернулася до хати, зібрала у валізу дитячі іграшки, одяг, залишила лише той, щоб зараз одягти Максимчика. Їй потрібно було квапитися, поки не знайдуть труп сусідки й туди не приїдуть поліцейські.

Любані так шкода було будити сина, але потрібно, і вона губами торкнулася лоба дитини.

— Пташенятко, треба вставати! — сказала лагідно.

Хлопчик кліпнув оченятами, побачив маму, обвив її шию теплими рученятами.

— Матусечко! — промовив ніжно й поцілував маму.

Любаня, поки вдягала сина, розцілувала все його тільце, посадила за стіл, нагодувала, викликала таксі. За пів години вони були вже в райвідділі поліції.

— Я хочу написати заяву про знущання мого чоловіка над дитиною, — сказала вона, — також зробити судово-медичну експертизу.

Після експерта Любаня викликала таксі, сказала синові:

— Максимчику, ти зараз поїдеш до тьоті Марини й побудеш там... поки я повернуся. Добре?

— Так! — кивнув головою хлопчик і всміхнувся. — Тьотя Марина хороша, вона добра.

— Ось і чудово! Синочку, ти будеш мене чекати? Я повернуся! Обіцяю!

— Буду!

Любаня дала таксисту додатково хорошу суму за те, щоб відвіз сина та його речі за певною адресою.

— Сьогодні неділя, тож Марина Олександрівна буде вдома, — сказала водієві. — Тільки не залишайте його самого, — попросила вона.

— Та я що? Дурень? — хмикнув таксист. — У самого є син.

— І в сумці нічого не шукайте, там лише дитячі речі та іграшки.

— Ясний пень! — сказав чоловік і поклав валізу в багажник.

Любаня поцілувала сина, востаннє пригорнула до себе.

— Я повернуся, ластів'яточко! — промовила вона, проковтнувши грудку, що застрягла десь у горлі.

Машина від'їхала, а самотня жінка довго дивилася вслід і нічого не бачила за сльозами, які застилали їй очі. Потім здригнулася всім тілом, як від удару батога, витерла сльози і повернулася у відділок поліції до кабінету слідчого.

— Зробили експертизу? — запитав чоловік.

Любаня важко опустилася на стілець, не чекаючи запрошення.

— Так, — промовила глухо й подала висновок експерта.

— Де нам знайти вашого чоловіка й Тетяну Пилипчук? — запитав він.

— Ніде. Я їх обох зарубала, — промовила вона. — Дайте мені аркуш паперу, я напишу щиросердне зізнання.

Розділ 81

Минув тиждень відтоді, як Любаня поїхала додому, а Марусина так і не змогла їй додзвонитися. Весь час абонент був не на зв'язку, і дівчина вирішила ввечері зв'язатися по скайпу з батьками і про все дізнатися. Коли налагодився зв'язок, Марусина побачила маму біля ноутбука й Максимчика, що бігав у них по хаті. «Значить, усе там добре», — подумала Марусина і привіталася з матір'ю.

— Як там справи в Любані? — запитала вона.

— Романе, ти можеш забрати дитину й погратися з нею в іншій кімнаті? — звернулася жінка до чоловіка. — Я хочу поговорити з донькою.

— Вітання Марусинці! — почувся голос батька.

— То як у вас справи? Я щось не можу зв'язатися з Любанею, — сказала Марусина.

— Ой, доню! У нас тут таке трапилося! — сказала жінка й похитала головою. — Навіть не хотіла тобі розповідати, поки все з'ясується, але ти сама зателефонувала, тож слухай.

У Марусини з'явилося погане передчуття. Мати розповіла про те, як Любаня дізналася про знущання над дитиною і сокирою зарубала чоловіка та його коханку.

— Який жах! Боже мій! Не можу повірити, що Любаня могла таке скоїти! — сказала Марусина. — Вона ж сама доброта!

— Але коли мати дізнається про таке, то навіть важко уявити, у якому вона була стані, — промовила Марина Олександрівна.

Жінка розповіла, що Максимчик зараз живе в них, удень дитина в садочку, потім вони забирають його додому.

— Що тепер з ним буде? — запитала Марусина.

— Поки ще не знаю, ми всі чекали суду, де мали обрати Любані запобіжний захід, сьогодні їздили на засідання — її взяли під варту на шістдесят днів.

— Як вона? Тримається?

— На неї страшно дивитися, — схлипнула жінка, — ніби з хреста знята.

— Ви змогли з нею поговорити?

— Та ні, не вдалося, — сказала жінка, — але коли її виводили із зали суду, то вона щось крикнула, але я розчула лише «Феодал». Що вона хотіла сказати, я не знаю. Але це ще не всі новини. Одна страшніша за іншу. Сусіда нашого, Василя, звинувачують у тому, що він скинув Іру з балкона.

— Не зрозуміла. Як це — скинув?

— Нібито вони сварилися, і чоловік, щоб позбутися дружини, викинув її з балкона свого будинку, — пояснила жінка.

— Ірина Гнатівна... Вона жива?

— Та де там! У дворі забетоновано, тож убилася на місці, — Марина Олександрівна витерла сльози, що покотилися з очей. — Померла одразу.

— Не можу повірити! — вихопилося в Марусини. — Це якесь жахіття! Як шкода!

— Нема в мене тепер сусідки, нема подружки! — зітхнула жінка. — Любаню залишили під вартою, а Василя відпустили під заставу. А чому ж і ні? У нього грошей кури не клюють, є чим заплатити.

— Уже поховали Ірину Гнатівну? — подавленим голосом запитала Марусина.

Жінка сказала, що такого ще в Березівці не було, щоб в один день аж три покійники й троє похоронів.

— Толика з Танькою поховали поруч, там, де його бабця, — сказала жінка. — Людей прийшло на кладовище чи не все село: біля тих п'яниць було з десяток, усі пішли проводжати Ірину.

— Хто ж ховав пиятик?

— Ти ж знаєш, доню, що українці — добрі, жалісливі, тож зібрали гроші всім селом, щось сільрада виділила — і поховали, і відспівав батюшка, і пом'янули як слід. А ось Ірину в селі любили, співчували їй, тож людей було видимо-невидимо!

— Хто займався її похованням? Феодал?

— Та ні, чоловік тоді ще був під вартою, викликали Ростика, він сам приїхав, без дружини та дітей. Я з ним розмовляла, він розповів, що бачився з батьком, і Василь нібито заявляє, що невинний, мовляв, вона сама випала з балкона. Може, воно й правда, але як він це доведе? Ніхто ж не бачив, що там у них було.

— Адвоката хорошого найме й уникне відповідальності, а от що буде з Любою? А з дитиною?

— Ой, не знаю, доню, не знаю! Ореста днями має приїхати — вона хрещена мати, тож будемо разом думати, що робити, — сказала жінка, — але боюся, що прийдуть соціальні працівники й заберуть хлопчика в дитбудинок. А так шкода! Таке гарне й розумне не по роках хлоп'ятко!

— Любані не завадив би адвокат, — зауважила Марусина.

— Подейкують, що їй можуть дати пожиттєвий термін, — промовила Марина Олександрівна. — В Орести друг — хороший адвокат, але ж він живе в Києві, щоб його найняти, потрібні великі кошти. А де їх узяти? Горе та й годі!

Розділ 82

Марусині було нелегко. Вона опановувала нову професію лаборанта, де слід усе вивчити й засвоїти, бо там працювали лише данці зі спеціальною освітою. До того ж дівчина не могла оговтатися від подій, які сталися в її селі, і щодня чекала новин від матері. З Ноєм спілкувалася щодня, намагаючись не показувати, як їй важко, але юнак відчував її справжній душевний стан, прихований за усмішкою. Ной підтримував і підбадьорював, запевняв, що все лихе минеться, головне — не падати духом. Марусина була безмежно вдячна за підтримку, розуміючи, що хоч вони мало знайомі, але дівчина може поділитися своїми проблемами з людиною, яка поступово, але впевнено входила в її життя.

За тиждень після трагічних подій у селі Марусині зателефонувала Ореста.

— Я зараз у Березівці, — сказала вона, — прийняла для себе рішення оформити опікунство над сином Любані, я ж хрещена мати Максимчика — а це як друга мама. Не знаю, чи дадуть мені дозвіл соціальні служби, чи ні, але намагатимуся зробити все можливе.

— Ти добре подумала? Це ж велика відповідальність.

— Я прийняла таке рішення не спонтанно, а виважено, — відповіла Ореста.

— А як же Володимир? Здається, у вас почалися зароджуватися стосунки.

— Якщо я йому потрібна, то не має значення, одна в мене дитина чи дві.

— Тобто така собі перевірка почуттів?

— Можна вважати, що так, — сказала Ореста. — У мене відчуття, що Володя нас не покине, а от щодо служб є побоювання, хоча житлові умови дозволяють: у нас двокімнатна квартира, одну кімнату облаштуємо під дитячу, у другій житимемо з мамою. Роботу маю, зарплатня непогана, тож сподіватимусь.

— Легко з двома дітьми не буде, — зауважила Марусина.

— Я впораюся! І не таке пережила! До речі, твоя мама добивається дозволу на зустріч з Любанею в СІЗО.

— Їй призначили державного адвоката?

— Так, але чи багато надії на його роботу? Просити Володю я не можу, бо він і так завантажений роботою, а їздити з Києва безкоштовно пропонувати йому не буду, сама розумієш. Потрібно десь знайти кошти на місцевого, але тямущого адвоката. У дитячих речах ми знайшли її картку і код, записаний на папірці, але ж не маємо права чіпати її кошти.

— Але ж то на добру справу!

— Лише в тому випадку, якщо Любаня дасть дозвіл, але не думаю, що на картці велика сума, ти ж знаєш, що вона нещодавно розрахувалася з боргами і скільки там попрацювала на себе?

— Знаю, — зітхнула Марусина й побажала сестрі удачі.

За кілька днів мати зв'язалася з Марусиною і розповіла, що бачилася з Любанею в СІЗО.

— Як вона, тримається? — запитала Марусина.

— Яка ж вона дитина! Очі ті, як два озерця, дивиться так, ніби не розуміє, чому цей світ такий несправедливий до неї! — ледь не плачучи, розповіла жінка. — Дві кіски, як у підлітка, під очима — темні кола. Як дізналася, що Ореста оформляє опікунство, розплакалася. Не знаю чому, але Любаня дуже просила, щоб до неї прийшов на розмову Василь Петрович.

— Феодал?! — здивувалася дівчина. — Нащо?

— Сама не знаю. Спитала, що їй потрібно, а вона мені каже, що нічого, лише хоче зустрітись із сусідом, і терміново, — розповіла Марина Олександрівна.

— Дивно, але, напевно, справді чомусь він їй потрібен.

— Отож-бо й воно! Так уже просила, так просила, що я тобі не передам словами! Каже, що від того залежить її життя, і не тільки!

— І навіть натяку не зробила, навіщо їй та зустріч?

— Я питала, Любаня нічого мені не сказала, лише щоб карткою її користувалися, але в мене рука не піднімається зняти ті гроші, — промовила жінка. — Нехай поки полежать, нам з Максимчиком вистачає, а потім віддам картку Оресті, їй вона потрібніша буде, коли оформить опікунство.

Марусина поцікавилася, як просуваються справи в цьому напрямку, мати відповіла, що все добре і є надія, що Оресті вдасться забрати дитину під свою опіку.

Розділ 83

Після загибелі дружини Василь Петрович лише кілька разів бував у Березівці. Він добре знав, що його засуджують і ненавидять, сам чув, як услід кидали «Убивця!». Із сином натягнуті стосунки, хоча й намагався довести, що не винен у смерті його матері. Схоже, Ростик йому не повірив, бо телефонує рідко, розмовляє сухо. Лише Алла, з якою жив Василь Петрович, вірила йому. З нею він познайомився багато років тому, і жінка з першого погляду полонила його серце. Спочатку гадав, що минеться, попустить, але прикипав до неї ще більше. Намагався приховувати свої стосунки з Аллою, але райцентр — невелике місто, тож бачили їх не раз разом березівці і, як це буває, знайшлися «добрі» люди, які донесли все дружині. Ірина питала, чи то правду люди кажуть — відповідав, що брешуть, наговорюють, бо заздрять їм. Багато років Василь Петрович розривався між почуттями та обов'язком. Останні роки Ірина стала нервовою, весь час влаштовувала скандали, і вони нагадували голодних собак, які не можуть поділити кістку. Лише після трагічної загибелі дружини Василь Петрович зрозумів, що не один рік робив нещасливими обох жінок — і себе також.

Сьогодні йому зателефонувала сусідка Марина й попросила зустрітися. Василь Петрович був здивований, бо з нею зазвичай спілкувалася Ірина, але на пропозицію погодився. «Якщо почне мені дорікати смертю дружини, одразу перерву розмову», — вирішив він, ідучи на зустріч.

З Мариною вони домовилися зустрітись у привокзальному кафе, тож чоловік подумав, що сусідка приїжджала у справах до міста і заодно вирішила з ним про щось поговорити.

Жінка вже чекала його за чашкою кави. Василь Петрович привітався, сів поруч, замовив собі зелений чай.

— Щось трапилося, Марино? — запитав одразу.

— Я була на короткому побаченні з Любанею в СІЗО, — сказала жінка. — Питала, чи щось їй потрібно, то каже, що нічого їй не треба, лише є прохання, від якого залежить її життя, і не тільки.

— І що за прохання? — уточнив чоловік.

— Любаня просить, щоб ти прийшов до неї на розмову.

— Я?! — здивувався він. — Я, звичайно, знайомий з нею, бачив часто, знав про її подружнє життя, але не зрозуміло, нащо я їй?

— Не знаю, Василю, але так просила, так слізно просила, що не можна передати!

Чоловік замислився, зробив кілька ковтків чаю.

— То кажеш, Любаня заявляє, що від нашої зустрічі залежить не лише її життя? — запитав він.

— Саме так і сказала! Що це означає, я не знаю, навіть не здогадуюсь. Василю, ти зустрінешся з дівчиною?

— Спробую. Я ж сам під слідством.

— Та знаю, — зітхнула Марина Олександрівна.

— Ти також вважаєш, що я вбив Ірину?

— Я не була свідком, тому не можу цього стверджувати, але якщо відверто, ти Ірині нерви помотав ще й як! — сказала жінка.

— Знаю. Шкода, що усвідомлення помилок іноді пізно до нас приходить, — зітхнув чоловік.

— Дай мені слово, що зустрінешся з Любанею! — наполягала жінка.

— Зустрінусь! — запевнив її чоловік.

Василю Петровичу вдалося отримати дозвіл на зустріч із Любанею в СІЗО. Він привітався з дівчиною і запитав, як вона.

— Можна було б і краще, але як уже є, — промовила Любаня, і її губи розтяглися в ледь помітну сумну посмішку. — А ви як?

— Я під слідством. Ти знала про це?

— Так. У чому вас звинувачують?

— У навмисному вбивстві дружини, хоча я цього не робив.

— У правоохоронців є докази?

— Хіба що подряпини на моїй руці, — сказав чоловік. — Під нігтями Ірини знайшли частинки моєї шкіри, тож вирішили, що вона опиралася, а я її скинув з балкона. А в тебе що?

— Я вбила двох людей, до того ж з особливою жорстокістю. Мені можуть дати пожиттєвий термін, а можуть і років п'ятнадцять, і тоді, коли я вийду на волю, моєму синові буде вісімнадцять із гаком років. Він стане дорослим, зовсім дорослим, — промовила Любаня.

— Потрібно домогтися хоча б того, щоб не все життя провести за ґратами.

— Усе правильно, Василю Петровичу. І для цього ви маєте виступити в суді як свідок знущань над моїм сином.

Така заява дещо спантеличила чоловіка, і він не знав, що сказати.

— Ви ж бачили, що мій чоловік не доглядав за сином? Були свідком того, що дитина ходила недоглянута, у брудному одязі, із синцями на тілі? — продовжила жінка. — Бачили, що Толик щодня пиячив?

— Ну-у-у, — протягнув він, — припустімо, що бачив.

— Тому маєте бути свідком у суді.

— Чому саме я? Нехай Марина та Роман Бойченки будуть.

— І вони також дадуть свідчення. Але це ще не все. Мені потрібний досвідчений розумний адвокат, — продовжила Любаня, — щоб домігся якнайменшого терміну.

— А я тут яким боком?

— Така людина є, але адвокат живе в Києві, їздити на засідання суду, вивчати матеріали справи йому дуже накладно, його робота потребує великих затрат. Таких коштів, щоб оплатити його послуги, у мене немає, але є у вас, тож ви маєте все сплатити.

— Ну ти, Любаню, перегнула палку! Вибач, я, звісно, співчуваю, але я тобі нічого не винен. Мені самому загрожує термін! — сказав чоловік і вже збирався підводитися, коли жінка його зупинила.

— Кажете, що не хочете сидіти у в'язниці за злочин, якого не скоювали? Бачу, що так! Тоді послуга за послугу.

Чоловік нічого не зрозумів, але насторожився.

— Що ти хочеш сказати? — промовив він, розтягуючи слова.

— Я — ваш порятунок, і ви, Василю Петровичу, маєте пристати на мою пропозицію, — сказала йому Любаня. — Я була свідком того, що відбулося тієї фатальної ночі — до речі, єдиним свідком! Не вірите? Тоді слухайте: ви приїхали автівкою додому, Ірина Гнатівна ще не спала, чекала на вас. Напевно, ви почали сваритися ще в будинку?

— Так. Я сказав, що нам час розійтися і жити своїм життям.

— Тоді вона вибігла на балкон, залізла на перила і кричала: «Не підходь до мене! Я не хочу жити! Моя смерть буде на твоїй совісті!» Так було?

— Так, — вичавив він із себе.

— Ірина Гнатівна сама стрибнула вниз, ви намагалися схопити її, утримати, але вона лише подряпала вам руку і впала, — продовжила Любаня. — Потім ви побігли до неї, але допомога не знадобилася: вона загинула миттєво. Ви злякалися, сіли в автівку й поїхали геть. Так було чи я щось пропустила?

— Усе так. Звідки...

— Я була на погребі, звідти мені було добре видно і ваш будинок, і все подвір'я. Ви допоможете мені, я — вам! Звичайно, на тих умовах, які я вже озвучила. Не поспішайте сказати «ні», коли будете обирати між своїми грошима і свободою. Вам можуть дати умовний термін за те, що залишили дружину в небезпеці, але я дам свідчення, що після вашого від'їзду приходила до вашого двору і впевнилася, що Ірина Гнатівна справді була мертва і вже не потребувала медичної допомоги. То як моя пропозиція?

— Я згоден! — без вагань промовив чоловік. — Дякую тобі! Навіть не сподівався, що зможу довести, що не скидав Ірину з балкона. Де знайти твого адвоката?

— Зверніться до Марини Олександрівни, вона дасть координати Орести, моєї куми, — сказала Любаня. — Друг

Орести — відомий адвокат, лише йому я можу довірити свою долю.

Розділ 84

Незадовго до дня Святого Миколая Марусина з Ольгою пакували подарунки для хворих дітей в одній із клінік України. Подруги розмовляли, і Оля зауважила, що Марусина зараз уже має не такий розгублений і стривожений вигляд.

— Твоя правда, Олю, — усміхнулась дівчина. — Любаню взявся захищати досвідчений адвокат, і він запевняє, що їй точно не дадуть пожиттєвий термін. По-перше, вона встигла зняти побої дитини, зробила їй судово-медичну експертизу. По-друге, убивство скоїла у стані афекту, коли почула пропозицію співмешканки чоловіка позбавитися дитини. По-третє, вона сама прийшла до відділку і в усьому зізналася. До того ж на суді будуть свідки, які бачили ставлення тих двох пиятик до дитини.

— Це вже добре, — зауважила Ольга. — Скільки ж їй світить?

— Адвокат припускає, що найбільше — десять років. Звичайно, це багато, але Любаня може звільнитися й раніше за УДЗ[1]. Знаючи, що зможе повернутися до дитини, вона все витримає, бо матиме для кого жити.

— Її захищатиме Володимир, друг Орести?

— Так. Ореста змогла оформити опікунство над Максимчиком, і, до речі, Володя виявився не лише хорошим адвокатом, а й доброю людиною. Він не відмовився від Орести, яка зараз виховує двох дітей.

— Благородно з його боку!

— Володя має свою адвокатську контору в столиці, живе у квартирі з мамою, але планує навесні придбати будинок

[1] УДЗ — тут умовно-дострокове звільнення від покарання.

у передмісті Києва і забрати туди Оресту з дітьми, — розповіла Марусина. — Сестра вважає, що їм не потрібно квапитися, тож до весни мають час, щоб більше пізнати одне одного та зблизитися. Так хочеться, аби в них усе склалося! Ореста заслуговує на краще життя, ніж мала раніше.

— Коли в Любані засідання суду?

— Наприкінці січня.

— А ти коли збираєшся їхати до свого коханого?

Марусина розцвіла при згадці про Ноя.

— Хочу поїхати в США на Різдво, але точну дату прильоту йому повідомляти не буду, — сказала вона.

— Буде сюрприз?

— Мені чи Ноєві? — засміялася дівчина. — Я так хочу його побачити! Доторкнутися долоньками до його обличчя, тіла, відчути смак поцілунку! І в той же час боюсь розчарування. Якщо зі мною трапиться ще раз таке, як уже було двічі...

— Тьху на тебе! Навіть не думай! Наступного разу рятувати тебе не буду!

— Такого не станеться! Я відчуваю серцем, що не лише він мене, а і я його зачепила за живе, — промовила дівчина з усмішкою на обличчі. — Ми ще не були близькі, а вже не можемо і дня прожити одне без одного. Щодня спілкуємось, розмовляємо про все на світі й ніяк не наговоримося! Мені так приємно чути його голос!

— Наша ти коханнєзалежна! — усміхнулась Ольга. — Працюй уже! Дивись, я три пакунки зібрала, а ти все літаєш десь у хмарах!

Після обіду Марусина була вдома, займалася домашніми справами й увесь час думала про Ноя, згадувала їхні розмови. Хлопець якось зізнався, що дуже шкодує, що не наважився її поцілувати. Коли вона запитала, чому він цього не зробив, юнак сказав, що боявся сполохати своє щастя. Останнім часом їхні розмови ставали все більш інтимними, і Ной натякнув, що навіть не знає, як пахне її тіло, які парфуми вона любить.

«Сорочка! — спохопилася Марусина. — Я надішлю йому свою нічну сорочку, яку зняла сьогодні після сну, — вона тримає запах мого тіла!»

Дівчина дістала сорочку, акуратно склала її в пакет, але, поміркувавши, дістала, збризкала своїми улюбленими парфумами. «Так буде краще!» — вирішила вона.

Того ж дня Марусина відправила Ною посилку зі своїм запахом.

Розділ 85

Марусина хотіла зробити Ноєві сюрприз, тому вирішила не говорити, коли саме приїде. На той час у нього мав бути концерт в Атланті — місті в штаті Джорджия, і саме туди вона вирішила приїхати. Дві пересадки, дванадцятигодинний переліт, зміна часових поясів знесилили Марусину, але попри все вона відчувала душевний підйом. Усе тріпотіло в душі, передчуваючи зустріч з коханим. Черги, паспортний контроль, перевірка документів — усе це відняло багато часу. Марусина поглянула на годинник і зрозуміла, що концерт уже розпочався. У розпачі вона викликала таксі й помчала на зустріч. Дівчина зайшла в залу, коли Ной якраз завершив виконання передостанньої пісні, що потонула в шалених аплодисментах. Марусина дивилася лише на коханого, і серце розривало груди від хвилювання. Вона пробиралася все ближче і ближче, аж поки хлопець не побачив її. Співак щиро всміхнувся і, не зводячи очей з Марусини, сказав, що наступна пісня присвячується найбільш непередбачуваній, неврівноваженобожевільній дівчині, яка його надихає.

— Specially for you, My Love[1], — промовив він, і зазвучала пісня Еда Ширана «Perfect».

---

[1] Спеціально для тебе, любове моя (*англ.*).

З перших нот у Марусини від чулості потекли по щоках непрохані сльози.

— I find a love for me[1], — співав Ной, і разом із ним натовп.

Слухачі помітили, що виконавець дивиться лише на одну дівчину, яка стоїть з усмішкою та сльозами на обличчі. Марусина почула перешіптування дівчат, які терлися біля сцени, аби їх помітив Ной: «Це його дівчина?» — «А вона є в нього?». А Ной дивився їй прямісінько в очі, і відчуття було таке, неначе торкається самого серця, ніжно і лагідно.

Коли прозвучали фінальні аплодисменти, Ной поклонився публіці, подякував і зістрибнув зі сцени до Марусини. Чоловік так міцно обійняв і пригорнув Марусину до себе своїми сильними руками, що вона ледь не задихнулася.

— Душе моя, не плач, я тут, — промовив він упівголоса, і в дівчини завмерло серце. Вона відчула себе особливою.

І був той перший поцілунок, так ніжно, ніби боячись, і в той же час так палко! Вони дивилися одне одному в очі й не могли повірити, що все це з ними відбувається наяву — уже не телефоном чи скайпом, коли бачиш рідне обличчя, хочеш до нього доторкнутися, але не можеш.

— Дякую! — сказав він, не відриваючи від дівчини погляду. — Пропоную зараз відвезти твої речі до мене додому й повернутися на вечірку.

— На вечірку? — здивувалася Марусина.

— У нас так заведено. Після концерту збираються люди, які хочуть сфотографуватися, просто поспілкуватися або попросити ще щось виконати, — пояснив він.

Ной викликав таксі, забрав валізу Марусини. Вони їхали, тримаючись за руки, і відчували їхнє дрібне тремтіння. Здавалося, таке емоційне навантаження та збудження можна порівняти з вибухом.

[1] Я знайшов своє кохання (*англ*).

Ной відчинив двері будинку, заніс багаж, запросив Марусину. У домі було чисто й світло. Дівчина ступила кілька кроків уперед і відчула подих Ноя — чоловік стояв позаду і вдихав запах її парфумів.

— Такий знайомий запах, — промовив він стиха. — Чим пахнуть твої парфуми?

— Морем. Свіжістю. Матіолами.

— Матіолами? Що це?

— Нічна фіалка.

— Цей запах... Він зводив мене з розуму, — промовив він і торкнувся губами її шиї.

Ной обійняв Марусину за талію, і вона відчула всю силу його рук. Ніякого страху не було, лише відчуття, що ці руки надійні, сильні, вони не зрадять і не образять, їм можна довіритися. Дівчина повернулася до нього обличчям, поцілувала в губи, і вмить неймовірна пристрасть охопила обох. Вони зривали одне з одного одяг, зносили все на своєму шляху. Щось десь упало й розбилося, але їм було байдуже. Вони божеволіли в передчутті чогось неймовірного, приємного й такого жаданого, ловили в поцілунках губи, віддавали всю ніжність одне одному. То був не секс, який іноді стається між малознайомими людьми зі стандартним набором рухів та відчуттів, — вони займалися коханням і переживали весь той спектр емоцій, які тільки можуть існувати. Справжнє блаженство відчувала дівчина від його дотику до свого оголеного тіла, вона розціловувала кожну клітинку коханого, він віддячував тим самим. Здавалося, відлік часу зупинився і нічого у світі не існує, окрім них двох і бажання зливатися в одне ціле. Не було ні часу, ні різних континентів та мов, ні людей — лише вони двоє.

Коли вже лежали на ліжку голі, втомлені і щасливі, усе одно продовжували торкатись одне одного, ніби побоюючись, що хтось із них може зникнути і залишаться знову лише скайп і телефон. Здавалося, в кімнаті бракує повітря від їхніх розпечених тіл. Марусина поклала свою ніжку на чоловіка, і він почав її пристрасно цілувати. Від довгої розлуки і сильного жадання вона поцілувала Ноя, не в змозі стримувати свої бажання, і вже за мить відчула його в собі...

Вони заснули аж під ранок, утомлені й безмежно щасливі, забувши про вечірку.

Розділ 86

Про те, що судові засідання у справі Любані закінчилися, Марусині повідомила мати.

— Хороша новина! Любані дали вісім років! Після суду я розмовляла з Володею, він розповів, що прокурор просив дванадцять, але йому вдалося навести численні докази, які пом'якшували її вину. До того ж є шанс, що Любаня зможе вийти раніше за УДЗ, — розповіла жінка. — І вона звільниться раніше, я впевнена в тому!

— Так, їй є для кого жити, — погодилася Марусина. — Любаня сильна і заради сина ладна гори звернути. Як вона трималася в суді?

— Трималася, давала чіткі відповіді на питання судді, і всі присутні підтримували її, — сказала жінка. — Ось так іноді буває, коли люди підтримують убивцю, а постраждалих засуджують. До речі, на суд приходив юнак, звуть його Василь, мені вдалося з ним переговорити після засідання.

— Василько?! Він виховувався з Любанею в сиротинці і був закоханий у неї!

— Ти знала про нього?

— Мені розповідала Любаня, — сказала Марусина і запитала, як він дізнався про трагедію, що трапилася.

— З преси, — відповіла жінка. — Я поговорила з ним, і хлопець сказав, що буде їздити до Любані, підтримувати її й запропонує одружитися. Я зауважила, що доведеться довгенько ждати звільнення жінки, та він запевнив, що дочекається. Так і сказав: «Уже стільки чекав, тож дочекаюся!» І я йому вірю!

— Суд над Василем Петровичем уже відбувся? — поцікавилася Марусина.

— Так, засідання були в один день. Феодалу дали рік умовно, — розповіла Марина Олександрівна. — Василь виставив будинок на продаж, але поки покупців немає. Хто захоче їхати в село, де нема роботи?

Після розмови з матір'ю Марусина поспішила на зйомки. Інга отримала замовлення від магазину верхнього одягу, для реклами якого дівчина вже робила фото раніше. Поки вибирали локацію, Марусина із захопленням розповідала подрузі про свого коханого.

— Ти маєш по-справжньому щасливий вигляд, — зауважила Інга.

— Я і є щаслива! З того часу, як я познайомилася з Ноєм, із мого обличчя не сходить усмішка, — сказала Марусина. — Увесь час думаю про нього, і від того на душі так світло й радісно! Він робить мені подарунки, надсилає їх поштою, хоча я ніколи нічого в нього не просила! Його пісні... Вони зводять мене з розуму!

— Я й бачу! — усміхнулась Інга.

— Часто, коли я засинаю, він грає мої улюблені українські пісні, і це так зворушливо!

— Він знає українську? — здивувалась Інга.

— Трохи. Я навчаю, — усміхнулася дівчина, — тому він ще не співає пісні українською, а лише награє мелодію.

— Отож ти й сяєш, як новорічна ялинка вогниками!

— Ось ти, Інго, старша за мене, у тебе більший життєвий досвід, — промовила Марусина, зупинившись, — то скажи мені: як зрозуміти, що хлопець до тебе серйозно ставиться і хоче бути з тобою завжди?

— Ну й питаннячко в тебе! — промовила Інга й замислилась. — Як на мене, це стане зрозуміло, якщо він познайомить дівчину зі своїми батьками.

— Ти так гадаєш?

— Чоловік не стане знайомити дівчину з батьками, якщо зустрічається з нею задля розваги. Коли в нього серйозні наміри, то познайомить.

Марусина промовчала і лише тяжко зітхнула.

Розділ 87

Почуття, яке спалахнуло між Марусиною та Ноєм, було настільки сильним, що не знало кордонів. Де б не був чоловік, дівчина приїздила до нього на концерти, підтримувала, втомленого вкладала спати, щоб зранку прокинутися в його міцних і ніжних обіймах. Марусина робила йому приємні сюрпризи, а Ной любив їй дарувати подарунки. Не шкодуючи себе та коштів, вона летіла на крилах до коханого завжди, навіть тоді, коли знала, що часу побути разом у них обмаль. Вони навчилися насолоджуватися хвилинками, проведеними разом, і місяці порізно тягнулися для них нескінченно довго. У Ноя був дуже щільний графік виступів, тому він не мав змоги приїздити до Марусини, а дівчина брала відпустки одна за одною і вже збилася з ліку, скільки країн об'їздила. Ной називав її «My Love» — Моя Любов, і це були найбільш ніжні й лагідні слова, які вона чула в житті. У душі Марусина тривожилася з того, що Ноя постійно оточують численні фанатки, які ладні не лише шмат волосся видерти чи відірвати ґудзика, а й розібрати його на молекули. Вона боялася втратити коханого, але Ной її завжди заспокоював, і з часом дівчина навчилася йому довіряти повністю, хоча вже думала, що ніколи не зможе.

Марусина кохала Ноя й була заворожена його голосом. Коли приїздила на зустрічі, то завжди намагалася потрапити на його концерт, щоб почути пісні під гітару, які колись її заполонили з першого звуку.

Щодня вони мали чути голос одне одного, якщо між ними був океан, море чи гори. У такі часи їм не хотілося ані їсти, ані спати. Вони могли говорити годинами про все на світі, могли мовчати і просто дивитись одне на одного, відчуваючи навіть на відстані сильне тепло. Саме після таких розмов, неймовірного бажання бачити людину поряд, торкатися її долонями закохані зрозуміли, що стали такими рідними. Уперше в спілкуванні з чоловіком Марусині не треба нічого доводити і можна бути собою. Більшу частину свого часу Ной перебував у США, а коли там був день, у Данії — ніч, тож Марусині доводилося жертвувати відпочинком, але вона ні про що не шкодувала. Дівчина була впевнена, що кохання увійшло в її життя міцно й надовго...

Одного разу, коли Марусина завершила розмову з Ноєм, за пів години юнак знову їй зателефонував. «Напевно, вже скучив», — подумала Марусина й усміхнулася. Щаслива, вона підняла слухавку й почула в ній жіночий голос.

— Синку, я тебе не чую.

Марусина не могла зрозуміти, що відбувається. Як з'ясувалося, Ной налаштував програму конференції і підключив до неї свою матір.

— Мамо, познайомся, — почувся голос Ноя, — це — Марусина, моя кохана дівчина.

— О! Нарешті! Я така рада! Нарешті у мого сина є дівчина! — сказала жінка. — Мене звати Тереза, — представилася вона.

Марусина спочатку розгубилася від несподіванки, згадавши слова Інги про знайомство з батьками, розчулилась і розплакалася.

— Агов! Моя Любове, ти чого? Усе ж добре. Правда? — почула вона знайомий голос Ноя й лише тоді почала розмову з жінкою.

Тереза одразу сподобалась Марусині, жінки швидко знайшли спільну мову. Разом вони почали міркувати, як привітати Ноя з днем народження, доки він у Штатах. Пані Тереза написала для сина вірш, а Марусина два місяці мучила гітару й себе, щоб навчитися грати на ній і на свято виконати пісню, яку сама написала. Жінки знайшли спільних знайомих у США, заздалегідь надіслали туди пакунки з подарунками, замовили торт і повітряні кульки. У день свого народження Ной ліг відпочивати й не мав наміру влаштовувати свято, коли сталося диво: йому доставили подарунки, мама по скайпу подарувала синові вірша, а Марусина таки зіграла йому і виконала власну пісню.

— Я це зробила! — сказала вона задоволено.

— Нащо ти, Моя Любове, так мучилася? — запитав він.

— Бо ти колись сказав, що дівчина з гітарою в руках — це круто, — пояснила Марусина. — Тобі сподобалося?

— Ви дві мої найкращі у світі жінки! — розчулено промовив чоловік. — До того ж, я й не підозрював, що ви в мене такі талановиті! Я справді щасливий! Дякую вам!

Разом з Ноєм Марусина планувала спільне майбутнє. Вони ніяк не могли визначитися, де будуть жити і чим займатися. Ной мав намір залишитися в Америці, а Марусині не хотілося покидати Данію, де вона почала свій нелегкий самостійний життєвий шлях, багато чого досягла самотужки, полюбила данців — простих у спілкуванні, спокійних і усміхнених. Та попереду ще ціле життя, тому на цьому питанні молоді люди особливо не зациклювалися. Марусину тривожило лише те, що вона до цього часу не розповіла своїм батькам про Ноя, не познайомила з ним хоча б заочно. Іноді мама запитувала, чи нема в неї хлопця, але донька ухилялася від прямої відповіді. Дівчина сама не розуміла, що її стримує. Боязнь сполохнути своє щастя? Чи сором на все село, якщо знову щось не зростеться? Вона відтягувала зізнання, увесь час відкладала на потім.

Напередодні дня народження Марусининого батька Ной сказав, що хоче зробити для нього відеоподарунок.

— Я надішлю тобі, а ти передаси своєму батькові від мене привітання, — запропонував він.

— Гаразд. Татові буде приємно, — відповіла дівчина.

На відеозаписі Ной сказав українською мовою: «Тату! Вітаю з днем народження! Бажаю щастя! Ця мелодія для вас!» — і награв музику. Марусина в день народження по скайпу привітала батька й надіслала відеопривітання від Ноя. Коли батько його подивився, одразу зв'язався з дівчиною.

— Доню, я такий зворушений! — сказав він. — Так розчулився, що сто грамів тяпнув! Скажи мені, як звати мого сина?

— Тобі він сподобався? — запитала донька.

— Дуже! То як звати мого сина?

— Тату, його звати Ной, і ми кохаємо одне одного, — сказала йому Марусина.

Звичайно, з донькою одразу захотіла поговорити мати, щоб усе дізнатися про її обранця. Батько на радощах випросив у дружини ще п'ятдесят грамів і пішов в іншу кімнату, а Марусина довго розмовляла з матір'ю. Вона розповіла все, як було, нічого не приховуючи.

— І що буде далі? Так і літатимеш за ним по світах? — із сумом у голосі запитала жінка.

— Так! Літатиму! Я кохаю його, мамо, — упевнено відповіла Марусина.

Розділ 88

Марусину запросили на показ мод у Лондон. Вона ще досі не могла в це повірити, хоча вже заповнила анкету в посольстві й чекала на візу. Емоції були неймовірними, вона не ходила, а літала. «Як добре, що є людина, яка може щиро за тебе порадіти, — тішилася вона, думаючи про Ноя. — Як життя показало, в горі з тобою можуть бути багато людей, а от щиро радіти за когось не кожному дано. І як же багато підлості, заздрості та лицемірства!»

Той день був особливим і звичайним водночас, але його вона запам'ятає на все життя. Марусина підтвердила одну зйомку з відомим фотографом. І той зовсім неочікувано для українки запитав, чи має вона бажання попрацювати в Лондоні?

— Так, звичайно, я читала ваш останній пост, — сказала дівчина. — Не думала, що потрібні ще моделі.

Така пропозиція була для неї несподіванкою. Вона дійсно бачила той пост, але вирішила, що не має достатньо досвіду, аби претендувати на таке шоу. А коли він сам її запитав, то здалося, що давня мрія стала такою близькою. Для фотографа Піра то було звичайне буденне питання, а для Марусини — пам'ятний момент. Їй хотілося скакати від радощів, задушити в обіймах Піра, але вона стримала свої емоції і майже спокійно сказала, що згодна.

У той щасливенний для неї день Ной не зміг бути поруч, хоч вона й зарезервувала для нього місце в першому ряду та відправила йому запрошення на показ, яке виблагала в Піра. Ной мав концерт, який не можна було перенести: усі дати заздалегідь розписані, і вона все розуміла. Та резерв з місця не зняла, бо вже виклала за нього чималу суму, тож відмовитися було просто соромно після того, як важко його отримала.

Демонстрували нову лінію купальників. До показу Марусина готувалась по-особливому, правильно харчувалася, бо на самому дійстві хотіла бути найкращою версією себе. Спортзал кожного дня, незважаючи на недуги. Для підготовки в неї був місяць, і вона бачила результат уже після першого тижня.

У Лондон поїхала всього на три дні, бо відпустки на довше не могла взяти, адже основна робота мала вагоме значення в її житті. Вона поважала колег і відпустки брала тільки в особливих випадках. Їй вдавалось усе комбінувати, адже це зовсім інша сфера роботи. Працюючи в лабораторії, вона мала достатньо вихідних, дружний колектив, де Марусину постійно розпитували про зйомки, щойно з'являлися нові світлини на її сторінці. Данці дуже допитливий народ, і вона цінувала їхню увагу й сама намагалася бути такою ж.

Три дні мрії! Хотілося побачити місто, але не вдалося. У перший день була репетиція основної програми, і моделі ходили подіумом майже весь день.

— Треба, щоб усе було ідеально, — повторював дизайнер.

Він помітив Марусину і зі словами «Ти мене надихнула» вручив їй її вбрання. Той купальник був дійсно гарний, і дівчата заздрісно глянули в бік українки. Знайомитись із ними було ніколи, адже вона концентрувалась лише на роботі. Дівчата говорили, що місії відкривати показ і закривати його — одні з найголовніших. Марусина не розуміла такої розмови і щиро раділа, що вона взагалі є учасницею цього. «Це лише початок моєї кар'єри», — думала вона.

Вирішальний день настав, і прийшов час для серйозного хвилювання. Ной не писав, не дзвонив, і це неабияк насторожило Марусину, навіть трохи засмутило. Вона відклала телефон і пішла на грим. Уся та метушня, розмови, плітки, сміх — ніщо не відволікало її, Марусина їх не чула, поринувши у свої думки, усе навколо для неї лишилося беззвучним. Оговталась, коли вдягала купальник. Чорні трусики і білий топ, який переходив у довгу шаль позаду, просто ідеально лягли на неї. Шаль при ході розвіювалась і створювала небесно-легкий образ. Марусина покрутилася перед дзеркалом, оглядаючи себе з усіх боків, і образ їй страшенно сподобався. Усе було чудово, окрім одного порожнього місця в першому ряду.

Показ почався, звучала ніжна музика, яка заспокоювала і давала моделям відчуття, ніби вони справжні королеви, а не прості дівчата. «Які ж усі гарні, усі без винятку!» — подумала Марусина і вирішила, що не важливо, якою ти вийдеш на показ, бо очей не можна було відірвати від кожної, тож виділити котрусь одну було важко, хоча саме вона й виділялася своїм нарядом, бо лише в неї була позаду та шаль.

І ось її вихід! Марусина видихнула... і, здавалося, більше не дихала. Високі підбори, але ноги не тремтіли, і вона йшла впевнено та спокійно. Її хода привертала увагу, очі були звабливими. Крокуючи, вона геть не помічала людей у залі — лише світло прожекторів і спалахи фотокамер. В одного поважного чоловіка в темних окулярах відблискував вихід Марусини, і побічним поглядом дівчина помітила, як оператор вивів його на головний екран. Захоплена демонстрацією одягу, вона геть не помітила вільного місця в першому ряду, коли зловила на собі уважний погляд. Марусина радше відчула, ніж побачила: це він, Ной! Він приїхав і був тут! Від радості в кінці подіуму вона зробила ще одну незаплановану точку, де прокрутилась на місці і ще раз продемонструвала свій купальник. Це була імпровізація, бо ж вона так хотіла ще раз побачити коханого!

Марусина на мить зустрілася з ним поглядом, і серце ніби вперше забилось. Режисер уже був готовий продемонструвати своє «фе» за самовільний вибрик Марусини в самому кінці показу, але дизайнеру все сподобалось, і він одним кивком голови дав зрозуміти, що вона все зробила правильно.

У кінці — загальний вихід, і всі моделі вийшли на сцену, почулись оплески. Марусина поглянула на Ноя — він був з букетом її улюблених білих троянд. Ведучий цього дійства знову заговорив у мікрофон, і всі здивувались від того, що ще не все закінчилось. Марусина вже не вслухалась, що саме там говорили, бо жила моментом, коли вже нарешті зможе обійняти коханого. Раптом Ной підвівся з місця і... пішов на сцену. Усі так і продовжували стояти на подіумі, але поступово, а головне — незаплановано — почали рухатися в бік українки. Усе було чітко відрепетирувано, але Марусина розгубилася, вона не розуміла, що відбувається.

«Я забула щось важливе! Що робити? — стугоніло в голові. — Невже цю частину репетирували без мене? І куди йде Ной?»

І ось Ной уже на сцені! Марусині хотілося плакати від того, що вона геть не розуміла, що ж відбувається. Він щось говорив про її ніжний голосок, про чарівний погляд карих очей, які підморгнули колись йому, а Марусина стояла збентежена й розгублена.

Навіть на різних континентах нам відстань
не поставить перешкод,
Наша любов неначе та рослинка,
що виживе за будь-яких умов.
Побачить світло, що показує нам шлях,
Відчує ту жагу пізнати світ
Й, неначе птах, в польоті прокладаючи маршрут,
Дзвінким й тоненьким голосочком нам промовить:
«Мамо, тату... ми вже тут».
І відчуєм ми з тобою нескінченності сили прилив,
Адже це лише початок...
І попереду нас чекає щасливий і довгий життєвий заплив.[1]

Ной говорив, дивлячись дівчині прямо в очі.

— Ти вийдеш за мене? — почула вона, мов уві сні.

Тепло розлилося тілом від почутого, заповнило кожну клітинку її тіла. Ной відкрив маленьку коробочку, в якій блиснула каблучка з білого золота, і лише тоді Марусина усвідомила, що за дійство відбувається навколо неї. Зала притихла, чекаючи на її відповідь. Сльози щастя навернулися на очі, але Марусина вміла контролювати свої емоції.

— Так! — відповіла чітко, і зала вибухнула оплесками.

Грудень 2020 р.

[1] Слова Олександра Катишева.

Зміст

Літературно-художнє видання

ТАЛАН Світлана
Сафарі на щастя
Роман

Головний редактор *С. І. Мозгова*
Відповідальний за випуск *К. В. Озерова*
Редактор *Л. М. Шуст*
Художній редактор *В. О. Трубчанінов*
Технічний редактор *В. Г. Євлахов*
Коректор *А. М. Фурман*

Підписано до друку 10.01.2022. Формат 84х108/32.
Друк офсетний. Гарнітура «Newton». Ум. друк. арк. 15,96.
Дод. наклад 2000 пр. Зам. № 0021.

Книжковий Клуб «Клуб Сімейного Дозвілля»
Св. № ДК65 від 26.05.2000
61001, м. Харків, вул. Б. Хмельницького, буд. 24
E-mail: cop@bookclub.ua

Віддруковано згідно з наданим оригінал-макетом
у друкарні «Фактор-Друк»
61030, Україна, м. Харків, вул. Саратовська, 51,
тел.: +38 (057) 717 53 55

Талан С.

Т16 Сафарі на щастя : роман / Світлана Талан. — Харків : Книжковий Клуб «Клуб Сімейного Дозвілля», 2022. — 304 с.

ISBN 978-617-12-8598-9 (дод. наклад)

Ростислав майже не звертав уваги на закохану по вуха Марусину. Він погрався з її почуттями, пішов до армії і повернуся з іншою дівчиною. Принижена зрадою та вщент розбита Марусина, покинувши все, поїхала до Данії на заробітки, щоб повернутися сильною, самодостатньою, успішною.

Ще раніше сестра Марусини Ореста виїхала в Данію і, здається, знайшла там своє жіноче щастя. З надією на краще туди ж вирушила Любаня — сусідка Марусини.

Три жінки, зраджені найдорожчими людьми, стануть одна для одної янголами-охоронцями. Бо кожна має хай і обпалені, проте міцні крила. Три жінки, що шукали щастя, опинилися над прірвою. Та не для того, щоб упасти, а щоб злетіти.

УДК 821.161.2

Світлана Талан
Де живе свобода
Її полиновий присмак
Золота письменниця України
КСД

Світлана Талан
Де живе свобода
Золота письменниця України

Світлана Талан
Просто гра
Золота письменниця України
КСД

Світлана Талан
ПОМИЛКА
від фіналістки конкурсу
«КОРОНАЦІЯ СЛОВА»

Світлана Талан
Зловити промінь щастя
від фіналістки конкурсу «КОРОНАЦІЯ СЛОВА»

Світлана Талан
З любов'ю до життя
Золота письменниця України

Світлана
Букет улюблених квітів
від фіналістки конкурсу «КОРОНАЦІЯ СЛОВА»

Талан
Я захищу тебе...
від фіналістки конкурсу «КОРОНАЦІЯ СЛОВА»